D0924197

BESTSELLER

Anjali Banerjee nació en India pero se crió en Canadá. Más tarde se trasladó a vivir a California y se licenció en la Universidad de Berkley. Su pasión por la escritura viene de lejos, pues su abuela era una conocida novelista y a los siete años Anjali ya había escrito su primer cuento. Desde entonces ha publicado cinco novelas para niños y tres obras para el público adulto. *La librería de las nuevas oportunidades* se ha traducido a distintos idiomas y ha sido un éxito de crítica y público en muchos países de Europa. Actualmente la autora vive en la costa Oeste del Pacífico con su esposo.

ANJALI BANERJEE

La librería de las nuevas oportunidades

Traducción de
Rita da Costa

DEBOLS!LLO

El papel utilizado para la impresión de este libro ha sido fabricado a partir de madera procedente de bosques y plantaciones gestionados con los más altos estándares ambientales, garantizando una explotación de los recursos sostenible con el medio ambiente y beneficiosa para las personas.

Por este motivo, Greenpeace acredita que este libro cumple los requisitos ambientales y sociales necesarios para ser considerado un libro «amigo de los bosques». El proyecto Libros Amigos de los Bosques promueve la conservación y el uso sostenible de los bosques, en especial de los bosques primarios, los últimos bosques vírgenes del planeta.

Papel certificado por el Forest Stewardship Council®

Título original: *Haunting Jasmine*

Primera edición en Debolsillo: marzo, 2013

Printed in Spain – Impreso en España

ISBN: 978-84-9032-135-5
Depósito legal: B-1043-2013

Compuesto en Fotocomposición 2000, S. A.

Impreso en Novoprint
Sant Andreu de la Barca (Barcelona)

P 321355

En recuerdo de mi amigo Keith Curtiss

1

Lo cierto es que no lo vi venir o, mejor dicho, no lo vi alejarse. Mi ex marido, Rob, usaba sus encantos como un arma, sin importarle a quién rompía el corazón ni a quién destrozaba la vida. Tampoco le importaba demasiado con quién se despertaba al día siguiente. Mi madre habría dicho «¿Has visto, Jasmine? Esto te pasa por haberte buscado un pene americano. Tendrías que haberte casado con un bengalí: fiel, bueno y leal a su cultura». Sus palabras evocan en mi mente la imagen de su alteza el pene real bengalí, ataviado con la tradicional *churidar kurta*, el glande asomando por la camisa de seda blanca bordada en oro en medio de una tradicional boda india. Pero mi madre no se saldrá con la suya: no pienso volver a casarme.

Ahora que el divorcio es un hecho, necesito alejarme de Los Ángeles, del ex marido infiel al que en el pasado creí perfecto. Viajo sola en un ferry con destino a la isla de Shelter, una mota de verde oscuridad empapada por la lluvia flotando en medio del estrecho de Puget. En la cubierta del barco el viento me azota el pelo, recordándome que sigo viva, que aún soy capaz de notar el frío. En la pantalla de mi móvil aparece de pronto el número de Robert, esa secuencia de dígitos verdes por la que he llegado a sentir verdadero odio. Hago caso omiso de la llamada y lo mando al desolado limbo del buzón de voz. Que se las vea con el agente inmobiliario y los buitres que planean sobre el piso. Yo he emprendido una huida en busca de la soledad.

A medida que nos acercamos a la isla, la costa oriental se va perfilando tras una densa cortina de niebla. Los madroños del Pacífico y los abetos parecen precipitarse en dirección a las playas agrestes y rocosas; las colinas arboladas se elevan hacia un cielo de peltre mientras el pueblo de Fairport parece abrazar el puerto con sus viejas casas arracimadas y sus luces titilantes. El corazón me late con fuerza. ¿Qué hago aquí? Pronto empezará a crecerme musgo entre los dedos, los pliegues de la nariz y los bolsillos de la gabardina, en la que conservo la carta de mi tía, su llamamiento urgente para que volviera a casa.

En la era del correo electrónico, la tía Ruma prefiere escribir al modo tradicional. Saco la carta de su escondrijo y la olfateo: un suave perfume a rosas. Cada vez que la desdoblo, la fragancia del papel cambia —ayer olía a sándalo, anteayer a jazmín—, pero las palabras permanecen idénticas, escritas en la letra oblicua y anticuada de mi tía:

> Debo ir a India. Necesito que vuelvas para que te ocupes de la librería en mi ausencia. Solo tú puedes hacerlo.

Cuando llamé para preguntarle «¿Por qué yo?», dijo algo así como me voy «a Calcuta por motivos de salud». No pude sonsacarle más información que esa, pero ¿cómo iba a negarle nada a mi frágil y anciana tía? Me prometió refugio entre los clásicos de la literatura universal, aunque hace años que no tengo tiempo para leer una novela. No hay más que ver el contenido de mi maxibolso: un ejemplar enrollado de la revista *Forbes*, un móvil, una blackberry y un netbook. El peso de la tecnología tira del asa, que se me clava en el hombro. Apenas queda hueco para los objetos habituales —una polvera, un pintalabios, pañuelos, aspirinas, antihistamínicos, tarjetas de crédito, recetas y un manojo de llaves, incluida la que abre el gimnasio del despacho—. Ni un solo libro, y sin embargo, ¿qué más da? ¿Cuánto puede costar vender lo último de Nora Roberts o Mary Higgins Clark?

Pasar un mes en la isla, sentada en la librería, es un pequeño sacrificio al que me someteré gustosa por mi adorada tía. Me he traído trabajo para mantenerme ocupada, incluida una pila de informes que no he tenido ocasión de repasar.

Mientras el ferry fondea, una ráfaga de viento me arrebata de las manos la carta de la tía Ruma. El papel de color rosa revolotea en el aire antes de caer al mar, y por un momento la escritura resplandece en la luz crepuscular hasta que se diluye entre destellos y se hunde en el agua. Me planteo zambullirme tras ella (morir ahogada se me antoja una buena forma de poner fin a mi sufrimiento), pero justo entonces una gaviota grazna, animándome a mantener la cabeza alta, a desafiar a Rob.

Me incorporo y me uno al tropel de pasajeros que cruza lentamente la rampa hasta Harborside Road. El paseo marítimo, flanqueado por farolas de hierro fundido e imponentes álamos, serpentea a lo largo de la línea costera y se pierde en la niebla plateada. Me imagino adentrándome en ella y saliendo a un nuevo mundo en el que los hombres no tienen aventuras, en el que dos personas pueden volver atrás en el tiempo, enamorarse otra vez y no hacerse daño la una a la otra, pero sé que eso es imposible. El tiempo se mueve en una sola dirección. Debo apretar el paso y encaminarme a la librería de la tía Ruma, aunque mis tacones no están hechos para las aceras de adoquines y mi abrigo es demasiado fino para este clima.

La ciudad no ha cambiado desde la última vez que vine de visita, hará un año. La tienda de bicicletas, el quiropráctico, el oculista. Un solo comercio para cada necesidad humana. Quienes busquen un abanico de posibilidades entre las que elegir ya pueden darse por vencidos. Un letrero escrito a mano anuncia una venta benéfica de repostería casera en el escaparate del café Fairport, donde los lugareños se reúnen para compartir cotilleos y recetas.

No recuerdo la última vez que se me ocurrió abrir un libro de cocina. En Los Ángeles, Rob y yo sobrevivíamos gracias a la comida para llevar, una estratagema que habría molestado a mi madre. Según ella, toda mujer bengalí que se precie debe ser como mi hermana Gita, una experta en el arte de preparar curry de pescado. Yo apenas recuerdo cómo hervir agua. Ahora que voy a vivir con mis padres, se me hará más difícil ocultar mis defectos.

Dirijo mis pasos a la librería de la tía Ruma, que queda seis manzanas al norte de la línea costera y ocupa un edificio victoriano de tres plantas pintado en dos tonos: blanco y sombra de Venecia. Mientras me acerco, una niña sale de la casa a la carrera, llorando a moco tendido, seguida por su madre.

—¡Pero yo lo que quería era *Jorge el Curioso*! —gime la pequeña.

—Otra vez será… —responde la madre, y la sube a un Volkswagen Escarabajo.

Me detengo en la acera, frente a la librería, y el corazón me late con fuerza. No estoy preparada para lidiar con berrinches infantiles. Había olvidado lo grande que es la casa y lo complejo de su diseño, con las ventanas en voladizo, las torrecillas y la galería que la rodea en todo su perímetro. A medida que me acerco, asoman aquí y allá los más que evidentes estragos del paso del tiempo. La pintura de la verja se está desconchando y al tejado le faltan unas cuantas tejas. Habría que restaurar la casa, darle una mano de pintura y poner un letrero de neón en el escaparate.

Respiro hondo y arrastro la maleta por los estrechos peldaños que conducen a la puerta trasera de la casa, que es ahora la entrada principal de la librería. Un sendero trillado bordea la casa y conduce a la ornamentada puerta principal, encarada al mar como si evocara épocas pasadas, cuando los invitados importantes llegaban en barco. Dudo que nadie importante cruce el umbral estos días.

Al abrir la puerta, oigo un murmullo de voces. Las palabras parecen fundirse unas con otras, pero luego cambian de idea y se dispersan. En el vestíbulo me envuelve la penumbra, solo rota por el tenue resplandor naranja de una lámpara modernista de cristal emplomado. Habrá que poner más puntos de luz.

La pesada puerta se cierra de golpe a mi espalda, aislándome del mundo. La fragancia alimonada de la cera para muebles se eleva entre el polvo. Un fuerte olor a naftalina impregna el aire. No sobreviviré todo un mes en este ambiente asfixiante, rodeada de inútiles reliquias y libros descatalogados.

Y luego está este maldito horror al vacío. Mi tía no puede ver un solo rincón despejado. A mi izquierda, una polvorienta alfombra de Cachemira cuelga de la pared, representando el árbol de la vida en sutiles tonos de rojo y dorado. A medida que me acerco, los colores cambian a verde y amarillo. A lo mejor la luz ha cambiado, o quizá el dios hindú con cabeza de elefante, Ganesh, haya decidido gastarme una broma. Es una figura de bronce que se alza a mi derecha, dispuesta a ahuyentar a la clientela. Mi tía debería exponer aquí los libros más vendidos, no figuras de adorno.

Y sin embargo, no puedo evitar alargar la mano para frotar la oronda panza de Ganesh. Me maldecirá por no arrodillarme para tocarle los pies. Al fin y al cabo, es poderoso, temperamental e imprevisible.

—Ya podrías maldecir a Rob, hacer que se le caiga el pito —le susurro a Ganesh, que no se molesta en contestarme.

Dejo el equipaje a los pies de la escultura y casi me doy de bruces con un extraño que parece haber salido de la nada. Levanto la vista y veo un rostro de facciones angulosas, ojos de mirada umbría, pelo oscuro alborotado por el viento. Un tenue resplandor azul brilla a su espalda, perfilándolo a contraluz. Viste un atuendo informal: cazadora con capucha, pantalón marrón con bolsillos en la pernera y botas de montaña. Lleva una pila de libros bajo el brazo. Al parecer, le sobra tiempo para la lectura.

—Eso tiene que doler —dice. Su voz resuena en el vestíbulo, una voz grave de barítono que me pone la piel de gallina. Desprende un olor a pino y a aire fresco.

—¿El qué tiene que doler? —Estoy acorralada. El desconocido me impide el paso y no parece tener intención de moverse.

—Perder el miembro viril.

—Ah, ha oído lo que he dicho. —La sangre se me agolpa en las mejillas.

—Me alegro de no estar en el pellejo de ese tal Rob. —Un amago de sonrisa le curva los labios. Se ríe de mí.

—Créame, si usted fuera Robert, estaría muerto.

Intento esquivarlo y casi se me enreda el pie en una hilacha suelta de la alfombra.

El desconocido se hace a un lado.

—Lleva usted mucha prisa —me comenta.

—Me muevo a mi velocidad habitual, no al ritmo isleño.

Me mira fijamente, impertérrito.

—¿De dónde es usted?

—De Los Ángeles. He venido ayudar a mi tía..., por un tiempo.

Necesito una ducha caliente, una taza de café cargado.

—Su tía... La encantadora señora del sari.

—La que viste y calza.

Así que sigue atrayendo la mirada de hombres a los que aventaja en edad. Y sigue llevando sari.

—La belleza debe de ser cosa de familia —insinúa.

Me arden las orejas. Me alegro de que queden ocultas bajo el pelo. Hace mucho que no me siento atractiva.

—Es usted un poco atrevido, ¿verdad, señor...?

—Hunt. Connor Hunt. Y usted debe de ser Jasmine.

—¿Cómo sabe mi nombre?

—Se lo he oído a su tía. Tal como hablaba de usted, sonaba enigmática.

¿Enigmática, yo? Si algo no he sido jamás es enigmática.

—¿Así que mi tía ha estado cotilleando sobre mí? ¿Y qué ha dicho? Voy a tener que hablar muy seriamente con ella.

—Ha dicho que trabajará para ella.

—¿Eso es todo? No veo dónde está el enigma.

—También ha dicho que venía usted huyendo de algo.

—¿Huyendo, yo? —Mi voz se eleva, y noto que se me tensan las cervicales—. Eso no es asunto suyo, y no estoy huyendo de nada. Que quede claro.

Connor Hunt levanta la mano.

—Ha quedado clarísimo.

—Tengo mucho que hacer, así que, si no le importa, debo ir en busca de mi tía.

—¿No tiene un ratito para tomar un café? ¿O quizá un té?

No me lo puedo creer.

—Mientras esté aquí no tendré tiempo para citas.

«Y mucho menos con hombres de su calaña. Hombres que tontean con perfectas extrañas. Hombres como Robert.»

—¿Quién ha dicho nada de una cita? —Se me acerca más, y retrocedo instintivamente.

—¿Cómo lo llamaría usted, si no? ¿Tiene por costumbre coquetear en las librerías?

—Solo con usted. ¿No podría convencerla?

—Ni en sueños.

Tengo ganas de echarlo a patadas. Es calcado a Robert, que seguramente flirteaba con todas las mujeres que se le ponían a tiro. No pienso tropezar con la misma piedra dos veces. Ahora soy Jasmine, el témpano de hielo.

Connor Hunt se frota la ceja con el índice.

—No voy a mentirle, estoy decepcionado. Pero espero volver a verla en otra ocasión.

Sale por la puerta y se pierde en la penumbra de un atardecer tormentoso.

2

¡Hasta nunca!

Qué desfachatez, insinuarse a una perfecta desconocida. Apuesto a que tiene mujer, y quién sabe si hijos también.

Me pregunto si, cuando Robert vio a Lauren por primera vez, le sonrió de un modo tan inocente antes de pedirle una cita. Si se quitó el anillo de casado y se lo escondió en el bolsillo. Si fingió sentir algo por ella.

Los hombres se mueven a golpe de testosterona. Creen que pueden conquistar a cualquier mujer con solo proponérselo. Pero nadie volverá a conquistarme jamás. Necesito llamar al despacho, comprobar que la compañía no ha echado a nadie más. Asegurarme de que tengo un puesto de trabajo al que volver.

Cuelgo el abrigo en el armario del vestíbulo y entro en la abarrotada habitación que queda a mi derecha. Sostengo la blackberry en alto y apunto en todas las direcciones. Pruebo en un pasillo, luego en el otro. Ni rastro de cobertura.

Oigo sonoros ronquidos procedentes de un pasillo de la sección de historia que, según reza el letrero, alberga libros sobre la Segunda Guerra Mundial. Un hombre barbudo duerme a pierna suelta en el sillón. Sobre su pecho descansa un libro que habla de acorazados, abierto boca abajo. Es increíble la cantidad de tiempo que tienen algunos para dormir, para leer. ¿Acaso no tienen cosas que hacer, correos electrónicos que mirar?

—¡Bippy, mi queridísima sobrina! —exclama la tía Ruma a mi espalda con un vozarrón que no parece casar con su silueta menuda. Siempre me llama así, como cuando era un bebé.

—¡Tía! —Giro sobre los talones y viene corriendo hacia mí con los brazos abiertos. Es alegre y vital como una adolescente, por más que el pelo blanquísimo, el rostro surcado de arrugas y las gafas bifocales de montura plateada delaten su edad. Lleva un jersey de punto con alces que no podría desentonar más con el sari de chiffon verde. No veo la menor señal de su misteriosa enfermedad.

—¿Por qué no me has avisado de tu llegada? —Me envuelve en un abrazo y percibo su peculiar perfume especiado, el inconfundible olor de mi tía, y un toque de la crema hidratante de Pond's. Los recuerdos de la infancia acuden en tropel a mi memoria, recuerdos de la tía preparando coliflor al curry o *mishti doi*, un postre a base de yogur, o bien pasándome ejemplares recién impresos de *Jorge el Curioso*, de *El osito Winnie*... ¿De veras llegué a leer todos esos libros tontorrones?

La miro a los ojos en busca de alguna pista sobre su dolencia.

—Te estaba buscando. ¿Cómo te encuentras?

—Voy tirando, gracias a los dioses.

El barbudo del sillón ronca ahora de forma más audible.

Un hombre irrumpe en la estancia como si se lo llevaran los demonios. Viste en tonos otoñales y luce el pelo negro cardado y reluciente. Seguro que se pasa una hora acicalándose delante del espejo todas las mañanas. Irradia un encanto delicado, elegante, y posee facciones redondeadas, como si los elementos se hubiesen encargado de borrarles las aristas.

—Ruma, el expositor del escaparate vuelve a estar patas arriba, y estoy harto de arreglarlo. —Mira de reojo al hombre que ronca y menea la cabeza—. Ya empiezan a llegar los lirones de biblioteca, y eso que solo estamos a lunes.

—¿Los lirones de biblioteca? —pregunto.

El hombre se vuelve hacia mí.

—¡Los que vienen aquí a planchar la oreja, a dormir!

—No ocurre muy a menudo, ¿verdad?

—¿De dónde sales, querida? —Me mira de arriba abajo—. Ah, tú debes de ser Jasmine.

—Encantada de conocerte —contesto, preguntándome qué le habrá contado la tía Ruma acerca de mí.

—Te presento a Tony —interviene mi tía—. Trabajaréis juntos mientras yo esté fuera.

Sonrío para que no se note demasiado que se me remueven las entrañas solo de pensarlo.

—Qué bien, encantada de conocerte —contesto educadamente.

Tony me estrecha la mano con tanta fuerza que casi me rompe los huesos.

—Así que te mudas a la isla.

No sin esfuerzo, logro liberar la mano.

—Solo estoy de paso. Me quedaré con mis padres, que viven a pocas manzanas de aquí.

La boca de Tony se abre hasta dibujar una «o» perfecta.

—De eso nada, monada. Te quedarás al pie del cañón, lo que significa que debes instalarte aquí.

Me vuelvo hacia mi tía.

—¿Lo dice en serio?

—Por supuesto. Forma parte del acuerdo. Tienes que cuidar la casa.

—No puedo quedarme aquí. Por las noches me iré a casa de mis padres y dormiré en la habitación de invitados. Necesito un escritorio para trabajar, una mesa. La buhardilla es demasiado pequeña.

—Puede, pero es el mejor rincón de la casa.

—Mamá ya ha preparado la habitación para mí. Tiene sitio de sobra.

—De ninguna manera. Debes quedarte aquí, por si las cañerías se ponen tontas…

—¿Las cañerías?

¡Que no soy fontanera!

—… o por si se va la luz o, Dios no lo quiera, se declara un incendio.

—¿Un incendio?

—Tenemos extintores. Y muchas actividades que se celebran a primera hora de la mañana o a última hora de la tarde. Así que ya ves, tienes que quedarte…

—¿Actividades?

No salgo de mi asombro. ¿Qué clase de actividades puede acoger mi tía en este lugar dejado de la mano de Dios?

—El miércoles por la mañana viene una escritora a firmar libros, bastante temprano…

—¿No puede quedarse Tony en la casa?

—Yo vivo en Seattle —tercia el interpelado, frunciendo el ceño—. Tengo que coger el ferry. Normalmente solo lo hago de lunes a viernes, pero vendré este fin de semana para echarte una mano.

Mi tía me da una palmadita en el brazo.

—¿Lo ves? Tony se vuelca en su trabajo. Vender libros es un estilo de vida, no solo un modo de ganarse el pan. No pretenderás llegar cuando abre la tienda y marcharte a la hora de cierre, ¿verdad? —Sus cejas se arquean como dos puentes colgantes de color plateado.

—Pues la verdad es que sí. —El bolso se me resbala del hombro y tiro rápidamente del asa.

Tony ríe entre dientes. Me están dando ganas de abofetearlo.

La tía Ruma blande un dedo enjoyado a poca distancia de mi rostro.

—La esencia de este oficio consiste en trabajar fuera de horas, dormir en la buhardilla, oír cómo respiran los libros por la noche.

—¿Cómo respiran... los libros?

Desde luego espero que no lo hagan en mi presencia. Lo que tendría que hacer mi tía es despejar las habitaciones, abrir las ventanas, instalar más puntos de luz y encargar los últimos superventas.

—Un trabajo a jornada completa, ¿no? —insiste.

—Pero tengo mucho que hacer mientras esté aquí, cosas de mi verdadero..., de mi otro trabajo, y me pregunto por qué mi móvil no tiene cobertura.

—Aquí no la tendrás. —Mi tía me sonríe con ternura y luego se vuelve hacia Tony—. Está muy ocupada, ¿sabes? Aconseja a la gente que quiere ahorrar dinero para cuando se jubile.

—Solo me encargo de cuentas socialmente responsables —preciso. «Y si no hago una presentación perfecta de la compañía Hoffman en cuanto vuelva a Los Ángeles, puede que me echen a la calle.»

Tony me mira de arriba abajo otra vez.

—Nena, reconozco que no tienes mal gusto, pero esos trapos son para la ciudad. Aquí no puedes ponerte tacones para trabajar. Te dolerán los pies.

Ya me duelen los dedos de los pies.

—Llevo un par de zapatillas de deporte en la maleta.

—Pues póntelas. Y habrás traído unos vaqueros, ¿no?

—Solo un par.

Tony pone los ojos en blanco.

—Pues ya puedes ir comprándote otro par o no harás más que lavarlo para volver a ponértelo. Vas a pasar todo el día de pie.

—Había pensado echar una mano en la caja…

Tony suelta una carcajada.

—Pero ¿tú de dónde sales?

—Del mundo real.

Tony echa la cabeza hacia atrás y rompe a reír.

—¿Llamas a Los Ángeles el mundo real?

Me muerdo la lengua para no decirle cuatro frescas. Los ronquidos del hombre barbudo se hacen más audibles. Una bombilla parpadea en el techo; el suelo cruje y se levanta una nube de polvo. Encadeno varios estornudos. Intuyo que las próximas semanas se me harán eternas.

3

La tía Ruma nos conduce de vuelta al pasillo.

—No olvides echarle un vistazo al expositor del salón —dice Tony antes de perderse en las entrañas de la casa.

Mi tía me lleva hasta el salón principal, donde el polvo se arremolina como en una tormenta de arena. Apenas veo a través de las partículas suspendidas en el aire. Siento un impulso casi irreprimible de salir por la puerta y echar a correr calle abajo. Ni siquiera me detendría a recoger la maleta. Qué más da, mientras tenga mi arsenal tecnológico.

—Tía Ruma, ¿no has pensado en airear un poco todo esto, dejar que entre más luz, y de paso pedir unos cuantos ejemplares de los libros más vendidos? Como los que vi en la mesa de novedades del aeropuerto…

—¡Oh, no! ¡Otra vez, no! —Mi tía se detiene delante de un expositor con los brazos en jarras—. Qué desastre. ¡Ay, Ganesh!

En el expositor no hay más que clásicos ajados de Jane Austen, Charles Dickens, Charlotte Brontë.

—A esto me refiero, precisamente —insisto, señalando el expositor—. Habría que reorganizarlo. Poner aquí los libros más recientes, quizá apuntar tus recomendaciones en unas tarjetitas…

—Estaría bien que conocieras mi librería antes de aventurarte a dar consejos. —Mi tía recoloca los libros. A nuestra espalda, un delgado ejemplar cae del estante y aterriza en el suelo con un ruido sordo. Se titula *Cómo cambiar el espacio que habitas*—. Venga, deja ya de quejarte —le dice al libro, y lo devuelve al estante.

La sigo hasta la sección de literatura clásica, donde la ayudo a colocar los libros en las estanterías.

—Así que el expositor del salón…

—Es para libros más recientes.

—¿Los ordenas por título, o…?

—Por autor. Otras preguntas que suelen hacernos: ¿Vendéis sellos? ¿Hacéis fotocopias? ¿Tenéis conexión a internet? La respuesta es no, no y no.

—Pero ¿por qué no? Internet atraería a más clientes. Y a lo mejor tampoco estaría mal poner una pequeña cafetería.

—Los lavabos están en el pasillo —señala, haciendo caso omiso de mis sugerencias—. También suelen preguntarme si hago ofertas especiales. Ay, Ganesh…

—Pero tampoco habrá tanta gente preguntando, digo yo. Me refiero a que tu librería queda un poquito apartada…

Por no decir que el clima es un asco.

—¡Apartada! Pero si tengo el local más céntrico de todo el pueblo. La gente no puede vivir sin mi librería.

¿Que no pueden vivir sin su librería? A exagerada no le gana nadie, desde luego. La sigo hasta la sección de literatura. Una gruesa capa de polvo cubre las repisas de las ventanas. Mi tía saca unos cuantos libros de tapa dura, que coloca en el escaparate de la fachada principal.

—Hala, ya vuelve a estar todo en su sitio —concluye.

—¿Consultas la lista de los libros más vendidos? Tengo entendido que las librerías independientes elaboran sus propias recomendaciones.

—La mía no es una librería normal y corriente. A veces me despierto y todo está fuera de sitio. Libros por aquí, libros por allá...

—¿Quién los mueve? ¿Tony? ¿Los clientes?

—Quién sabe. Alguien que no quiere que los clásicos caigan en el olvido. Sea quien sea el culpable, mezcló a un puñado de escritores distintos en este expositor para que yo no sepa a quién achacar el cambiazo. Ahora ven, te voy a enseñar la casa. Tomaremos el té.

No tengo tiempo para tomar el té. Necesito un café cargado.

—¿Y ocurre a menudo? —pregunto mientras la sigo por el pasillo.

—De tarde en tarde —contesta mi tía—. Son pequeñas tonterías. Cosas que la gente deja olvidadas. Gente que aparece y desaparece. Hombres que se pasan el día durmiendo aquí, qué descaro. —Me acaricia la mejilla, y noto en la piel el tacto de sus dedos secos como la hojarasca—. Hablando de descaro, ¿qué hay de ese cerdo al que llamas ex marido?

La sola mención de la palabra «ex marido» hace que se me encoja el corazón.

—Por desgracia, tengo que seguir en contacto con él. Hemos puesto el piso a la venta.

—¿Y por qué no te lo quedas tú?

—No puedo pagar la hipoteca yo sola. —Se acabó la luz derramándose a raudales sobre el suelo de tarima maciza, el acogedor rincón de los desayunos, las puestas de sol que contemplaba acurrucada entre los brazos de Robert—. No se lo digas a mis padres.

—No diré una sola palabra —contesta mi tía, abrazándome—. Pero me preocupo por ti.

—Estoy bien, aunque el divorcio me ha dejado sin blanca. De hecho, debería mandar enmarcar mi último extracto de cuenta y subrayar con un rotulador el saldo casi negativo.

—¿Necesitas dinero?

—No, no. Me las arreglaré. Tú lo que tienes que hacer es cuidarte.

Se me hace un nudo en la garganta. La vuelvo a abrazar y su cariño hace que se desvanezcan todas mis dudas.

—Ni te acordarás de Robert mientras estés aquí. Ellos te ayudarán. —Señala los grabados enmarcados de las paredes, retratos a pluma y tinta de escritores famosos. Charles Dickens. Laura Ingalls Wilder.

Intento no reírme. Mi tía siempre ha sido un poco excéntrica.

—Los escritores te ayudarán —repite—. Con sus palabras. Ese hombre de la frente ancha es Edgar Allan Poe. Y, por supuesto, ahí está Jane Austen. Esto es una reproducción del único retrato suyo que se conserva.

—Parece tan joven, tan feúcha. —Toco el lienzo y noto el tacto rugoso de su mejilla. Los ojos de Jane parecen seguirme a través de los siglos.

—No hay que hablar mal de los muertos. —Mi tía se vuelve para mirar hacia atrás, como si Jane Austen estuviera agazapada en un rincón—. Ven, tomaremos una taza de té.

—Tengo que consultar mis mensajes. —Noto un hormigueo en los dedos, impacientes por tocar las teclas de la blackberry, por encender el netbook.

—Ya habrá tiempo para eso.

Me precede por el pasillo y de pronto dobla a la izquierda para adentrarse en la sala de literatura infantil. Claro, a ella le sobra el tiempo. Vive a cámara lenta en los confines del mundo civilizado.

—Los mercados bursátiles están cerrados hoy, y necesito comprobar algunos precios.

—Si están cerrados, están cerrados. Seguirán así toda la noche, ¿no?

—Supongo que sí, pero…

—¿Recuerdas esta habitación, Bippy?

Juguetes esparcidos sobre la alfombra; libros apilados en un escritorio de patas bajas en el rincón.

—Vagamente.

Desplazo el peso de mi cuerpo de un pie al otro. Los zapatos de tacón me están destrozando los dedos.

—Este escritorio perteneció a E. B. White. En él escribió todas sus obras, incluida *La telaraña de Carlota*. No en esta casa, claro está. Pero sí en ese escritorio de ahí.

—Impresionante. —En una de estas me dirá que los barrocos candelabros de la casa pertenecieron a Jane Austen.

Hay una niña con coletas sentada en el suelo con las piernas cruzadas, leyendo las aventuras de *Perico el conejo travieso*. Levanta los ojos y luego vuelve a enfrascarse en la lectura. A su espalda, personajes pintados a la acuarela bailan sobre la pared: el osito Winnie, la pequeña oruga glotona, Madeline. Me sorprende recordar a tantos personajes.

—¿Te acuerdas de esto? —Mi tía me tiende un ejemplar manoseado de *El gato garabato*.

—Todo el mundo conoce al Dr. Seuss. —No bien lo toco, devuelvo el libro a sus manos.

—¿No recuerdas nada más?

—Algo más, ¿cómo qué? —Pulso una tecla de mi móvil—. Como no encuentre cobertura pronto, podría perder un cliente.

«Necesito este trabajo. Estoy en la cuerda floja de Inversiones Taylor.»

—Tus clientes pueden esperar. Si de veras te aprecian, no te abandonarán.

«Sí que lo harán. Sin pestañear siquiera.»

—Ya hemos cerrado tres oficinas en la costa Oeste. Debo demostrar lo que valgo. Esto no tiene nada que ver con los sentimientos, sino con el dinero.

—Todo tiene que ver con los sentimientos —replica la tía Ruma, y me guiña un ojo.

Respiro hondo. No seré yo quien le lleve la contraria, desde luego. Se ha ganado ese privilegio.

—¿Qué viene ahora?

—La habitación de los libros antiguos.

Me conduce a una estancia de ambiente viciado, repleta de entanterías que llegan hasta el techo.

—¿Ves ese espejo de ahí? Perteneció a Dickens.

Miro hacia la pared y vislumbro mi rostro en un espejo de marco rectangular, muy ornamentado. ¿De veras tengo este aspecto? Me veo cansada, hinchada.

—Es una pieza maravillosa. Debe de valer una fortuna, si es que realmente perteneció a Dickens.

Cosa que dudo.

—Es un espejo de los que solían adornar la campana de las chimeneas y data de principios de la era victoriana, hacia la década de 1830.

Un hombre se aclara la garganta en el pasillo. Su rostro se halla sumido en la penumbra.

—Siento haberle molestado —se disculpa mi tía, y a continuación añade entre dientes—: Si busca silencio, que se vaya a una biblioteca.

Es un hombre alto, ancho de hombros. Por un momento, estoy segura de que se trata de Connor Hunt, pero en cuanto le da la luz veo que no es él. Viste de modo formal, con traje gris.

Mi tía vuelve sobre sus pasos para guiarme hasta un pequeño despacho atestado de objetos entre los que destaca su escritorio, sepultado bajo pilas de carpetas. Hay notas autoadhesivas de color amarillo pegadas por todas partes.

—Algún día tendré que adecentar esta habitación. Me falta tiempo, me falta tiempo.

No estoy acostumbrada a trabajar en medio de semejante caos. En mi vida todo está organizado, catalogado, clasificado.

—Podría ordenártela, hacer un poco de limpieza —sugiero, alargando las manos. Sobre el escritorio, mezclados con las carpetas, hay todo tipo de cachivaches inútiles que mi tía ha ido acumulando a lo largo de los años: un portalápices lacado con forma de canoa, repleto de pinceles y plumas estilográficas; una caja de madera llena de clips; una piedra gris y chata; una botella transparente con tinta azul y una antigua pluma de oca blanca.

—¿Cómo iba a desprenderme de la piedra de Faulkner? —replica, señalando la colección de objetos—. ¿O de la caja de Kipling? Son tesoros de valor incalculable que merece la pena conservar. Ven conmigo.

Me arrastra hasta un salón de té abierto a los clientes de la librería en el que nada ha cambiado desde hace décadas. A lo largo de una de las paredes hay una encimera con dos fogones, una diminuta nevera, armarios, butacas y sillones.

—Para mis clientes —señala mi tía—. Hace que pasen más tiempo en la librería.

La estancia está desierta. Mi tía necesita sillones nuevos, no antiguallas raídas compradas en alguna tienda de segunda mano. Necesita una buena máquina de café, libros alineados en las estanterías. Necesita vender tazas de diseño, ex libris, lámparas de lectura.

La tía Ruma nos sirve dos tazas de té humeante de una tetera metálica y señala dos butacas azules de tacto afelpado. Elijo la que se hunde en el centro. Mi tía se sienta delante de mí, se quita las sandalias planas y mueve los nudosos dedos de los pies, cuyas uñas lleva pintadas de color plateado. Bebe unos sorbitos de té y tuerce el gesto, como si estuviera amargo.

—Me temo que te dejo una patata caliente en las manos. Pero se te dan tan bien los números que a lo mejor decides quedarte con nosotros y poner un poco de orden en todo esto.

—Tengo un trabajo, ¿recuerdas? Y una presentación importante para un posible cliente en cuanto vuelva a Los Ángeles.

De hecho, mi carrera depende de ello. Vuelvo a estar soltera. Y arruinada. Tengo que buscarme la vida.

—Ah. —La decepción se dibuja en el rostro de mi tía. Luego palmea el brazo de la butaca y las alhajas tintinean en torno a sus muñecas en una cacofonía de oro, plata y pulseras pintadas de Cachemira.

—Te encuentras bien, ¿verdad? —le pregunto—. No te va a pasar nada malo, ¿no?

Mi tía me da unas palmaditas en la mano.

—No te preocupes, Bippy. Tu anciana tía volverá como nueva.

—Qué bien —respondo con un suspiro de alivio. Me muero por saber qué le pasa, pero no quiero parecer indiscreta. Cuando me inmiscuyo en su intimidad, la tía Ruma se repliega sobre sí misma como una flor al caer la noche—. Me enseñarás cómo funciona todo esto antes de marcharte, ¿verdad?

—Quería habértelo dicho antes: me marcho mañana a primera hora.

Casi se me atraganta el té.

—¿Tan de repente?

—Tony te ayudará. Es todo un personaje, ¿no crees?

—¿Tony?

—Y puede que te sea imposible localizarme durante unos días. No tengo móvil. Tampoco sabría usar esos artilugios del demonio, pero da igual porque aquí no funcionan.

—¿Cómo sabré si estás bien?

—No hay por qué alarmarse. —Mi tía juguetea con sus brazaletes—. Voy a India, a que me arreglen el corazón.

—¿El corazón? —Tomo sus manos entre las mías. Mi queridísima tía, que vive sola en esta casa desde hace tanto tiempo, que trabaja como nadie y se desvive por los demás, tiene el corazón enfermo—. No lo sabía. Cuánto lo siento.

La tía Ruma coge la taza de té y la aprieta contra el pecho.

—Me he sentido muy cansada últimamente… Pero ahora volveré a encontrarme bien, a ser la que fui.

—¿No pueden tratarte aquí?

—Lo que haya que hacer, tiene que hacerse en India. Debo volver a casa.

—Si estás segura…

—No se lo cuentes a nadie. Es mi secreto. No quiero que tus padres se preocupen por mí.

—Pero ¿y si...?

—No me pasará nada. Debes prometérmelo.

Suspiro.

—Mis labios están sellados. Pero mantenme informada.

Mi tía me estrecha la mano entre sus dedos.

—Primero voy a visitar a la familia. Y luego, bueno... En un mes estaré lista para volver.

Llevo su mano a mi mejilla.

—Te quiero. Por favor, cuídate mucho.

La tía Ruma me besa en la frente.

—Gracias por haber venido. Por aceptar ayudar a Tony en la tienda. Es competente y tiene experiencia, pero necesito tu talento especial.

No poseo ningún talento, pero ayudaré a mi tía. Lo que sea con tal de que no le pase nada a su corazón.

—No te fallaré.

—Debes intentar ser feliz mientras estés aquí.

No logro reprimir una risa seca.

—He venido a echarte una mano en la tienda. La felicidad no está incluida en el lote.

Me mira fijamente.

—Nunca debes dejar de creer en el amor. Olvídate del cerdo de Robert.

—Creo en el amor. En el que siento por ti, sin ir más lejos. Más te vale ponerte bien y volver pronto, para que podamos buscarte un buen partido.

Un centelleo anima su mirada.

—No te preocupes por mí. —Se levanta y vuelve a ponerse las sandalias—. Tus padres querrán tenerte en casa a tiempo para la cena. Deja que te enseñe el apartamento de la buhardilla antes de que te vayas. Allá arriba encontrarás verdadera magia.

4

Magia, dice.

La sola idea de dormir en el diminuto apartamento de mi tía, sumida en una oscuridad mohosa y húmeda, me produce escalofríos. Seguramente me encontraré las paredes invadidas por una mancha negra y algodonosa. Ya me veo en esta vieja casa ruinosa y encantada hasta el día del Juicio Final, o hasta que las ranas críen pelo, o ambas cosas. Pero le sigo la corriente a mi frágil tía y subo tras ella por la escalera de madera que se abre paso en el corazón de la casa.

—Había olvidado lo sumamente estrechos que son estos escalones —apunto.

Mi tía va apartando las telarañas a su paso, y oigo el leve frufrú de su sari.

—Cuando se construyó la casa esta escalera era para uso exclusivo del servicio. Todos los demás usaban la escalera de delante, ¿no te acuerdas?

—Vagamente. Deberíamos limitarnos a usar la otra, que está bien iluminada, ¿no crees?

No he puesto un pie en la librería desde hace años. ¿Quién tiene tiempo para mirar libros? La última vez que vine de visita a la isla, fue la tía Ruma la que vino a verme a casa de mis padres.

—La escalera principal solo llega hasta la segunda planta —contesta—. Mi apartamento está en la buhardilla, es decir, en la tercera planta. Vas a dormir en la cima del mundo.

—Vendré por la mañana a abrir la tienda y me quedaré hasta que se marche el último cliente. Pero lo de dormir aquí no lo veo nada claro…

—Recuerda: para ser librera debes vivir como tal. No valen las medias tintas.

Me aclaro la garganta. A medida que subimos, la polvareda se va haciendo más densa y el olor del paso del tiempo se acentúa.

—Me quedaré al pie del cañón. Sé que has dicho que nadie más puede hacerlo, pero yo no soy librera. Solo voy a fingir que lo soy.

Mi tía gira sobre los talones, recogiéndose el sari y descubriendo dos delgadas pantorrillas. Le brillan los ojos.

—De fingir, nada. Prometiste ayudarme, Bippy.

—Y lo haré, pero… No quiero invadir tu intimidad ocupando el apartamento y todo eso.

—Lo que quieres decir es que esta vieja casa destartalada te da miedo.

—No, no es eso.

Pero sí que tengo miedo. Tengo miedo de las habitaciones desiertas, de los tablones del suelo que gimen bajo mis pies, del viento que zarandea los cristales de las ventanas por la noche. Ya tengo los nervios a flor de piel, y la autoestima por los suelos por la traición de Robert. Tengo miedo de mis propios pensamientos, de dormir acurrucada a un lado de la cama, de despertarme a solas. Tengo miedo de que mi tía no vuelva nunca.

—En ese caso no te costará lo más mínimo cuidar de mi preciosa librería mientras estoy en India. Si no te quedaras a dormir, bueno..., la casa se pondría de mal humor, por así decirlo. —Abre una puerta que da al apartamento de la buhardilla, tenuemente iluminado por lámparas antiguas y atestado de muebles y libros. Todo lo que hay en él, desde las estrechas vigas del techo hasta el suelo, está hecho de una madera de tonalidad dorada sobre la que se han ido acumulando los años y el polvo, capa tras capa. La estancia es tan pequeña que bien podría ser una casa de muñecas.

—No me negarás que tiene su encanto...

La tía Ruma se ajetrea en la diminuta sala de estar y, tirando con fuerza, abre una ventana de cristal esmerilado. Una ráfaga de aire frío se cuela en la habitación y trae consigo el perfume de los cedros y la hierba húmeda. Unos jirones de pintura blanca caen del alféizar y van a parar al suelo de madera.

—Es pintoresco, desde luego. —Me llevo un dedo a la nariz para evitar estornudar. Mis ojos vuelven a llorar por culpa del polvo, con lo que la habitación parece flotar en un espejismo acuoso.

—Esos lápices de ahí eran de Hemingway —informa mi tía, señalando un antiguo escritorio que descansa en un rincón, repleto de utensilios de escritura—. John Steinbeck también prefería el lápiz. —Coge una pluma estilográfica amarilla, la sostiene cuidadosamente entre el pulgar y el índice—. Una Parker Duofold Amarillo Mandarín usada por Colette.

—Menuda colección. —Le sigo la corriente, por más que dude que ninguno de estos objetos perteneciera a algún escritor famoso. Seguramente los ha ido comprando en los mercadillos locales.

—¿Me la cuidarás?

—Claro que sí.

No tengo la menor intención de quedarme a pasar la noche, pero por supuesto que cuidaré de sus pertenencias… desde abajo.

Me enseña el diminuto cuarto de baño, en el que un espejo con marco dorado preside el viejo lavamanos de cerámica.

—¿Dickens? —pregunto.

—Claro que no —se ríe—. Emily Dickinson. Lo encontré en un viaje a Massachusetts, hace muchas lunas.

—¿Saben los del museo que lo tienes?

—Negarían que le perteneció.

—¿Y cómo sabes que era suyo?

—¿Y tú cómo sabes que no?

Debería saber que no hay que acorralarla.

Mi tía me enseña su habitación de cuento de hadas. Sostiene que el bastidor de la cama de matrimonio perteneció a Marcel Proust, que escribía acostado. El colchón se hunde en el centro. ¿De verdad espera que duerma aquí, bajo la elaborada telaraña que cuelga del techo?

En la minúscula cocina hay cestas colgadas con cebollas y ajos; en un cuenco descansan calabacines y calabazas pequeñas de varios colores.

—No te faltarán verduras para tus platos —comenta mi tía.

—No suelo cocinar, pero gracias.

No tengo ni idea de qué hacer con ingredientes crudos que requieren algún tipo de manipulación previa. No dispongo de tiempo para cortar un calabacín en rodajas y esperar que se cueza en el horno durante una hora.

—Espero que disfrutes de mi humilde morada.

Mi tía cruza las manos sobre el pecho y me sonríe con afecto.

—Dentro de nada estarás de vuelta. —Le doy la espalda y me dirijo a la ventana para que no perciba mi inquietud. Al otro lado del estrecho el monte Rainier se eleva majestuoso, coronado de nieve, a catorce mil pies de altitud—. Volverás a disfrutar de estas magníficas vistas.

—Sí que lo son, ¿verdad? —susurra a mi espalda. Pero cuando me doy la vuelta no hay nadie. Mi tía ya no está en la habitación.

5

Avanzo a paso ligero por Harborside Road en dirección a la casa de mis padres, que se alza en Fairport Lane. Pese al viento desapacible, me cruzo con gente que ha salido a caminar o a correr, con parejas que se pasean cogidas del brazo al caer la tarde. Se miran a los ojos como si fueran a seguir enamorados para siempre.

Sostengo el móvil en alto y lo muevo en todos los ángulos posibles, pero en vano. No hay cobertura. Para colmo, compruebo que el café Fairport cierra pronto. No hay ningún quiosco a la vista, así que me quedo sin *Wall Street Journal*.

Por lo menos aquí estoy a salvo de Robert. Puedo ocuparme de la trasnochada librería de la tía Ruma durante unas semanas, limpiarla un poco, no hay problema.

Aquí estoy, en la casa de estilo cabo Cod de mis padres, levantada sobre un acantilado que asoma a la bahía. A lo largo del sendero que conduce a la puerta principal, mi madre ha colocado macetas de barro con plantas vivaces y, como de costumbre, el césped luce impecable, tanto que la simetría de sus afilados contornos resulta casi antinatural.

Levanto la mano para llamar a la puerta, pero antes de que lo haga mamá sale a abrir. Es una mujer menuda y recia, de porte recto, el rostro enmarcado por el pelo corto. Rara vez se pone un sari; prefiere los pantalones de color beige y las blusas estampadas. Tiene la piel clara y el pelo castaño oscuro. Una ráfaga de aire cálido la envuelve y me atrae hacia el vestíbulo con suelo de baldosas rosadas. Un olor a cebolla, comino y ajo flota en el aire. Estoy en casa.

—¡Así que Ruma te ha soltado al fin! —exclama mientras me abraza.

—Me tenía secuestrada, pero he logrado escapar.

—Me alegro de que te instales aquí y no en esa vieja casa polvorienta. No sé cómo puede vivir Ruma con tanto desorden. Pasa, pasa. Gita ha venido en ferry esta mañana. Está arriba duchándose. Lleva toda la tarde preparando la cena.

—Es una gran cocinera —comento, sin poder evitar sentir una punzada de envidia en algún punto situado por detrás de las costillas. Gita, mi querida hermana pequeña, es capaz de improvisar en un abrir y cerrar de ojos platos dignos de los paladares más exigentes. Sabe elegir las presentaciones más sofisticadas y hacer que todo parezca un juego de niños. Yo, en cambio, sé elegir trajes chaqueta azules y zapatos de salón de la talla equivocada que me producen ampollas en los pies. También sé cómo quitarle la tapa a un envase de comida para llevar —gourmet, eso sí— sin romperme una sola uña.

Me quito la ropa de abrigo, me descalzo y sigo a mamá hasta el salón. Los muebles son un compendio de los viajes de mis padres, en el que no faltan muestras del arte tradicional de Hawai, India y África.

—Necesito una conexión a internet —digo, intentando no sonar demasiado ansiosa.

—En mi estudio, como siempre. —Mi padre aparece con un vaso de whisky en la mano. Lo veo algo demacrado y cargado de hombros, como si hubiese encogido una o dos pulgadas desde la última vez que lo vi. Su aspecto es el de siempre —los mismos pantalones de lino arrugado, la misma camisa, el mismo pelo gris alborotado—, pero ha envejecido.

Lo abrazo con fuerza, sorprendida por una emoción que me embarga. Lo echaba de menos. Casi tanto como a mi correo electrónico.

—Ahora mismo vuelvo.

Me escabullo por el pasillo que conduce al caótico estudio de mi padre. Accedo a mi cuenta de correo y encuentro ciento cincuenta y siete mensajes nuevos desde esta mañana. Noventa y siete son urgentes.

Hay tres mensajes emergentes de Robert, que me urgen a consultar el buzón de voz. «Nos han hecho una oferta de compra a la baja. ¿Dónde te metes?»

No le he dicho nada de mi viaje. Por una vez, que sea él quien se pregunte dónde estoy. Qué crédula fui, esperándolo en las noches serenas de verano, convencida de que sencillamente tenía que quedarse a trabajar hasta tarde.

Tecleo rápidamente. «Yo nunca he querido mudarme. Tú me has echado de mi piso. No pienso aceptar ni un dólar menos de lo acordado.»

Borro el mensaje antes de enviarlo, me recuesto en la silla y respiro hondo varias veces. Espero que los compradores no arranquen las flores que he plantado en el jardín ni quiten las piedras del sendero. Pero tengo que renunciar al piso. No me queda otra.

—¿Estás bien? —inquiere papá desde el umbral—. Vamos a cenar.

Agita el whisky en el vaso. Necesita tener en las manos algo con lo que juguetear en todo momento; si no fuera el whisky sería un tenedor, o una cañita, o un cigarrillo sin encender.

—Sí, no te preocupes por mí. —Me desconecto y lo sigo hasta el salón. Nos sentamos a la larga mesa de roble de mis padres, la que recuerdo desde que tengo uso de razón, la misma a la que me he sentado incontables veces, en la que me negué a comer hígado y se lo di a la gata, Willow, a hurtadillas. Murió de vieja, o quizá fue el hígado lo que la mató, quién sabe.

Hay una silla vacía junto a la mía, la silla en la que Rob solía sentarse cuando veníamos los dos a cenar. Ahora nadie ocupa su lugar en la mesa, y su mantel individual de bambú verde ha desaparecido. Por lo demás, mamá ha puesto la mesa con el esmero de siempre, y ha sacado la cubertería de plata. Es disciplinada y sabe refrenar la fuerza centrífuga del desorden de mi padre. Sé sin necesidad de comprobarlo que si abro cualquier cajón de la casa su contenido estará meticulosamente dispuesto en varios compartimentos, las cartas sujetas con gomas elásticas. Sé que conserva la costumbre de bajar las persianas en los días de mucho sol para evitar que este se coma el color de la tarima. A diferencia de mí, jamás permite que los restos se acumulen al fondo del frigorífico.

Sentado a la cabecera de la mesa, papá agita el hielo en el vaso de whisky.

—Me alegro de que estés aquí. Tu hermana tiene buenas…

—Me ha parecido oír la voz de Jasmine. —Gita sale de la cocina con el pelo todavía húmedo de la ducha y una fuente de arroz basmati en las manos. Me levanto para abrazarla, esquivando la fuente de arroz. Luce un traje pantalón de marca y alhajas de colores, y parece un anuncio viviente de su propia boutique de Seattle. El rostro anguloso de Gita bien podría ilustrar la portada de *Vogue*.

—¿Qué tal Dilip? —le pregunto—. ¿Está de…?

—Viaje de negocios —se apresura a contestar, sonriendo como si ocultara un secreto—. Volverá mañana. Si no lo hace, lo abandono.

Mamá reprime un grito.

—¡Gita! ¿Y qué pasa con…, ya sabes?

Mi hermana alza la mano.

—¡Espera, mamá! Cuando llegue el momento, se lo diré.

—¿Decirme el qué?

—Tú siéntate y relájate. —La sonrisa de Gita es ligeramente excesiva, y me indica por señas que vuelva a tomar asiento. No hay forma humana de que me ponga cómoda, la madera es dura y fría.

—Jasmine parece cansada, ¿verdad que sí? —apunta mi madre.

Traducción: «Jasmine trabaja demasiado. Debería pasar más tiempo con la familia». Mi madre me habla a menudo de forma soslayada, dirigiéndose a mi hermana cuando en realidad soy yo el objeto de sus reproches.

Gita se sienta frente a nosotras.

—¿Y bien, Jasmine, cómo lo llevas? ¿Qué hay del cabrón de Robert? ¿Ya está todo arreglado o sigue portándose como un perfecto capullo?

Mamá vuelve a dar un respingo.

—¡Gita! Modera ese lenguaje.

Mi hermana pone los ojos en blanco.

—Vale. Dime, ¿sigue portándose como un perfecto gilipollas? ¡El peso que te habrás quitado de encima!

Mamá frunce el ceño.

Yo sonrío, aunque tengo el corazón hecho trizas.

—Soy libre. Y lo llevo... estupendamente.

Gita no tiene mala intención, pero no puede imaginar lo que se siente al meter todas las pertenencias de tu marido en cajas, al encontrar recordatorios suyos esparcidos por la casa: un recibo de la tintorería, una lista de la compra que garabateó con su letra oblicua, una botella mediada de su vino favorito.

Mamá resopla audiblemente.

—¡Venga, a comer! Que hay hambre.

Gita ha preparado un festín en el que no falta un aromático *chutney* de mango, un curry de pescado y mi plato favorito, *aloo gobi*. De todas las especialidades bengalíes que domina mi hermana, ninguna me gusta tanto como la mezcla de patata y coliflor al curry. Una compleja fusión de aromas flota en el aire, con notas de cilantro, ajo, jengibre, cebolla, pimiento verde y cúrcuma. Se me hace la boca agua, recordándome que todavía puedo disfrutar de los placeres más sencillos.

Las sutiles fragancias de la comida me transportan a India, al polvo y el ruido de Calcuta, las muchedumbres, el frufrú de los saris. No me importaría volver a mi tierra natal, aunque hace casi una década que no he ido. Puede que allí me resultara más fácil encontrar pareja: el fiel y escurridizo marido bengalí. Pero dudo que exista más allá de la imaginación de mi madre.

Esta se dedica a apilar comida en los platos mientras papá agita su whisky y Gita se lleva a la boca grandes cucharadas de arroz con curry. Sus modales a la mesa no son lo que se dice exquisitos.

—Y bien, ¿cuándo vas a contarme esa novedad, Gita? —pregunto. El agua de mi vaso está tibia.

De pronto, se hace un silencio.

—Dilip y yo vamos a casarnos —anuncia al fin con la boca llena.

Papá hace tintinear el vaso contra el plato.

—¡Hombre, ya era hora!

—¡Papá! Solo llevamos un año viviendo juntos.

Un leve temblor agita el labio superior de Gita, como cuando intenta reprimir la ira.

—¡Un año! —Papá se echa a reír—. ¿Sabes cuántas citas tuvimos tu madre y yo?

—Tres —contesta mamá—. Dos de ellas en presencia de nuestros respectivos padres.

Gita clava el tenedor en el pescado con saña.

—Los tiempos han cambiado. Ahora irte a vivir con tu pareja no es nada del otro mundo.

Mamá alisa la servilleta que descansa junto a su plato. Le brillan los ojos.

—No sabes lo atareadas que hemos estado planeando la boda. Hay tanto que hacer. —Me mira con recelo, como si me pidiera permiso para echar las campanas al vuelo—. Gita y Dilip quieren casarse aquí…

—En la isla, en la iglesia del pueblo —la interrumpe Gita—. Estamos preparando la lista de invitados. Espero no olvidarme de nadie. La recepción se hará en el parque, con vistas al mar. Queremos una ceremonia en la que Oriente y Occidente se den la mano. Puede que me ponga un sari, si encuentro uno bueno. Jasmine, tienes que acompañarnos cuando vayamos a comprarlo.

La montaña de comida que hay en mi plato se ha vuelto inverosímilmente grande. Tengo el estómago cerrado.

—¿Cuándo habéis decidido todo esto?

Gita intercambia una mirada fugaz con mamá.

—Hace unos días. Hemos preferido esperar para decírtelo. Sabemos que lo estás pasando mal. Y la tía Ruma tampoco lo sabe todavía. Te alegras por mí, ¿verdad?

—Claro que me alegro por ti. —Pero ignoro si las lágrimas que me asoman a los ojos son de alegría por mi hermana o de compasión por mí misma—. Enhorabuena, Gita. Es una noticia maravillosa.

Mamá y ella vuelven a mirarse.

—Gracias —dice Gita.

Me limpio los labios dándome toquecitos con la servilleta.

—¿Cuándo se celebrará… la boda?

—El veinte de abril —contesta Gita—. Una fecha propicia, según el astrólogo de la familia de Dilip.

No me lo puedo creer.

—¿Tiene un astrólogo en la familia?

Mamá me mira con el ceño fruncido.

—Puede que no creamos en esas cosas, pero respetamos las tradiciones.

Lo que viene a decir es que yo no respeté la tradición al casarme con Robert en una ceremonia laica a la occidental, y mira lo que pasó. Hago caso omiso de la cara avinagrada de mamá y me vuelvo hacia Gita.

—¿Qué vas a hacer después de haberte casado? ¿Seguirás al frente de la tienda?

—¡Por supuesto! Tal como está la economía, la gente se abalanza sobre las perchas de ropa usada.

Papá blande el tenedor en el aire.

—Ya veremos cuánto dura eso. Jasmine, ¿hasta cuándo estarás con nosotros?

—Hasta que la tía vuelva de India.

—¿Por qué no te quedas un poco más? —pregunta con delicadeza.

—La tía Ruma va a volver. Y yo tengo que hacer una presentación.

Mamá se vuelve hacia mí.

—Supongo que estos días te resulta difícil mantener el ritmo de trabajo.

—Me las arreglo bastante bien.

Mamá acribilla las patatas con el tenedor.

—¿Has empezado a salir con alguien? ¿Tienes novio?

Gita deja caer el tenedor en el plato.

—Mamá, es demasiado pronto para eso.

—No estoy de humor para salir con nadie —contesto—. Bastante tengo con llevar la librería.

Pienso en Connor Hunt. Ni loca voy a mencionar mi encuentro con él. De todos modos, darse de bruces con un extraño en una librería difícilmente podría considerarse una cita.

—Sí, no hay duda de que estarás ocupada —comenta mamá—. Ten cuidado en esa casa, está que se cae.

—No me pasará nada. —Se me escapa una risita nerviosa.

—La tía Ruma siempre ha dicho que la librería está encantada —dice Gita—. Será mejor que te andes con ojo.

Me señala con el tenedor. Unos cuantos granos de arroz salen volando y aterrizan en la mesa.

—La casa no está encantada —replico—. Lo que está es… vieja.

Mamá barre el arroz de la mesa con una servilleta.

—Ruma siempre ha sido peculiar, cree en fantasmas y todo eso. Mientras tengas los pies en la tierra, no te pasará nada.

Pero lo cierto es que tengo la sensación de haberme quedado sin suelo bajo los pies. Me siento insegura, efímera. Me aferro con todas mis fuerzas al vaso de agua por temor a salir volando.

6

—¿Podemos hablar?

Gita se asoma a la habitación de invitados de la planta de arriba. Estoy sentada en la cama con el portátil apoyado en los muslos. Levanto la mirada, deslizo las gafas de lectura hasta la punta de la nariz.

—Si no nos alargamos mucho…

No soportaría escuchar sus planes de boda con pelos y señales. Su fervoroso entusiasmo acabaría consumiéndome como las llamas.

Gita tuerce el gesto, como si hubiese notado una terrible punzada de dolor en algún punto de su anatomía.

—Bueno, pues nada… Me voy a la cama.

Me quito las gafas, le indico por señas que pase.

—Lo siento. Venga, cuéntame.

A regañadientes, recojo las hojas de papel pijama esparcidas sobre la cama.

Gita entra en la habitación de puntillas, como si temiera molestar a la alfombra.

—¿No echas de menos la otra casa y el cedro gigante del patio trasero, el que tenía aquellas ramas tan bajas? Me encantaba trepar a lo alto y mirar el patio del vecino por encima de la valla.

Apenas recuerdo la casita que teníamos al otro lado del pueblo, al pie de un sendero forestal.

—La verdad es que no pienso mucho en ello. Hacía siglos que no me acordaba de ese cedro… Supongo que el trabajo me ha tenido demasiado absorbida.

—No deberías trabajar tanto, no haces otra cosa —sentencia Gita.

—Tengo que hacerlo. En primer lugar, porque necesito el dinero. Y en segundo lugar, trabajar me mantiene cuerda.

Gita se sienta junto a mí en la cama.

—Espero que puedas hacer un hueco en tu apretada agenda para ser mi dama de honor.

Mis pulmones se ven súbitamente privados de oxígeno. El día de mi boda Gita estuvo a mi lado, con un vestido de seda amarillo. Vio cómo Robert me ponía el anillo en el dedo y me sostenía la mano al tiempo que prometía amarme y cuidarme para siempre.

—En las ceremonias bengalíes no hay damas de honor.

—Puede que no, pero quiero que estés allí. Y el viernes, cuando mamá y yo vayamos a comprar el sari, ¿vendrás con nosotras? A lo mejor, de paso, encontramos uno para ti.

Hago una mueca.

—Ya sabes que no me entusiasman los saris.

No tengo tiempo para envolverme en yardas y yardas de seda, meter los pliegues de tela hacia dentro en la cintura y luego intentar poner un pie delante de otro para caminar. Es un hecho conocido que los saris tienden a caerse en los momentos más inoportunos, y además son un atuendo formal, la quintaesencia de India. Sencillamente no van conmigo.

Gita me mira, radiante de ilusión.

—¿Lo harás por mí? ¡Estoy tan emocionada, llevo tanto tiempo esperando este momento!

—¿No puedes hacer que te envíen un sari de India?

—¿Por qué iba a hacerlo habiendo tiendas aquí? Pero, ahora que lo dices, también podríamos encargar algunos saris de India. Y quién sabe, a lo mejor celebramos otra ceremonia allí. Dilip y yo lo hemos comentado en alguna ocasión.

—¿Vendrá algún pariente suyo de Calcuta?

—Sí, por supuesto. Sus abuelos y un par de primos. —Gita juguetea con las borlas del cubrecama—. Odio quedarme dando vueltas por la casa cuando él no está. Cuando se va de viaje, es como si me faltara media vida.

No puedo evitar que se me encoja el estómago. Qué fácil es el amor para Gita. Dilip y ella siempre se han llevado de maravilla, están perdidamente enamorados, beben los vientos el uno por el otro.

—¿Viaja mucho últimamente?

—Trabaja muchísimo. Lo han enviado a abrir oficinas en Bulgaria y Bangalore. Y más adelante lo mandarán a China.

—¿Por qué no lo acompañas?

—No puedo dejar la tienda desatendida tanto tiempo.

—¿Te llama cuando está fuera? Me refiero a si puedes controlar sus idas y venidas.

Gita suelta las borlas.

—Me llama cada noche. En ocasiones, varias veces al día.

—¡Bien hecho!

Me mira, ceñuda.

—No tengo la culpa de que sea un buen tío. Se preocupa por mí, me quiere.

Sus palabras me duelen. Robert también me quería. Ahora el objeto de todas sus atenciones es Lauren.

—Claro que te quiere. Todos los hombres quieren a las mujeres…, y cuantas más, mejor.

—¿Desde cuándo te has convertido en una amargada? No la pagues conmigo solo porque Robert resultó ser un crápula. Dilip no es Robert. Y tú tampoco pareces la misma.

—No, no lo soy —contesto con rotundidad, negándome a reconocer que sus palabras me han hecho daño—. Robert se encargó de que no quedara apenas nada de la mujer que fui.

—No tienes por qué ser tan cruel. —Gita se afana ahuecando las almohadas—. Eres igual que mamá y papá. Tan pesimistas, siempre poniéndose en lo peor, dándome consejos como si fuera una niña. Papá sigue pensando que voy a convertirme en cirujana cardíaca cuando crezca. Cree que lo de la tienda es como cuando jugaba a vestir muñecas. ¡Despierta, papá! ¡Jamás me verás abriéndole la caja torácica a nadie!

—Sí, también quería que yo fuera pediatra. —Mientras hablo, le escribo un correo electrónico a Robert para rechazar amablemente la oferta de malvender la casa. Le doy a la tecla de enviar—. ¿Te lo imaginas?

—¿Y a mí de cirujana? —Gita abraza una almohada.

—Como si lo viera, tú operando a corazón abierto y yo recetando antibióticos a una panda de mocosos…

—Lo de los niños no suena tan mal. —Gita frunce el ceño—. No me importaría tener hijos algún día.

—¿Por qué? Como acabes divorciándote, solo serán un problema añadido.

—¿Quién dice que acabaré divorciándome?

—Las estadísticas. La mayor parte de los matrimonios acaba en divorcio.

—Lo tuyo es peor que la amargura. Es..., es... ¡No tengo palabras! Ese tío ha acabado contigo de verdad. ¿Ya no crees en el amor? ¿No puedes intentarlo, aunque solo sea por mí?

Un dolor familiar se me instala entre las costillas. Miro por la ventana, hacia las aguas encrespadas que alumbra una luna pálida, indiferente. Pase lo que pase aquí abajo, la luna seguirá surcando el cielo. Arden ciudades enteras, se desatan guerras, caen civilizaciones, condenadas a extinguirse. Las mujeres solitarias lloran. Y sin embargo esa maldita luna sigue saliendo día tras día, el agua continúa fluyendo hacia el mar y Robert sigue viviendo sin mí.

Respiro hondo y se me cae el alma a los pies, como un ascensor repleto de piedras.

—La verdad, Gita, ya no sé en qué creo.

7

Por la mañana, tras un desayuno rápido compuesto por cereales y dos tazas de café cargado, me abrigo, meto unas cuantas carpetas en la cartera, me cuelgo el bolso del hombro y me dirijo a la puerta. Todo sea por el bien de mi querida tía Ruma.

—Espera. Te he preparado el almuerzo. —Mamá aprieta el paso para alcanzarme, blandiendo una bolsa de papel, y de pronto vuelvo a ser una niña que se dispone a ir al colegio. Tengo la misma sensación de haber sido pillada en falta, como si estuviera a punto de hacer un examen y me hubiese olvidado de estudiar.

—Gracias, mamá. No tenías por qué hacerlo. Iba a comprarme algo por el camino.

—¿Para qué vas a tirar el dinero? En el supermercado de la isla está todo carísimo. Como no tienen competencia… —Mientras habla, mete la bolsa de papel en mi maxibolso—. ¿Qué demonios llevas ahí dentro? ¿Vas a cargar con todo eso hasta la librería?

—Tengo que adelantar trabajo y hacer unas pocas llamadas por el camino. ¿Dónde habrá cobertura?

—Si la hay será en el paseo marítimo, antes de tomar la curva para entrar en el pueblo. Pero ten cuidado con las olas, se te echan encima sin que te des cuenta.

—Hasta luego, mamá.

Las olas, dice. A mi madre le encanta advertirme de los innumerables peligros que me acechan. Mi avión podría estrellarse. La casa de la tía Ruma acabará consumida por las llamas. Tropezaré, me abriré la crisma y acabaré en coma. Y ahora las intempestivas olas oceánicas van a arrastrarme consigo.

No me importaría ejercitar las pantorrillas en la arena, así que me dirijo a la playa. Veo conchas rosadas de berberechos, conchas blancas de almejas, fragmentos azules y rojos de roca volcánica. No puedo detenerme a recogerlos, bastante cargada voy ya.

Una bandada de cormoranes cotorrea sobre las olas. Las gaviotas planean en el cielo entre graznidos agudos. Avanzo a paso ligero y me cruzo con un par de transeúntes madrugadores, una anciana y un hombre que pasean de la mano. Parecen felices, como dos piezas de un rompecabezas que encajan perfectamente entre sí.

Mi reacción frente a la melancolía es echar mano del arsenal tecnológico. Enciendo el móvil y por fin logro oír los mensajes pendientes. La voz de Robert sigue haciendo que se me dispare el corazón, un acto reflejo que se desencadena al oír ese sonido aterciopelado y grave con un leve acento texano. «Hooola, Jasmine.»

A medida que escucho, aprieto los dientes. Robert habla en un tono dicharachero, sin sombra de culpa ni remordimientos. Ojalá se postrara a mis pies, para que tuviera el placer de rechazarlo. Pero nunca volverá arrastrándose. «Tengo que pedirte un favor», dice. El resto del mensaje es ininteligible.

Le devuelvo la llamada, pero me sale el contestador: «Te habla la voz incorpórea de Robert Mahaffey. Ya sabes lo que tienes que hacer».

Sí, sé lo que tengo que hacer, y lo haría si no fuera porque es ilegal y me pasaría el resto de la vida entre rejas.

—La respuesta es no —digo—. No a la oferta de vender el piso por menos de lo acordado. —Cuelgo el teléfono con los ojos arrasados en lágrimas, parpadeo para ahuyentarlas y me concentro en devolver las llamadas de mis clientes. Hojeo carpetas y me afano en vender mis conocimientos mientras la luz del sol se abre paso en el cielo. Ráfagas de aire frío y salado me azotan el rostro. El anorak, los vaqueros y las zapatillas de deporte no impiden que me sienta aterida de frío. Me encamino al pueblo siguiendo la línea costera.

—... para elegir su fondo de inversión socialmente responsable —voy diciendo cuando de pronto se me escapa un grito porque una ola helada me alcanza de lleno y me moja hasta los muslos—. ¡Tengo que colgar, le llamaré más tarde!

Corro a trompicones hacia el paseo para escapar de las olas. Estoy empapada pero ya llevo recorrido más de medio camino, así que no voy a volver atrás. Cuando llego a la librería, estoy al borde de la hipotermia.

Dentro de la casa reina el silencio, y el ambiente es cálido. El aroma especiado del té indio me llega a través del pasillo, mezclado con los olores habituales a polvo y naftalina. Estoy temblando, me castañetean los dientes.

—¡Hola, tía Ruma! ¡Socorro!

Mi tía entra apresuradamente en el vestíbulo, ataviada con otro conjunto imposible: un sari azul y un jersey morado a rayas.

—¡Bippy! ¿Te has caído al mar?

—Casi. —Descargo el arsenal tecnológico en el salón—. No me noto los pies.

—Ven, pondremos esa ropa en la secadora y dejaremos los zapatos junto a la estufa. Te daré unos pantalones para que te los pongas mientras tanto.

La sigo hasta el lavadero, que ocupa la habitación contigua al despacho. Me tiende una toalla y se marcha apresuradamente.

Me quito los vaqueros mojados, las bragas y los calcetines, y lo meto todo en la secadora. Luego me cubro enrollándome una toalla a la cintura. ¿Y ahora, qué? Aquí estoy, medio desnuda, sin cobertura de móvil ni perspectivas de futuro.

Mi tía vuelve con un pantalón holgado de poliéster violeta con cinturilla de goma, un par de calcetines naranja y unas enormes zapatillas de peluche con forma de conejitos a los que no falta detalle, incluidas dos orejas que parecen brotar de cada pie. Me lo pongo todo. Parezco un grano de uva gigante. Me alegro de que mi tía no me trajera también un par de bragas suyas. Espero que los vaqueros se me sequen en un tiempo récord.

—Mucho mejor, cómoda y calentita. —La tía Ruma retrocede un paso y sonríe con aire socarrón—. A lo mejor podrías ponértelo para la boda de Gita.

—Ya veo que mamá te lo ha contado.

—Me ha llamado esta mañana a primera hora. ¡Es una noticia maravillosa!

—La mejor que me han dado en años.

La tía Ruma me da palmadas en el hombro.

—Vamos, no pongas esa cara. No debes dejar de creer en el amor, ¿recuerdas? —Mi tía echa un vistazo a su reloj de pulsera—. Tengo que irme arriba a acabar de hacer las maletas antes de abrir la librería.

—La puerta de delante ya está abierta.

—Sí, para los madrugadores a los que les gusta entrar y tomarse un té o un café antes de irse a trabajar.

Se dirige a la escalera.

—Entonces, ¿podría decirse que ya hemos abierto?

—Supongo que sí, pero en realidad no. No tardaré en terminar, y en cuanto lo haga me vengo derecha para abajo.

—¿Pero no tenías que explicarme…?

—Ahora mismo vuelvo. Ponte cómoda.

La tía Ruma se desvanece, dejándome sola. Genial.

Me encamino al salón para recoger mis cachivaches tecnológicos y casi me doy de bruces con… Connor Hunt.

Me ruborizo en el acto. Bajo la mirada y me encuentro con los pantalones bombachos de color violeta, las zapatillas gigantes de conejito. ¿Cómo habrá entrado? Por la puerta, claro. Pero no lo he visto entrar. No debería estar aquí. ¿Se pone algo que no sean esos pantalones de explorador, esa cazadora y esas botas de montaña? ¿Tiene un trabajo o se pasa la vida en viejas librerías polvorientas?

—¿Qué hace usted aquí, señor Hunt?

—Investigo.

Vuelve a colocar un libro en el estante catalogado como «Últimos hallazgos». Se titula *Ciento una aplicaciones para un viejo tractor agrícola*.

—¿Tiene usted un viejo tractor agrícola?

Ojalá pudiera esconderme detrás de una estantería. Espero que no se dé cuenta de que no llevo bragas.

—No exactamente. —Se queda mirando mis pantalones, las zapatillas de conejitos, y sonríe—. Pero el título sonaba... enigmático.

—Absurdo, diría yo. Igual que este. —Saco de la estantería un volumen titulado *Visitar Europa con un panda*—. ¿Quién demonios recorrería Europa acompañado de un oso?

—¿Alguien con espíritu aventurero? —dice, sonriente. Hoy sus ojos parecen más oscuros, más intensos—. Pero esta familia en concreto cruzó Europa en un coche llamado así.

—Pues el título llama a engaño. —Un libro se desploma en la estantería con un ruido sordo y lo recojo: *Atrévete con los plátanos*, Ediciones de la Media Luna—. Fíjese en esta foto. Solo de verla, se me quitan las ganas de volver a comer un plátano en la vida. ¿Están cortados a rodajas o glaseados? ¿Y qué son esas cosas rojas? ¿Quién compra esta clase de libros?

Connor observa de cerca la ilustración de la cubierta.

—¿Alguien impulsivo? ¿Que huye de lo vulgar?

Vuelvo a dejar el libro en su sitio.

—Una librería es un negocio. Mi tía debería esforzarse más en sacarle provecho y menos en evitar la vulgaridad.

—¿Pero no es ese el fundamento de la lectura, apartarse de lo vulgar?

Vuelve a mirarme de esa manera, clavando sus ojos en los míos.

—Claro, si te sobra el tiempo...

—¿Lo dice en serio? ¿No le interesan en absoluto los libros de títulos poco comunes? Precisamente estoy investigando sobre ese tema.

—No me cabe duda de que mi tía tiene muchos más libros

como el que busca. Ha venido usted muy pronto para… investigar.

Connor mira su reloj, un antiguo cronógrafo plateado con correa de piel.

—¿Acaso es delito presentarse en un comercio a la hora en que abre sus puertas?

—No estoy segura de que la librería esté abierta… oficialmente.

—Me gusta llegar antes que las hordas.

¿Qué hordas?

—Bueno —concluyo con un suspiro—. Voy a buscar a mi tía.

—Espere, no tan deprisa. Qué poco le cuesta dejarme plantado.

Me toca el brazo, y una extraña sacudida eléctrica me recorre todo el cuerpo.

Me aparto bruscamente, sobresaltada.

—Tengo cosas que hacer, y no sé nada de usted.

—Soy médico. Solía vivir en la isla, hace muchos años. He viajado bastante y ahora he vuelto de visita. Estoy pensando en instalarme de nuevo aquí. ¿Qué más quiere saber?

Su mirada recorre mi cuerpo, desde las zapatillas de conejitos hasta el jersey negro de cuello alto, pasando por los pantalones de color violeta, y tengo la sensación de que, como por arte de magia, me ha quitado una a una todas las prendas.

—Así que es usted médico —replico, irritada—. ¿Qué clase de médico?

—Medicina interna. ¿Y usted, a qué se dedica?

Mis dedos vuelven a la vida, poco a poco. Tengo que comprarme unos guantes.

—Soy analista de inversiones.

No alcanzo a descifrar la expresión de sus ojos. ¿Ponderativa, curiosa, crítica?

—No lo hubiese dicho.

—Usted tampoco parece médico.

—No suelo vestir así.

—Ni yo. He tenido un encontronazo con una ola de camino aquí.

—Me alegro de que haya sobrevivido.

Miro fugazmente los calcetines naranja de la tía Ruma, las orejas de conejo.

—No sabía que mi tía tuviera estas zapatillas. Son mejores que los zapatos de tacón, supongo. Más cómodas.

—Por eso me gusta tanto este sitio —comenta Connor—. No se ven zapatos de tacón. Ni un solo par en toda la isla. Creo que la escasez de zapaterías es lo que hace que esto siga siendo tan tranquilo y bucólico. Impide que la gente se venga a vivir aquí. Esa es mi teoría.

—A mi ex marido desde luego lo mantendría lejos.

Connor Hunt arquea una ceja. Esa mirada penetrante de nuevo, una mirada de médico. Me pregunto si sabría tomarme el pulso con solo observarme la carótida.

—¿A su ex le gustan los zapatos?

—Podría decirse que los colecciona. Armani, Rockport, Ferragamo. Es un obseso del calzado.

Me estoy yendo de la lengua.

—Así que vuelve usted a estar soltera, y se ha librado de todos esos zapatos. La invito a tomar café.

—¿Otra vez con esas? Tengo una librería que atender.

—Y no puede salir con nadie porque el desgraciado de su ex le ha arruinado la vida y nunca más podrá enamorarse.

—Debe de ser usted adivino. —Me concentro en el libro de los plátanos—. De todos modos, da igual. De ahora en adelante pienso seguir sola.

—Pero se nota que en el fondo es una optimista.

—Sé que no tiene usted mala intención, doctor Hunt…

—Llámame Connor.

—Verás, Connor, lo he pasado muy mal, y lo que necesito ahora es paz y tranquilidad —concluyo con un hilo de voz.

No quiero salir con nadie. No estoy lista para hacerlo.

—Dudo que vayas a estar muy tranquila en la librería —me advierte.

—Hasta ahora lo he estado.

—Llegaste al anochecer. Seguro que las cosas se calman a esa hora, cuando la gente se va a su casa a cenar.

Contengo la respiración.

—Tony y yo sabremos arreglárnoslas.

—Podrías tomarte un descanso…

—No te rindes nunca, ¿verdad?

Sonríe con gesto burlón.

—No me gusta darme por vencido.

—Ha sido un placer volver a verte —digo en tono neutro—. Pero, sintiéndolo mucho, ahora mismo no puedo salir con nadie. Espero que lo entiendas.

Cruzo la estancia y me dispongo a salir cuando los libros empiezan a caer uno tras otro.

8

El libro de los plátanos se desploma otra vez, desencadenando la caída en cascada de varios volúmenes, como si fueran piezas de un polvoriento dominó. Un libro de tapas duras cae a mis pies. Es un poemario de Emily Dickinson, abierto por una página de lo más inquietante: «Corazón mío, ¡lo olvidaremos! / ¡Tú y yo, esta noche!».

Cierro el libro y lo devuelvo a su sitio con gesto brusco.

—Espero que mi tía tenga un seguro contra terremotos.

Connor se frota la ceja, como si hacerlo lo ayudara a pensar.

—No ha sido un terremoto. El suelo no ha temblado.

—En ese caso, tendrá que asegurar mejor las baldas.

Otro libro cae a la alfombra, esta vez una cuidada edición de poemas de Neruda, abierto por una página de aspecto satinado con letra miniada: «... luchando y esperando, / junto al mar, / esperando...». Me estremezco. Recoloco los libros en la balda y los enderezo.

—Jamás entenderé por qué se empeña en destacar títulos tan tontos. ¿Quién compra estos libros?

—Gente como yo.

—Tú eres raro.

Avanzo a grandes zancadas hacia la puerta, pero se cierra de golpe en mis narices. Doy un paso atrás, tragando en seco.

«Tienes que vivir», susurra una voz a mi espalda. Me vuelvo bruscamente.

—Deja ya de murmurar.

—Yo no he dicho nada.

Connor levanta las manos en el aire.

—¿Quién ha sido, si no?

Un escalofrío me eriza la piel.

«Y vivía esta doncella sin otro pensamiento / que amarme y ser amada por mí.»

—¿Por qué citas a Edgar Allan Poe? —le pregunto. ¿Cómo sé que es una cita de Poe?—. No estoy aquí para amar a nadie.

—Ni yo he dicho que lo estés —replica Connor, arqueando las cejas.

Meneo la cabeza, confusa.

—Es de Allan Poe, ¿verdad?

—¿A qué te refieres?

Me estoy volviendo loca.

—Tengo que salir de aquí.

Connor está a mi lado.

—¿Te encuentras bien?

—Perfectamente. —Tiro del pomo, pero la puerta no se abre—. Estamos encerrados.

—Déjame intentarlo.

Connor gira el pomo y tira de él, en vano.

—Vuelve a intentarlo.

Connor y yo intentamos abrir la puerta por todos los medios, pero es inútil.

—Creo que tendremos que salir por la ventana —apunta.

—Me temo que las ventanas de esta habitación no se abren, están selladas por la pintura.

—En ese caso, nos quedaremos aquí atrapados para siempre.

Connor sonríe con picardía, como si la idea no le desagradara del todo.

—No tiene gracia.

Mira mis pantalones, las zapatillas, la puerta, y rompe a reír.

—Lo siento, pero sí que la tiene. ¿Por qué no lo comentamos mientras nos tomamos un café?

—Ni hablar.

Giro el pomo frenéticamente y tiro de él con todas mis fuerzas, pero la puerta no cede.

«Solo es un café», susurra.

—Vale, de acuerdo —le digo.

—¿De acuerdo, qué?

—Que sí, que me tomaré un café contigo. Pero no es una cita. No estoy para citas.

Connor me mira con la mejor de sus sonrisas.

—Me parece perfecto. ¿Viernes por la noche? ¿A eso de las ocho?

—Sí, sí, lo que sea.

Vuelvo a asir el pomo y, como por arte de magia, la puerta se abre de par en par, liberándonos.

9

Subo las escaleras a toda prisa y me doy de bruces con la tía Ruma, que deja caer una pila de libros. Varios ejemplares ruedan escaleras abajo con gran estrépito.

—¡Bippy, qué pálida estás!

—El viento ha hecho que se atrancara la puerta del salón. He aceptado una cita con ese hombre, Connor Hunt…

—¿Qué hombre, dónde? ¿Qué puerta?

—Ven, te lo enseñaré. —Recojo los libros, guío a mi tía hasta el salón de la planta baja. La puerta está abierta. Connor ha vuelto a desvanecerse.

—¿Había un hombre aquí? —pregunta la tía Ruma—. ¡Estupendo, tienes una cita!

—No es una cita. No quería usar esa palabra. Connor Hunt no paraba de insistir.

—Me suena ese nombre, pero no sé de qué. No te preocupes y pásatelo bien. —Gira el pomo de la puerta—. Ves, esta puerta no se cierra. Ni siquiera tiene cerradura.

—Pero…

—Mira. —Me enseña el pomo, liso y suave, abre y cierra la puerta varias veces.

—Te aseguro que no podía abrirla.

La tía Ruma frunce el entrecejo. Me conduce de vuelta al salón de té.

—Siéntate, respira hondo. Te voy a preparar una taza de té.

Una taza de té, así lo arregla ella todo.

—La próxima vez que venga, le diré que no puedo quedar para tomar café con él —digo, frotándome las sienes—. No sé qué me ha pasado. Ha sido un error. Connor Hunt ha dicho que estaba investigando sobre tractores o plátanos. O quizá canguros. Es médico, por cierto. ¿Cómo puede pasarse la vida en la librería, de dónde saca tiempo? No puedo salir con él.

La tía Ruma se sienta delante de mí, toma mis manos entre las suyas.

—Bippy, estás divorciada, no muerta.

Suspiro.

—A veces me siento como si..., bueno, como si lo estuviera.

—¿Te atrae ese hombre?

—Es un pesado. He coincidido con él dos veces desde que he llegado, y en ambas ocasiones me ha pedido que salga con él.

Sus ojos centellean.

—¿Y por qué no te dejas llevar, por qué no te sueltas la melena, como suele decirse?

Me vuelvo a masajear las sienes. Noto el cansancio en los huesos, y el día no ha hecho más que empezar.

—De acuerdo, me rindo.

—No tenemos mucho tiempo. Ven, te voy a enseñar la tienda.

A continuación, me explica someramente cómo funcionan el sistema informático y la caja registradora. Trato de memorizar las combinaciones de teclas, pero estoy un poco distraída.

—Te quedas aquí esta noche, ¿verdad? —pregunta la tía Ruma—. Pero no te has traído el equipaje.

—No podía arrastrarlo por la playa —me apresuro a excusarme—. Esta mañana me apetecía recrearme en el paisaje. Luego vendrán mis padres con las maletas.

Me siento fatal por mentirle.

—Entiendo. *Acha.* —Su rostro se relaja—. De lo contrario, sabe Dios qué pasaría.

—Ya, ya..., la casa se pone quisquillosa.

Razón de más para quedarme con mis padres.

Al cabo de media hora, con mi ropa de nuevo, ayudo a la tía Ruma a arrastrar sus dos maletas gigantes escaleras abajo y por la puerta principal. Mi familia ha llegado. Se apean todos del coche, Gita con una trinchera de marca y tacones, mis padres vestidos de un modo más ortodoxo. Papá coge ambas maletas de la tía Ruma y las coloca en el maletero.

Mamá frunce los labios, que es su modo de expresar lo mal que le parece la aventura india de su hermana mayor. ¡Si supiera la verdadera razón del viaje! Qué distintas son. Mamá es metódica y contenida, mientras que la tía es intuitiva e imprevisible. Solo la mirada luminosa y la barbilla redondeada delatan el parentesco que las une. La tía Ruma da el primer paso, rodeando a mamá con los brazos. Esta se deja abrazar, pero enseguida se aparta.

—Pórtate bien —le dice—. Nada de locuras.

—Haré más locuras que nunca —replica mi tía, guiñando un ojo.

—No pierdas de vista el pasaporte, y ten cuidado con los terroristas suicidas —añade mamá. Así que no soy el único blanco de sus advertencias. Las reparte generosamente sin hacer distingos de ningún tipo.

—Deja de preocuparte por todo, no me va a pasar nada —responde la tía Ruma.

—¿Has envuelto los regalos? —pregunta mi madre.

—¿Por qué crees que llevo dos maletas? —Mi tía señala el maletero—. Chocolate, champú, bolígrafos, ropa, libros, colonia, jabón.

Gita no para de dar saltitos. Está tiritando de frío.

—Te lo pasarás en grande, tía. Disfruta todo lo que puedas. No te olvides de traerme…

—Tendrás el sari de boda más precioso que se haya visto jamás —la interrumpe mi tía.

—Y *kurta* y *chappal*. Ah, y *kajal*, y aceite de sándalo, y azafrán de las Indias, y…

—Te traeré un bazar entero.

—¡Así se habla! —exclama Gita.

Me mantengo a una distancia prudente, al margen del entusiasmo que genera la boda. Si Gita estuviera al tanto de los problemas cardíacos de mi tía, no le pediría tantas cosas.

—¿Habéis traído el equipaje de Bippy? —pregunta la tía Ruma.

Me vuelvo hacia mamá con una mirada suplicante y contengo la respiración.

Mi madre asiente.

—Ah, sí. Se lo traeremos más tarde. Ahora mismo no cabe nada más en el maletero.

Suspiro aliviada.

—Bien. Debe quedarse a dormir aquí —insiste la tía Ruma.

—Tú encárgate de volver sana y salva —le digo—. Un mes.

Le doy un último abrazo. Intento retener en la memoria el olor de la crema hidratante de Pond's y el tacto apergaminado de su piel.

Me da unas palmaditas en la mejilla por última vez antes de acomodarse en el asiento delantero. Cierra la puerta del coche y papá alarga el brazo por encima de su regazo para ponerle el cinturón.

Mamá y Gita se apretujan en el asiento de atrás, y la primera me dirige una fugaz mirada interrogante. Me encojo de hombros, les digo adiós con la mano y vuelvo a entrar en la casa.

Entonces la tía Ruma baja la ventanilla.

—Espera, Bippy. Ven un momento, casi se me olvidaba.

Corro hasta el coche. Pide por señas que me acerque más y me susurra al oído:

—¡Acuérdate de pasarlo bien!

Alargo la mano hasta su hombro y sonrío.

—Que tengas buen viaje.

Papá tamborilea con los dedos sobre el volante.

—¡Vamos a llegar tarde!

—Cuídate mucho —susurra mi tía—. Disfruta mientras puedas.

Le digo adiós con la mano.

—No te preocupes por mí. Tú ponte buena.

Papá arranca el coche y una ráfaga de humo sale del tubo de escape.

—Tenemos que irnos.

—Te llamaré —me asegura la tía Ruma.

Vuelvo a la acera con los brazos cruzados sobre el pecho mientras papá maniobra el coche y enfila la carretera. Mi familia al completo dobla la esquina y desaparece. De pronto, estoy a solas con la librería, la lluvia y el viento que arrecia, amenazando tormenta.

¿Dónde me he metido?

10

En el desordenado despacho de mi tía, me enfrento a la pila de documentos que se amontonan sobre su escritorio. Hay muchos recibos sin pagar y facturas que no se han enviado. Durante años se las ha arreglado para llevar el negocio de un modo eficaz. La enfermedad la estará afectando, o bien la crisis le ha desbaratado las cuentas.

Cuando llega Tony asiente a modo de saludo y comprueba si hay mensajes en el contestador automático. Viste en tonos crepusculares —azul petróleo, negro y gris— y sostiene un vaso de papel del café Fairport con un *espresso* que bebe a sorbitos. Mientras escucha los mensajes de los clientes garabatea algunas notas y luego mira alrededor, meneando la cabeza, con los brazos en jarras.

—Me paso la vida intentando ordenar todo esto, pero es inútil, no me preguntes por qué.

Le enseño una factura de la compañía de gas y electricidad del estrecho de Puget.

—¿Debo pagar esto? ¿Ha dejado mi tía algún talonario?

Tony me arranca la factura de las manos.

—Créeme, será mejor que sigas viviendo en la ignorancia. Yo me encargo de pagar estas facturas. Me pidió que lo hiciera.

—¿Y qué se supone que espera de mí?

Tony señala con el brazo, como si quisiera abarcar toda la estancia.

—Atender la librería. Sal ahí fuera.

—¡Pero si no hay nadie todavía! Se me dan mejor los números. Podría cuadrarle las cuentas. Estoy segura de que hay más recibos sin pagar, facturas que comprobar…

—Y una librería que atender. Te lo demostraré, ven conmigo.

A regañadientes, lo sigo hasta el pasillo. Paso la siguiente hora ayudándolo a desembalar cajas de libros, colocándolos en los estantes, reordenando los expositores.

—Ese no lo pongas ahí delante —dice, sacando de la repisa de la ventana del salón un *thriller* de tapas duras titulado *No mires ahora*.

—Pero si acaba de salir. Lo he visto en el aeropuerto. ¿No tenéis más ejemplares?

—Esto no es una cadena de librerías —replica, blandiendo un viejo *thriller* con las tapas manoseadas—. Nosotros ofrecemos alternativas, otros horizontes.

—Estupendo. Ya que sabes tanto sobre el modo de convertir una librería en el negocio del siglo, lo dejo en tus manos. Tengo cosas más interesantes que hacer.

—Seguro que sí.

En un armario del pasillo encuentro una escoba y un plumero con los que me dispongo a dejar la librería limpia y reluciente. Tony se me acerca en la sala dedicada a los libros de lance y rompe a reír.

—¿De veras esperas cambiar algo?

—Una tienda limpia es una tienda rentable.

Intento abrir la ventana, pero la pintura la ha sellado.

Tony niega con la cabeza enérgicamente sin que se le mueva ni un pelo.

—No lo pillas, ¿verdad? Esta tienda es especial. No puedes imponerle tu voluntad.

—Puedo imponerme a lo que se me antoje. —Vuelvo a tirar con todas mis fuerzas de la ventana, en vano—. ¿Sabes si mi tía tiene herramientas, un destornillador o algo parecido que pueda usar para abrir esta ventana?

Un sonoro crujido rasga el aire y la ventana se abre un par de dedos, dejando entrar una ráfaga de aire fresco.

—Ya ves —dice Tony, frotándose las palmas de las manos—. ¿No querías aire? Pues ahí lo tienes.

—¿Qué ha pasado? Debe de tener las bisagras oxidadas.

—Sí, será eso. —Tony se aleja, meneando la cabeza—. ¡Aire, dice! Una tienda limpia es una tienda rentable…

Las salas de la librería empiezan a tener un aspecto medio decente, ligeramente menos abigarrado, pero cuanto más me esfuerzo más tengo la sensación de que me enfrento a una empresa imposible.

A lo largo de la mañana, unos cuantos curiosos han entrado y salido sin comprar nada. Unos pocos han venido a recoger libros que habían encargado.

—Va siendo hora de que mi tía amplíe un poco la oferta —afirmo, al tiempo que limpio la ornamentada repisa de cerámica que remata la chimenea de la sala de literatura infantil. Tony está colocando una pila de libros ilustrados—. Debería traer jaboncillos, velas, bolsos, ediciones de bolsillo más baratas, como las que tienen en la tienda de comestibles. Para atraer a más clientes.

—Esto no es una tienda de comestibles. Echa un vistazo a tu alrededor.

—Tiene que adaptarse al siglo XXI, hacerse un hueco entre el público que busca cosas más modernas…

—Ya tiene un hueco —replica Tony justo antes de salir corriendo para coger el teléfono—. Anula el envío del título número quince —ordena a su interlocutor—. ¡Se supone que hoy debería llegar toda la remesa! —exclama. Sigue hablando a voz en grito unos instantes y luego cuelga con cara de pocos amigos.

—No quieres que mejore nada —le digo.

—Usa tu intuición. —Tony señala su propio pecho—. Tu corazón.

—Eso se lo dejo a mi tía. Tengo otra idea: podría expandir el negocio, comprar el local de al lado y convertirlo en una librería café.

—Ya tenemos un salón de té, ¿no lo has visto?

—Pero ese salón no puede competir con el café Fairport…

—No queremos competir con nadie. A ver: escucha y aprende. Mira, ahí llega un cliente.

Un joven calvo acaba de entrar en la librería, sacudiendo el paraguas. Tony se le acerca a grandes zancadas y sonríe.

—¿En qué puedo ayudarle?

—Estoy buscando un libro ilustrado sobre casas rústicas —contesta el hombre con voz atiplada. Lleva una gabardina negra que, de tan empapada, reluce como el hule.

Doy un paso adelante.

—De esos tenemos muchos.

El hombre me mira sin verme, como si yo fuera invisible y estuviera hablando con el aire.

—¿Construidas con materiales ecológicos?

—¿Los libros? —pregunto. Noto una extraña quemazón que me sube por el cuello.

El hombre emite una especie de gruñido.

—Las casas. Las busco construidas con materiales sostenibles, eficientes desde el punto de vista energético.

—No existe lo que se dice un libro ilustrado que verse sobre el tema —interviene Tony, invitando al cliente a seguirlo por señas—. Las editoriales no clasifican los libros de ese modo, pero le enseñaré lo que tenemos.

Oigo la aterciopelada voz de Tony desvaneciéndose por el pasillo mientras conduce al hombre hasta la sección de hogar y jardinería. Vale, si es tan bueno en lo que hace, podrá prescindir de mí un momento. Aprovecharé para volver a buscar cobertura. Aferrándome a un resquicio de esperanza, sostengo la blackberry en alto y me lanzo a recorrer todos los pasillos y estancias de la librería. Casualmente acabo en la sección de sexualidad, donde veo a una mujer hojeando con gesto furtivo libros sobre la excitación femenina.

Me apresuro a salir de allí y entro en la siguiente habitación con el rostro ardiendo. Menos mal que no me ha pedido ayuda. He escapado por los pelos. En el siguiente tramo de pasillo hay una niña suplicándole a su padre que le compre un cuento de hadas.

—Este, por favor, por favor. Solo cuesta siete dólares.

—No, cariño, no —contesta el padre, distraído—. Es tirar el dinero.

—¿Para cuántos paquetes de tabaco daría, papá? —replica la pequeña.

Se hace un silencio, solo roto por una risa que llega atenuada desde la habitación contigua. El padre coge el libro y lo lleva hasta la caja. Gran sorpresa: hay tres clientes haciendo cola delante de él, con libros viejos y desvencijados en las manos. ¿Qué demonios habrán encontrado que resulte tan interesante como para comprarlo?

Siempre que tengo ocasión, me escabullo para comprobar si tengo mensajes en el buzón de voz en el único sitio en que he encontrado un pizca de cobertura, seis manzanas más abajo y dos más allá. Robert aún no ha contestado el mensaje que le dejé. No puede vender la casa sin mi consentimiento. Yo también tengo que firmar la escritura, y no he aceptado nada.

Al caer la noche, un hombre de avanzada edad, cargado de hombros y anquilosado, entra discretamente en la sala de literatura infantil y se pone a hojear ediciones ilustradas: obras de Dr. Seuss, libros sobre animales…

—¿Podría usted ayudarme? —susurra, y mira a su alrededor antes de proseguir—: Ruma siempre me ayuda.

—¿Desea comprar un libro para algún niño al que conoce? —pregunto. Tony está en otra habitación, atendiendo a un cliente.

El hombre se sonroja y asiente.

—¿Qué clase de libro busca?

No he leído un libro infantil desde hace décadas. Fuera, la lluvia cae sin cesar.

—Uno que sea fácil —contesta con un hilo de voz.

—¿Es para un niño o una niña?

—Un niño.

—¿Qué edad tiene?

El hombre se rasca la barbilla con el índice y el pulgar. Tiene los dedos gruesos, las uñas roídas.

—Nunca me acuerdo.

Un libro cae produciendo un ruido sordo en el pasillo de atrás. Una voz susurra: «No lo quiere para ningún niño, no lo quiere como juguete…».

—¿Cómo dice? ¿Perdón? —Doblo la esquina, pero no hay nadie. Vuelvo con el hombre.

—¿Busca un libro… para usted? —pregunto. No era mi intención sonar ni mucho menos parecer incrédula, pero no puedo evitarlo. El hombre debe de estar aprendiendo a leer. Rondará los sesenta años.

Se le enciende el rostro de un modo violento y desigual, y queda sembrado de manchas. Deja caer el libro sobre la mesa y se precipita hacia la puerta. Me apresuro a seguirlo.

—¡Señor, espere!

Pero se marcha a toda prisa, avergonzado.

—¿Qué ha ocurrido? —pregunta Tony, que se me acerca por la espalda y mira por la ventana—. ¿Qué le has dicho?

—Le he preguntado si los libros que buscaba eran para él.

—Genial, Jasmine. Simplemente genial —replica, poniendo los ojos en blanco.

—Pobre hombre. ¿Debería ir tras él?

—Deja que se vaya. Ya volverá.

Pero el hombre no vuelve. Ojalá le hubiese preguntado el nombre.

Me escuecen los ojos a causa del polvo, y estoy temblando. La calefacción debe de estar estropeada. Cierro las dos ventanas que se habían abierto de par en par por sí solas después de que yo forcejeara con ellas.

Al anochecer, cuando estoy a punto de cerrar la librería, una mujer delgada, de piel morena y con una gabardina cruzada de

Burberry entra con aire apresurado, las mejillas sonrojadas. Es enjuta y menuda, como si no le sobrara ni un gramo.

—Hola, Jasmine. Soy Lucia Peleran. La doctora Lucia Peleran. Bienvenida a Fairport. ¿Has encontrado el pueblo tal como lo recordabas?

Doy un paso atrás y sonrío. ¿Cómo sabe quién soy?

—Supongo que mi tía le habrá hablado de mí.

—Estamos encantados de tenerte de vuelta. —Me escruta detenidamente con el rostro muy cerca del mío, por lo que alcanzo a distinguir el tenue aroma a menta de su aliento—. Si alguna vez necesitas que te alineen la columna, pásate directamente por el Centro Quiropráctico Fairport y te dejaré como nueva en un santiamén. Creo que no te vendría mal algún pequeño reajuste.

Hago rotaciones con los hombros y muevo la cabeza a uno y otro lado.

—Qué va, estoy perfecta.

Sus cejas meticulosamente perfiladas se arquean.

—¿No tienes ninguna contractura? Me extraña que una mujer en tus circunstancias no tenga algún que otro nervio pinzado.

—¿En mis circunstancias? —Se me encoge el estómago. ¿Qué sabe de mí esta mujer?

Lucia Peleran hace un gesto con la mano huesuda como quitándole hierro al asunto, y sus dedos parecen las ramas desnudas de un arbusto sin hojas.

—Todas hemos pasado por eso, cariño, créeme. No debe de quedar una sola mujer en este pueblo que no lo haya hecho.

—¿Que no haya hecho qué?

De pronto me entero de que soy la comidilla del pueblo.

Mi interlocutora se me acerca más para contestar.

—Verás, yo también acepté salir con un hombre nada más divorciarme, y fue horroroso. Quería llevarme a la cama, pero me di cuenta de que era demasiado pronto.

—Perdone —replico, cerrando los puños—, pero no me apetece hablar de mi vida personal.

Ella prosigue, impertérrita.

—Lo que necesitaba yo era mimarme un poco, ir a un balneario, meterme en una bañera de agua caliente. Y tú necesitas que alguien te enderece esa columna…

—Me encuentro perfectamente. Llevo sola casi un año.

Se me ocurrió hablarle a mi tía de la única y desastrosa cita a ciegas a la que accedí poco después de la separación, una farsa orquestada por mi mejor amiga, Carol. Me puse un vestido rojo que se quedó atrapado en la puerta del coche. Rompí a llorar antes incluso de que llegáramos al restaurante, y aquel pobre hombre tuvo que llevarme de vuelta a casa. Ahora descubro que mi tía ha compartido este recuerdo personal con perfectos extraños. Es para matarla.

—El dolor tarda mucho en desaparecer —afirma la doctora Peleran—. Mi función es liberar las vértebras para que tu propio cuerpo pueda reparar cualquier daño sufrido y devolver los huesos a su posición correcta. Es la inteligencia innata del cuerpo.

Mi inteligencia innata me dice que salga corriendo ahora mismo. Visto lo visto, es probable que todo Fairport esté al corriente de mis secretos más íntimos.

Respiro hondo, destenso las manos.

—¿Está buscando algún libro?

Lucia Peleran pasa por delante de mí como un torbellino y se va directa a la sección de culinaria.

—Acabo de volver de California. Tengo que conseguir un libro de cocina que vi allí.

—¿Cómo se titula?

No sabría distinguir un libro de cocina de una guía de viajes, pero me hago pasar por quienquiera que sea la actual reina de los fogones televisivos.

Lucia acaricia los libros, y sus dedos de uñas rojas revolotean sobre los lomos como gigantescas mariquitas.

—No recuerdo el título ni el autor. —Un gesto extraño se adueña de su rostro, una fugaz expresión de pánico.

—¿Podría concretar un poco más? —Recorro con la mirada un críptico mar de subcategorías: libros para adelgazar, para diabéticos, para vegetarianos, de comida china, india, platos rápidos, delicias para gourmets—. ¿Recuerda por qué letra empezaba el nombre del autor? Podríamos buscarlo en el ordenador.

—¿En el ordenador? —Me mira como si no alcanzara a comprenderme, como si no pudiera articular una sola palabra.

—¿Busca recetas de algún país en concreto?

—¡Sí, de California! —contesta entre aspavientos.

California no es un país.

—¿De qué zona de California?

—Tenía unas recetas maravillosas de la costa.

—Muy bien, una ciudad costera. ¿Los Ángeles, San Francisco?

—No, de la costa Este.

—¿La costa Este de Estados Unidos?

—No, de California.

—La costa este de California es el estado de Nevada.

Me esfuerzo por sonar educada y cortés.

—Era un libro grande, tirando a cuadrado. En la cubierta salía la foto de un plato, ¿un cuenco de curry, quizá? La cubierta puede que fuera de un verde intenso. Colorida. ¿Arroz, quizá? O también podrían ser fideos. La composición era perfecta, y toda la comida parecía de lo más apetitosa, irresistible.

Le enseño varios libros, pero los rechaza todos, uno tras otro. Mi pinzamiento cervical se va notando cada vez más. Una voz aguda, estrafalaria e incorpórea se cuela en la habitación: «Todo ello dispuesto en el plato de un modo tan perfecto que salta a la vista que alguien lo ha toqueteado a conciencia». De pronto percibo un olor a magdalenas recién horneadas; seguramente lo ha traído el viento desde la panadería que hay al final de la calle.

Lucia sigue parloteando sin cesar. Noto un incipiente dolor de cabeza. Me importan un bledo los libros de cocina. Me importan un bledo el arroz, los fideos y el libro que descubrió en California. Lucia Peleran debería reunirse con mi perfecta y feliz hermana para comentar el menú de la boda, pero yo no lo aguanto ni un minuto más.

—¡Basta! —exclamo, interrumpiendo su monólogo.

Lucia Peleran se queda paralizada, con la palabra en la boca.

Saco un libro de la estantería, luego otro y otro más después, y los amontono todos sobre la mesa hasta formar varias pilas con ellos.

—Aquí tiene libros de cocina. Decenas, cientos de libros de cocina. ¡Coja uno y acabe de una maldita vez!

Lucia está boquiabierta. Abre y cierra los labios a cámara lenta, al tiempo que parpadea. Me mira con ojos achinados.

—Bueno —dice—, el divorcio también puede hacerte perder la chaveta.

Acto seguido, coge un libro de lo alto de una pila, haciendo que todos los demás se estrellen en el suelo.

11

—¿Otro cliente satisfecho? —pregunta Tony al ver que Lucia se marcha a grandes zancadas con cara de pocos amigos.

—Muy gracioso. —Ordeno los libros de cocina, uno por uno. No sé qué mosca me ha picado—. Tenemos que deshacernos de algunos de los libros más antiguos, donarlos a alguna organización benéfica…

—Ni se te ocurra. —Tony me arrebata de las manos un ejemplar de *¡Viva la pasta!*—. A Ruma le daría un ataque. Los libros antiguos son los que dan personalidad a la librería.

—Pero es que aquí sobra personalidad. No cabe ni un alfiler.

Tony aprieta contra el pecho *¡Viva la pasta!*, como si entre sus páginas sobadas y llenas de pliegues se ocultara la clave de su existencia.

—¿Por qué crees que Ruma te eligió? ¡Te aseguro que no fue para que le vaciaras el fondo!

—Se me dan bien los números. Tengo olfato para los negocios. La tía Ruma sabe que conmigo la librería saldrá a flote. Tenemos que encargar los últimos superventas de cocina, poner más lámparas, que esto parece una cueva.

—Este lo has puesto en el sitio equivocado. —Tony saca del estante un libro de tapas duras y lo coloca en el estante contiguo—. Estos los organizamos por temas y, dentro de cada tema, por autores.

—Lo que tú digas, Tony. Tampoco es una sección muy concurrida, que digamos.

—Ruma podía haber dejado la librería en mis manos. Me las habría arreglado perfectamente sin ti. Total, para que ahuyentes a la clientela...

—No he ahuyentado a nadie. Lucia no sabía qué quería.

Tony señala mi frente.

—Tu trabajo consiste en averiguarlo.

—Lo he intentado.

—Ruma sabe verlo, intuye cosas sobre la gente, sobre lo que quieren y lo que necesitan. Tiene una especie de tercer ojo.

—Eso es ridículo. —Hago un gesto de prestidigitador con los dedos—. Qué tercer ojo ni qué tonterías.

—Para dedicarte a esto no puedes valerte solo de la lógica. No es como darle a alguien la cotización de una cartera de inversiones.

—Quieren un libro, tú se lo das. Así averiguas qué quieren.

—A veces la gente no sabe lo que quiere. Paciencia, cortesía, entusiasmo. Compasión. Hacen falta todas esas cualidades para este trabajo.

—Lo que hace falta son pasillos más anchos y sillones mullidos.

—Los sillones están perfectos. —Tony coge el libro de pasta bajo el brazo—. ¿Te has parado a preguntarte por qué se marchó Lucia a California? No fue un viaje de placer, pues de lo contrario hubiese retenido el nombre de ese libro de cocina. Debía de tener otras cosas en las que pensar. Su madre tenía una casa en California pero no podía seguir viviendo sola. Le han diagnosticado una demencia de algún tipo. Podías habérselo preguntado.

—No soy vidente, ni psicóloga.

—Nadie ha dicho que tengas que serlo. —Tony me sigue hasta la sección de literatura clásica.

—Oye, siento mucho lo de la madre de Lucia. Es muy triste. Pero no es mi cometido desvelar sus secretos más íntimos.

—No tienes que hacerlo. Basta con que te importe. Los libros son más que meras mercancías. Contienen nuestra cultura, nuestro pasado, otros mundos, el antídoto contra la tristeza.

—Si eso fuera cierto, la gente acudiría en masa a la librería más cercana.

—Quizá debieran.

—A mí me ha ido estupendamente sin los libros... desde hace años. Ya no tengo tiempo para leer.

—A lo mejor deberías buscar tiempo.

—He estado ocupada...

—Así que también has perdido a alguien... Lo veo en tu cara. Eso es lo único que necesitas, conectar con tu lado más humano. Solo te falta un poquito de empatía.

—Pero si soy empática.

¿Qué ha visto en mi cara? En mi cara no hay nada que ver.

Tony me pone en las manos una maltrecha edición de bolsillo de *Orgullo y prejuicio*.

—Usa esa empatía en el club de lectura de los miércoles. Ruma siempre modera el debate.

—Pero no sé cómo moderar un club de lectura.

—Suelen reunirse en el salón de té.

—Pero…

—¿Quieres defraudar a tu tía?

—No pienso leérmelo —replico, dejando el libro sobre la mesa.

Tony suspira.

—Tú verás. Mañana por la mañana vendrá Gertrude Gertler a firmar *El pijama del osito*.

—¿El pijama del qué…?

—Gertrude es un poquitín excéntrica.

Me enseña un libro delgado de tapas duras ilustrado en suaves tonos pastel. Ositos de peluche en pijama.

—¿A qué te refieres?

—Bueno, ya sabes… —Me conduce hasta el salón—. Tú solo asegúrate de que todo esté ordenado, y puedes acomodarla ahí, en esa mesa. Rotulador de punta fina de color azul. Notas autoadhesivas de color rosa.

—¿Notas autoadhesivas de color rosa?

—Tienes que apuntar los nombres de todas las personas que quieran un libro dedicado en notas autoadhesivas y dárselos a Gertrude para que no se equivoque al escribirlos.

—¿Los tenemos en rosa?

Tony mira su reloj de muñeca.

—No, no los tenemos en rosa, y la papelería ya ha cerrado. Tendrán que ser azules.

—¿Estarás aquí mañana para echarme una mano?

—Vendré en cuanto pueda. Tengo que coger el ferry, ¿recuerdas?

Lo ayudo a preparar el salón para la firma de libros, colocando algunos ejemplares de *El pijama del osito* en las mesas junto con una selección de las restantes obras de Gertrude Gertler.

—¿No tenemos más libros? —pregunto—. Solo veo seis ejemplares de *El pijama del osito*, y están todos expuestos.

—Tu tía ha estado muy atareada estos días, así que los libros se encargaron en el último momento y no han llegado todavía. Pero los traerá un mensajero mañana a primera hora.

—A primera hora, ¿estás seguro?

—Casi pondría la mano en el fuego. —Tony coge su abrigo del armario. Está a punto de salir por la puerta cuando se detiene y, sin apartar la mano del pomo, se vuelve hacia mí—. Vas a pasar la noche aquí, ¿verdad?

—¿Por qué? —pregunto, mientras me pongo también el abrigo.

—Le has dicho a Ruma que lo harías.

—¿Y qué más da?

Tony parece vacilar, y finalmente niega con la cabeza.

—No puedes dejar la casa sola por la noche.

—Pues la pobre y vieja casa tendrá que apañárselas sin mí. Ya es lo bastante mayorcita para cuidar de sí misma.

Tony rompe a reír.

—Allá tú.

Y se marcha sin decir nada más.

12

Cuando llego a casa de mis padres, Gita ha vuelto a Seattle y mamá se pasea de un lado al otro envuelta en un sari de seda azul y una nube de colonia Joy. Se ha transformado de norteamericana en bengalí con solo cambiar de ropa y perfilarse los ojos con una raya de *kajal* negro.

—¿Qué tal te ha ido? —Se mira en el espejo del pasillo, mueve la cabeza a un lado y a otro entre destellos de joyas y se atusa el pelo corto.

—De maravilla —miento, bostezando. Dejo caer el bolso en el vestíbulo—. La tía Ruma cree que me quedo a dormir allí. Dice que la casa se pone de mal humor si no lo hago.

—La casa no va a notar la diferencia. —Mamá me recibe con una sonrisa radiante, enmarcada por sus rutilantes pendientes de plata—. Los Maulik se han enterado de que estás aquí y nos han invitado a cenar esta noche.

—¿Así, sin previo aviso? —Se me cae el alma a los pies. Mamá no me dejará escurrir el bulto; los Maulik son viejos amigos de la familia que se mudaron a la isla al jubilarse por insistencia de mi padre. Benoy Maulik, mi tío adoptivo, fue a la universidad con papá en India.

—No hace falta que te arregles —dice mamá sin dejar de retocarse el pelo—. Puedes ir tal como estás.

Miro mis vaqueros, las zapatillas. No lo dirá en serio. Hasta papá se ha puesto una camisa de seda, pantalones deportivos y una colonia especiada.

—No puedo ir así. Tengo que cambiarme.

Un momento, ¿acabo de acceder a acompañarlos? Sí, me temo que así es.

—Bueno, pues date prisa. Tenemos que salir en diez minutos.

¡Diez minutos!

—¿Por qué no me has avisado? Estoy cansada. Creo que me quedaré en casa.

Mamá me empuja hacia las escaleras.

—¿Y qué les digo a los Maulik, con la de tiempo que hace que no te ven? Te están esperando.

Diez minutos después, estoy lista para salir. Me he puesto una blusa con estampado de cachemira y una falda a juego. Me siento como si volviera a la infancia, sentada en el asiento trasero del coche de mis padres mientras nos dirigimos a una fiesta en casa de unos amigos indios. Mis padres siempre nos dejaban a Gita y a mí en la habitación de la tele con todos los demás mocosos. A mi hermana no parecía importarle. Era cinco años más joven que yo y se lo pasaba en grande jugando con los otros niños.

—¿Sabes si Charu se ha recuperado de la cadera? —pregunta mamá desde el asiento delantero. Se refiere a la esposa del tío Benoy.

—Tengo entendido que ha vuelto al trabajo —contesta mi padre—. Traduce textos del hindi para la universidad.

—¿Sigue intentando escribir una novela?

—Lleva años haciéndolo —comenta papá entre risas.

—Benoy está mejor desde que le han puesto el marcapasos —señala mamá.

—Tiene mala cara —dice papá.

—Los dos tienen mala cara —remacha mamá.

—Él intenta abarcar demasiado. Siempre está liado con algún arreglo en la casa.

—¿Por qué no se relaja? —pregunta mamá, mirándose la raya de los ojos en el espejo de cortesía—. A este paso, le dará otro infarto.

Los cotilleos de mis padres contaminan el aire como humo tóxico. Abro la ventanilla e inspiro el aire fresco, que huele a cedro y a pino. Hacía muchos años que no iba sentada en el asiento de atrás, oyéndolos cotillear sobre personas que no están presentes para defenderse. Me pregunto si hablarán así de mí cuando no estoy: «Esta Jasmine... ¡Estaba cantado que acabaría divorciándose! Será una vieja una solterona, triste y amargada...».

—Por lo que veo, los Maulik lo han pasado mal últimamente —señalo, para compensar sus comentarios mordaces con una pizca de compasión—. ¿Por qué no les dais un respiro?

Ninguno de los dos replica. Papá toma una calle lateral de aspecto cuidado y opulento, se detiene junto a la acera. Hay varios coches aparcados delante de la casa de los Maulik, un cubo de dos plantas con la fachada enlucida, rodeado de exuberantes rododendros y abetos.

Apenas reconozco a la mujer que sale a abrir la puerta: el rostro abotargado, el pelo negro lacio y sin vida, una pátina vidriosa empañando la mirada. La tía Charu, aquella hermosísima mujer de tez morena, ha perdido su esplendor.

—¡Jasmine! ¡Qué alegría verte!

La abrazo con fuerza.

—Ha pasado mucho tiempo.

—Entrad, entrad.

La tía Charu se hace a un lado, abraza y besa a mis padres. Por dentro, la casa de los Maulik es la quintaesencia de India: alfombras de Cachemira cubren los suelos de tarima maciza, y sobre las mesitas auxiliares de teca se alzan figuras de dioses hindúes. En las paredes del comedor, varios tapices de seda ilustran escenas de las grandes epopeyas hindúes, y en el inmenso salón con vistas al mar, por encima de un sofá importado, un lienzo reproduce una escena bélica del *Mahabharata*. Un aroma a madera ahumada y especias fuertes flota en el aire. Los Maulik siempre han atesorado los recuerdos de su tierra natal con tanto afán que su añoranza de Bengala parece aflorar por todas partes.

En casa de mis padres, por el contrario, conviven los objetos más dispares en una mezcla de Oriente y Occidente, acaso como reflejo de la afición de mi padre por los viajes y los cambios. Mamá, la tía Ruma y él fueron los primeros de nuestra nutrida familia que abandonaron India. Abrieron camino y abrazaron con entusiasmo la cultura estadounidense.

Mamá y papá me presentan a varios invitados a los que apenas reconozco. Nos reunimos en el patio y nadie menciona mi divorcio ni el hecho de que no tenga hijos. La casa está llena de niños, la descendencia de los amigos indios de la familia. Los hijos, sobre todo los varones, son sinónimo de éxito, y todos los amigos o primos de mi edad se han hecho médicos, abogados o profesores.

Mi padre se ocupa del salmón que se está asando en la barbacoa. El tío Benoy se encarga de las bebidas. Mi madre está hablando con una vieja amiga de India cuyo rostro reconozco, aunque el nombre se me escapa.

Y aquí estoy yo, hecha un pasmarote junto al muro de piedra del jardín, fingiendo interesarme por los rododendros.

—Dime, Jasmine, ¿qué tal te van las cosas en el trabajo?

El tío Benoy se me acerca con su paso trabajoso para darme un gran abrazo. Desde la última vez que lo vi, hará una década, ha encanecido del todo.

—Me va muy bien —contesto. Otra mentira. De pronto, soy consciente de lo frágil que es mi situación en la empresa—. Tienes buen aspecto, tío.

En realidad, tiene el rostro demacrado, surcado de arrugas.

—¿Y qué hay de Gita? Se casa, ¿verdad?

—Sí, nos hace mucha ilusión —contesto educadamente.

—¿Te traigo una copa? ¿O quizá algo de picar? —me pregunta con una palmadita en la espalda.

—Un poco de agua, por favor.

—Ahora mismo vuelvo —contesta, y se aleja despacio.

—¿Jasmine, eres tú?

Una mujer joven de pelo largo se me acerca sigilosamente. Lleva apoyado en la cadera un bebé de aspecto angelical.

—¿Sanchita? —pregunto, escrutando su rostro. Parece una versión alargada de la niña que fue: el mismo rostro oval de tez oscura, los mismos ojos saltones, con una sombra adicional de vello negro sobre el labio superior. La última vez que la vi tendría como mucho dieciocho años, tres menos que yo. Poco después, se marchó a la universidad.

Un niño se le acerca corriendo. Calculo que tendrá tres o cuatro años. Agita en el aire un gran libro ilustrado, y no es otro que *El pijama del osito*.

—Mamá, ¿puedes leérmelo?

«¿Mamá?» Sanchita, una hija única a la que concedían absolutamente todos los caprichos que se le antojaban, ha dado a luz a dos niños. No salgo de mi asombro. Es más: creo que me hago vieja por momentos.

—Después de cenar —contesta ella.

—Mamaaaaá…

—Anda, vete a jugar.

El niño se marcha a regañadientes, con un mohín de enfado.

—¡Vishnu! —lo llama Sanchita—. Lávate las manos antes de cenar.

El niño asiente sin mirar atrás.

—¡Qué mono! —le digo. Se me revuelven las entrañas. Vale, soy una envidiosa. No quiero su vida, pero siento envidia de su pequeña familia feliz, de su capacidad para satisfacer las expectativas de todos los demás, de lo cómoda que se la ve en el papel que se supone que debe interpretar.

—Esta es la más difícil —confiesa Sanchita, señalando con la cabeza a la niñita que lleva en brazos. Los labios de la pequeña tiemblan, hace pucheros. Es una verdadera monada. Más aún: la viva imagen de la frescura, de la vida recién estrenada.

Acaricio las mejillas calientes de la niña.

—Es preciosa, simplemente adorable.

—Cuando quiere. —Sanchita mece a su hija. En la penumbra del anochecer, el cansancio se hace evidente en su rostro. Hay un vacío en su mirada, como si una parte de sí misma se hubiese ausentado.

—Hacía siglos que no te veía. Lo último que supe de ti es que entraste en la universidad. ¿A qué te dedicas ahora?

—Soy médico, pediatra.

La palabra «pediatra» le va que ni pintada. Ejerce la profesión que mis padres hubiesen querido para mí. La que sus padres querían para ella. La que cualquier progenitor indio hubiese deseado para su hija. Es el producto por excelencia de una familia bengalí de clase alta. Ha elegido una profesión muy valorada, ha dado a luz a un hijo varón y, de propina, a una niña regordeta cuyos mofletes da gusto pellizcar. No se puede pedir más.

—Enhorabuena —la felicito, y me noto la garganta seca—. Debe de ser una profesión muy gratificante.

Apuesto a que vive en una mansión y tiene una niñera a sueldo, a no ser que el marido sea de los que se quedan en casa para cuidar a sus hijos.

—Sí, por lo general así es. —Sanchita aparta los ojos de mí para mirar a alguien que tengo a mi espalda. Quizá no sea una interlocutora lo bastante importante para retener su atención—. ¿Y tú qué tal?

—Vivo en Los Ángeles. Manejo inversiones, carteras de clientes jubilados.

Sanchita asiente sin atender demasiado. La pequeña juguetea con su pelo.

El tío Benoy me trae un vaso de agua con hielo y pellizca los mofletes de la niña.

—¿Cómo está mi pequeña Durga?

Le parlotea en bengalí y no entiendo nada de lo que dice. Luego la coge de los brazos de su madre y se la lleva para presumir ante los invitados.

Sanchita debe de esperar grandes cosas de sus hijos, pues les ha puesto los nombres de poderosas deidades del panteón hindú.

—¿Y tu marido? —pregunto—. ¿A qué se dedica?

—Es neurocirujano —contesta mientras ve cómo el tío Benoy se aleja con Durga.

Arqueo las cejas. ¿Qué, si no?

—¿Ha venido o le tocaba trabajar esta noche? Los cirujanos hacen turnos muy largos, ¿verdad?

—Sí, sí que ha venido. La familia es lo más importante para él.

—Eso es fantástico.

La familia también era importante para Robert. Habría fundado varias familias con varias mujeres, si se lo hubiesen permitido. Lauren no le durará demasiado. Es tan solo la última de una larga serie de caprichos.

—¿Y tú, te has casado? —pregunta Sanchita, pero enseguida se percata de su error y se pasa la lengua por los labios antes de añadir—: Es verdad, estás separada. Divorciada.

Algún pariente le habrá contado mis penas: «¿Has oído lo de la pobre Jasmine?».

—Sí, desde hace casi un año —replico, tomando la precaución de sonreír mientras lo digo.

—Eso es. ¿Era indio o norteamericano?

«Era», como si hubiese pasado a mejor vida.

—Norteamericano.

Ahora lo suyo sería que dijera «Bueno, entonces no me extraña».

—¿Cómo os conocisteis? —pregunta.

—A través de un amigo común, en una fiesta de la facultad. Es profesor de antropología.

Sanchita asiente.

—¿No era esa tu especialidad?

—Al principio sí, pero luego me decanté por algo más práctico.

—¿Y Gita? Se casa en primavera, ¿verdad? ¿Con un indio?

—Eso tengo entendido —contesto.

Un hombre alto, sumamente apuesto, se nos acerca a grandes zancadas. Lleva una camisa de seda con el cuello desabrochado y pantalones deportivos. Parece recién salido de una película de Bollywood en la que interpretara al héroe de una leyenda épica. Se le ve cómodo, dueño de sí mismo. ¿Sería mi vida distinta si me hubiese casado con un hombre así?

—Cariño —se dirige a Sanchita con voz cálida, teñida por un suave acento bengalí, la mirada rebosante de afecto —. Tu madre necesita ayuda en la cocina.

—Dile que ya voy —contesta Sanchita.

El recién llegado se vuelve hacia mí y sonríe, descubriendo su perfecta dentadura blanca.

—Hola, soy Mohan, el marido de Sanchita. Y tú debes de ser…

—Jasmine, y no soy la mujer de nadie.

Tampoco tengo hijos, y soy la peor librera de la historia. Se me da muy bien manejar carteras de inversiones, pero quizá pierda mi trabajo.

Sanchita y Mohan me miran sin saber qué decir.

—Tranquilos —comento—. Era un chiste malo.

—¡Sanchita! —llama la tía Charu.

—¡Ya voy, mamá! —contesta Sanchita a voz en grito, una voz que parece llevarla de vuelta a la infancia mientras Mohan y ella se alejan a toda prisa.

Nos sentamos a cenar en el patio y la noche discurre plácidamente entre animadas charlas sobre política y reuniones, viajes y física, astronomía y literatura. Empiezo a disfrutar de las bromas, de la compañía de los amigos de la familia y de la comida: salmón especiado, arroz *basmati*, sabrosas lentejas especiadas y dulces postres.

Durante un rato, el peso de las expectativas ajenas se desvanece. El vino ayuda, aplacando el dolor, amortiguando la punzada de los malos recuerdos. Sucumbo a un estado de dulce embotamiento, y más tarde, ya en casa de mis padres, me duermo sin esfuerzo alguno por primera vez en casi un año.

Pero por la mañana, cuando vuelvo a la librería, encuentro a Tony alterado, yendo de aquí para allá, maldiciendo entre dientes.

—No te quedaste a dormir, ¿verdad? He llegado pronto, tenía un mal presentimiento. ¿Has visto lo que nos espera?

Miro a mi alrededor, boquiabierta.

—¿Qué demonios ha pasado aquí?

13

En el salón reina el caos. Hay libros sacados de las estanterías, muebles fuera de sitio. Los libros ilustrados de Gertrude están desperdigados en el suelo y han sido sustituidos en el expositor por títulos clásicos de Beatrix Potter, E. B. White, Lewis Carroll y otros escritores muertos.

Me dirijo a la puerta con el corazón en un puño.

—Llamaré a la policía.

—No, no lo hagas. —Tony se me adelanta y me corta el paso—. Nadie ha robado nada. He mirado en la caja.

—Pero esto es un acto de vandalismo.

—De vandalismo, no. Como mucho, de reorganización —puntualiza, recogiendo un ejemplar de los *Sonetos* de Shakespeare.

—¿Cómo que de «reorganización»?

—A veces ocurre. Está todo aquí, solo que no donde se supone que debe estar.

—¿Cómo lo sabes? ¿Has comprobado que estén todos los libros?

—Sí, más o menos. Esta es la única habitación afectada.

—Mi tía necesita un sistema de alarma…

—No necesitamos ningún sistema de alarma. No estamos en Los Ángeles.

Tony aparta un sillón de la pared.

—Salta a la vista que lo necesitáis, ¡alguien ha entrado en la casa!

—Nadie ha entrado.

Un escalofrío recorre mi cuerpo.

—¿Estás insinuando que ya había alguien dentro?

—Sí, quizá.

—¿Y dónde está ahora? ¿Por qué iba a hacer algo así?

—A lo mejor hay alguien que no quiere que le demos tanto protagonismo a Gertrude.

Vuelvo a colocar *El viento en los sauces* en la estantería.

—Sí, claro. Todos estos autores muertos querrían que les diéramos más protagonismo a sus obras, ¿verdad?

—A lo mejor. Pregúntaselo.

Suelto una carcajada.

—Venga ya, Tony. ¿Has hecho tú esto?

Si las miradas mataran, la suya me habría fulminado.

—¿Por qué iba yo a sembrar semejante caos, sabiendo que luego me tocaría poner orden? ¿Te parece lógico? ¿Qué podría empujarme a hacer algo así?

Recojo del suelo un libro enorme, una vieja edición de tapas duras de *Alicia en el País de las Maravillas*.

—¿El deseo de castigarme por no haberme quedado a pasar la noche? Yo qué sé. ¿Ganas de asustarme? A lo mejor quieres que me pase aquí las veinticuatro horas del día, para poder tomarte un descanso.

—Créeme, no voy abandonar la librería de Ruma precisamente ahora. —Me arrebata el libro de las manos—. Te dije que te quedaras. Podías haber evitado todo esto. Y desde luego no tiene nada que ver conmigo.

—No me digas que crees realmente que la casa se ha puesto de mal humor. ¿Te tragas las fantasías de mi tía?

—Yo no les llamaría fantasías. —Tony frunce los labios—. Y tu tía no es ninguna tonta.

—¿De veras crees…?

—Lo que yo crea o deje de creer no importa. —Mira el reloj de pulsera—. Tenemos que adecentar esta habitación. Hay que preparar café y té. Gertrude no tardará en llegar. No me hace ninguna ilusión tener que enfrentarme a este caos cada día mientras dure tu estancia.

—¿Cada día? ¿Va a pasar lo mismo cada día?

—Quizá peor. Puede que tengamos que recolocar todos los muebles. Las biografías y memorias podrían acabar en la sección de novela negra. Las novelas negras en la sección de literatura romántica. Las novelas románticas entre las obras de consulta…

—Entonces, ¿ya había pasado antes?

Tony frunce el entrecejo, vacilante, y luego dice:

—Tu tía me contó que antes se ausentaba de vez en cuando, pero cada vez que lo hacía se encontraba algo fuera de sitio al volver. Pequeñas cosas. Una pluma antigua que pasaba del salón al despacho. Hojas de té esparcidas sobre la encimera. Y la cosa ha ido a más con el tiempo. El año pasado se fue un fin de semana a Portland, para asistir a una feria, y al volver se encontró la librería patas arriba. Le llevó dos días ponerlo todo en su sitio. Desde entonces, apenas sale. Este viaje a India ha sido un gran paso para ella.

Como en señal de protesta, un polvoriento libro de tapas blandas cae de la estantería y otros lo siguen en cascada.

—La tía Ruma me lo habría advertido —replico.

—¿Habrías venido si lo hubiese hecho?

Tony recoloca el libro y endereza los que quedan en los estantes.

—Seguramente no la habría creído.

—A eso me refiero.

—¿Por qué no te quedas a dormir tú, Tony, y le haces compañía a la casa?

—No sirve cualquiera —contesta.

Esto es ridículo. En la pared, un retrato desvaído de Lewis Carroll cuelga torcido. Enderezo el marco con la inscripción «Charles Lutwidge Dodgson», el verdadero nombre del escritor. Posa de perfil, mostrando su lado izquierdo, ataviado con chaqueta oscura, camisa blanca de cuello almidonado y pajarita, la mano derecha apoyada en la mejilla. Cariacontecido, triste.

—¿Has hecho tú esto? —le pregunto.

El señor Dodgson se vuelve hacia mí. Retrocedo, sobresaltada. Pero no, Lewis Carroll sigue vuelto de perfil, meditabundo y cabizbajo.

—¿Estás bien? —pregunta Tony.

Sufro un ligero trastorno alucinatorio. Puede que anoche se me fuera la mano con el vino.

—Necesito un café —contesto en tono expeditivo—. A ver si me despejo.

Todos los libros de un anaquel se precipitan al suelo, como si fueran las piezas de un dominó.

—La casa está molesta —concluye Tony, negando con la cabeza.

Levanto las manos en el aire.

—Tú ganas. Me quedaré a dormir esta noche, si tan importante es.

Se hace un silencio. Me dirijo a la puerta. La perspectiva de pasar la noche aquí hace que se me encoja el corazón. Estas habitaciones inmensas harán que me sienta más sola, si cabe. No habrá nadie durmiendo a mi lado. Robert se meterá en la cama junto a Lauren, la atraerá hacia sus brazos. Y yo me perderé en una vieja y destartalada mansión victoriana en medio de la nada.

Cuando me acerco a la puerta, un rayo de sol ilumina un desvaído póster de William Shakespeare, la reproducción de un retrato realista en color. Le brilla la frente, y el pendiente de plata que adorna su oreja izquierda reluce. Una sonrisa parece aflorar a sus labios. «Oh líquida ponzoña de sus ojos, / oh falso resplandor de sus mejillas.»

—Estoy impresionada, ¡citas a Shakespeare de memoria!

Me vuelvo hacia Tony, pero está en la otra punta de la habitación, dándome la espalda y silbando a media voz una melodía improvisada.

14

Fuera, un reducido grupo de padres y niños se ha congregado en la acera. Están arracimados, charlando y dando saltitos en la calle helada, soltando bocanadas de aire que salen convertidas en nubecillas de vaho. Así que esta es la multitud que ha venido en busca del autógrafo de Gertrude Gertler.

—No tenemos bastantes libros —concluye Tony—. A malas, tendré que ir a Seattle…

—Habrá como mucho siete personas ahí fuera. No es lo que se dice una muchedumbre.

—Tengo que llamar al mensajero. Con un poco de suerte, los libros aún estarán de camino.

—Mi tía debería haber anunciado la firma de libros, repartido folletos, puesto avisos en las escuelas…

—Habrá tenido otras cosas en las que pensar…

Se me encoge el estómago ante el súbito recordatorio de la enfermedad de la tía Ruma.

—Pero necesitará que el negocio siga en pie cuando vuelva.

—Hasta ahora no le ha ido nada mal. —Tony da media vuelta y se dirige al despacho. Yo lo sigo, pegada a sus talones.

—Pues ahora mismo no va nada bien. Necesitamos un calendario mensual, folletos, un plan de acción. Ese será tu cometido, hacer los folletos. La tía Ruma me ha dejado al frente de la librería, y yo te encargo la tarea de anunciar las actividades programadas.

—Como quieras —contesta Tony, abriendo la puerta del despacho con brusquedad—. Tú mandas. Es evidente que lo sabes todo sobre esta librería. Eres tan… perspicaz.

—¿Estás siendo irónico? ¿Te burlas de mí? Yo no tenía manera de saber que el salón estaría patas arriba, fuera cual fuese el motivo.

Tony pone los ojos en blanco.

—Llegas sin tener ni idea de nada y crees que puedes arreglarlo todo, cuando tendrías que empezar por abrir los ojos y ver lo que tienes delante de las narices.

Miro a mi alrededor: las pilas de libros polvorientos, los rincones en penumbra, las telarañas que cuelgan del techo. He limpiado las repisas de las ventanas, pero vuelven a estar cubiertas de polvo.

—Veo lo que tengo delante de las narices, y no es muy agradable.

Tony niega con la cabeza, como si me diera por imposible.

—Tenemos que centrarnos en Gertrude. Voy a llamar al mensajero.

Se mete en el despacho y me cierra la puerta en las narices.

Alguien llama tímidamente a la puerta principal de la casa, la que da al mar, opuesta a la puerta por la que entran los clientes de la librería. Salgo a abrir y me encuentro ante una mujer diminuta, envuelta en sucesivas capas de ropa de punto, aterida de frío en medio de la galería, la nariz de color rosa plantada como una cereza en medio de un rostro redondo.

—No hemos abierto aún —le digo—. ¿Le importaría dar la vuelta y esperar al otro lado, con los demás?

La interpelada me aparta de un empujón y entra en la casa al tiempo que desenrolla la bufanda de punto que luce en torno al cuello.

—¿Por qué has tardado tanto? —pregunta con voz áspera—. He estado a punto de coger una neumonía ahí fuera.

Dobla la bufanda hasta reducirla a un cuadrado perfecto y la deja sobre la mesa.

—Si tiene la bondad de esperar fuera…

—¿Acaso no sabes quién soy?

Se quita el gorro de punto, y al hacerlo una exigua mata de pelo sedoso y plateado se eriza de pronto en un derroche de energía estática. La desconocida dobla el gorro y lo deja sobre la mesa, junto a la bufanda.

—¿Es usted… Gertrude Gertler? —Me arden las mejillas—. No la he reconocido, tan abrigada.

Y quienquiera que sea el autor de las fotos promocionales hizo un trabajo espectacular, pura magia visual.

—No entiendo cómo alguien puede no reconocerme. —Se quita los mitones, los pliega y los deja también sobre la mesa—. ¿Y mi té?

—Hemos tenido algún que otro percance esta mañana, así que hemos empezado con un poco de retraso.

—¿Qué clase de percances? —Se frota las diminutas palmas de las manos—. ¿No tenéis té? Siempre me sirven un té cuando vengo aquí.

La acompaño hasta el salón de té y pongo el hervidor al fuego.

—¿Puedo traerle un vaso de agua, un zumo de manzana o de naranja?

—Siempre tomo té. —Sigue frotándose las manos—. No bebo zumos. ¿No te lo dijo Ruma?

—Por supuesto, té.

Menuda diva.

—Enséñame dónde voy a estar firmando.

—En el salón. Pero aún está todo desordenado.

La guío por el pasillo. Nada más entrar en el salón, empieza a temblar como un volcán a punto de explotar.

—¿Dónde… están… mis libros? —pregunta, al borde del paroxismo.

Tony viene corriendo a arreglar los expositores.

—De momento tenemos seis. Llegarán más.

—¿Que tenéis seis? —Se lleva las manos a la cabeza y suelta un gemido—. ¿Solo seis? ¿Habéis visto a toda esa gente de ahí fuera?

¿Toda esa gente? Diría que unos pocos de los que había antes se han marchado. Cuento cuatro adultos y dos niños en la acera.

—Nos las arreglaremos —le asegura Tony—. El mensajero se ha demorado en Portland.

—¿Todavía está en Oregón?, o sea que tardará horas en llegar. —Avanza a grandes zancadas hasta la mesa que hemos dispuesto para ella y coge el paquete de notas autoadhesivas de color azul—. ¿Y esto?

—Son para ti —contesta Tony—. Haremos como siempre: apuntaremos los nombres para que puedas firmar los libros sin equivocarte.

—Pero son azules.

Le tiembla la voz.

Tony levanta la vista por encima de la cabeza de Gertrude y

me mira con gesto inquisitivo. Yo me encojo de hombros y niego con la cabeza.

—Lo siento muchísimo —se disculpa—. Se nos han acabado las de color rosa.

Gertrude arroja el paquete de notas autoadhesivas azules sobre la mesa.

—Lo dejé muy claro. Lo dije por activa y por pasiva. Necesito notas autoadhesivas de color rosa. No consigo leer sobre papel azul. ¿Y dónde está mi rotulador azul de punta fina?

—Ahora mismo te lo buscamos.

Tony me indica por señas que busque un rotulador.

Doy media vuelta y me dirijo de nuevo al despacho. La tetera está silbando y alguien llama a la puerta. Voy corriendo a apagar el fuego, sirvo una taza de english breakfast y vuelvo a toda prisa al despacho. Rebusco entre las cosas de mi tía, pero no doy con un solo marcador azul de punta fina. Solo los hay de color negro. ¿Qué le pasa a esta mujer?

Le llevo una taza de té y un rotulador negro.

—Espero que sirva.

Gertrude niega con la cabeza y tira el rotulador sobre la mesa, haciendo caso omiso de la taza de té.

—Mis exigencias son mínimas. Notas autoadhesivas de color rosa, rotulador azul, una habitación limpia y ordenada. Y mis libros, claro está. Y una taza de té en cuanto entro por la puerta. He venido desde muy lejos para esta presentación.

Se encamina al salón de té, donde recoge la bufanda, el gorro y los mitones de la mesa. Se va hacia la puerta.

Tony me tira de la manga.

—¿Alguna idea de cómo arreglar esto? Más vale que se nos

ocurra algo... Una vez vino buscando libros sobre formas de inversión... ¿Y si le dieras un par de consejos gratis?

—¿Quieres que me arrastre ante una estirada como Gertrude solo para que se quede y firme un par de libros?

—¿Por qué no? Los niños la adoran.

Tony vuelve los ojos hacia la ventana y el grupo que espera en la acera. Sigo su mirada. Gertrude se ha vuelto a envolver en sus prendas de punto y se dirige al coche a toda prisa. A lo mejor debería ir tras ella. Por un instante, vuelve la vista atrás y nos mira con gesto ceñudo. No, es mejor dejar que se vaya.

15

Una hora más tarde, tenemos cincuenta y siete ejemplares de *El pijama del osito* apilados sobre la mesa del salón.

—Tenemos que conseguir que vuelva —afirma Tony.

—¿No podemos devolver los libros?

—Sí, pero los niños la adoran. ¿No has visto sus caras cuando les has dicho que Gertrude había cancelado la firma de libros? Se han llevado un disgusto tremendo.

Noto un pinchazo por debajo de las costillas.

—Hay cosas peores en la vida que perderse una firma de libros. Lo superarán.

—Pero qué aguafiestas eres. No te pareces en nada a tu tía.

Aprieto los dientes y me concentro en la limpieza de la habitación. ¿Cómo lo hace mi tía para guardar tantos libros en tan poco espacio?

—No veo por qué iba a parecerme a ella.

—¿Nunca has sido una niña?

—Pues no. —Guardo un libro titulado *Paz interior para mentes ajetreadas.* ¿Cómo ha acabado este libro en el suelo?

—Gertrude hace reír a los niños. ¿Sabes qué es eso, reír?

Trago en seco.

—La risa está sobrevalorada.

—¿Nunca te diviertes?

—Para que lo sepas, el viernes por la noche tengo una cita. Si es que eso puede considerarse una forma de diversión.

Casi lo había olvidado. Ahora me pregunto incluso si Connor era real. ¿Qué esperará de mí? Estaré a solas con él en esta casa.

Tony arquea las cejas y toda la frente se le levanta bajo el flequillo peinado hacia atrás.

—¿Una cita, tú?

—No pongas esa cara. Se llama Connor Hunt. Es médico y está de paso. Ni siquiera sé cómo ponerme en contacto con él, así que no puedo echarme atrás.

—¡Un médico! ¿Y por qué ibas a echarte atrás?

—Porque no estoy de humor para citas. Pero esta vez he aceptado porque… Da igual. Fue casi como si una voz interior me ordenara que saliera con él, y voy yo, tonta de mí, y le hago caso.

Tony deja caer un libro sobre su propio pie y hace una mueca de dolor.

—¿Qué has dicho? ¿Que oíste una voz?

—No, en realidad no. Puede que solo fuera el viento.

Tony recoge el libro caído.

—Ven aquí y siéntate.

Me señala el sillón que descansa junto a una lámpara de lectura. Luego mueve la pantalla y dirige el haz de luz hacia mi rostro.

Me tapo los ojos con las manos.

—Deja de apuntarme con eso.

—Estoy comprobando si tienes el tercer ojo.

—No soy como mi tía. Ella cree en todas esas bobadas, yo no.

Pero Tony me mira con los ojos a punto de salírsele de las órbitas al tiempo que menea la cabeza en un gesto de incredulidad.

—Pues chica, lo tienes. Tienes el tercer ojo. Seguramente oíste voces. Tu tía también las oye.

Lo aparto y me levanto.

—La única voz que oigo es la tuya, y si has visto algo en mi frente seguramente era un grano.

—Perdón... —Una joven con ojos de búho asoma por la puerta. Tiene facciones redondeadas y parece sufrir cierta rigidez, como si también se viera obligada a mover la cabeza y los ojos al modo de los búhos, a la vez y en una misma dirección—. ¿Hay alguien que pueda ayudarme?

—Ella es la persona indicada —contesta Tony, señalándome—. Tiene el tercer ojo.

—¡Tony! —Le lanzo una mirada de advertencia y luego sonrío a la mujer—. ¿En qué puedo ayudarla?

La sigo hasta el pasillo. Me mira con desconfianza.

—¿Puedes aconsejarme sobre diuréticos?

—Diuréticos... —repito, parpadeando varias veces—. Verá, no es exactamente lo nuestro. ¿Ha probado a preguntar en la farmacia?

—No, busco un libro sobre diuréticos. Es más una ciencia que una religión.

—Se refiere a la dianética —interviene Tony.

La chica sonríe de oreja a oreja.

—¡Eso es!

Vuelvo a parpadear.

—Pero si ha dicho...

Tony le señala una estantería.

—A veces la gente no sabe exactamente qué está buscando. Tienes que leer entre líneas.

La mujer con ojos de búho asiente con entusiasmo. Se va con dos libros sobre dianética. ¿Cómo iba yo a saberlo?

Casi a la hora de cierre, un hombre cargado de hombros y con el pelo alborotado entra en el salón y empieza a enderezar los libros de un modo obsesivo. Al verme, arquea las hirsutas cejas.

—¿Quién eres tú? —pregunta, moviendo los ojos frenéticamente a uno y otro lado.

—Me llamo Jasmine. Estaré aquí unas semanas.

Miro a mi alrededor, pero no hay ni rastro de Tony.

El hombre saca del bolsillo un pañuelo blanco arrugado con el que se enjuga la frente.

—Harold Avery. Puedes llamarme profesor Avery. —Vuelve a meter el pañuelo en el bolsillo y sigue toqueteando los libros, enderezándolos—. Me voy a..., veamos..., a India. ¿Cuál es en tu opinión la mejor guía de viaje de India?

Siento el impulso de decirle que llevo años sin poner un pie en India, pero me dirijo a la sección de viajes. Un libro de cubiertas doradas resplandece bajo un haz de luz vespertina que entra al sesgo por la ventana. En el lomo, escrito en letras rojas, leo el título *Magia en los mangales*. Reconozco el perfume de los mangos. Doy por sentado que se trata de la inusual colonia del profesor Avery.

Elijo la última edición de la *Guía de India* de Fodor.

El profesor frunce el entrecejo.

—Esa es aburrida.

—Las guías de Fodor son fiables —replico.

—No quiero una guía fiable, sino diferente.

La guía de Fodor vuelve a la estantería y sus dedos se deslizan otra vez por el corte superior de los libros, como diminutas cucarachas correteando.

Le sugiero más guías de viajes, una tras otra, pero ninguna parece convencerlo.

—Jasmine, ¿hay algún libro que te llame la atención? —pregunta Tony desde el umbral de la habitación—. ¿O que brille? ¿O que sobresalga respecto a los demás? Con Ruma, el libro adecuado siempre destaca de algún modo.

El profesor Avery asiente, como si se tratara de algo normal y corriente en las librerías.

—No exactamente. —Casi me echo a reír de lo absurda que es la situación—. ¿A qué te refieres con eso de si sobresale?

«Para conocer un país ajeno, lo primero es olerlo», sentencia una voz grave cerca de allí.

—¿Quién ha dicho eso? —pregunto, volviéndome—. ¿Tony?

—¿Quién ha dicho el qué? —replica este.

El profesor Avery sigue toqueteando los libros.

Le lanzo una mirada suspicaz.

—Algo así como que para conocer un país ajeno hay que empezar por olerlo. Como el olor a mango, o algo así…

—Yo no he sido —afirma el profesor.

—Rudyard Kipling —señala Tony, mirándome de hito en hito.

«T. S. Eliot me citó mal», añade la misma voz grave. ¿Kipling? No puede ser. Tony y el profesor me miran sonrientes, como si supieran algo que yo ignoro. Me alejo sigilosamente de la voz misteriosa y me dirijo a la puerta, no sea que tenga que salir corriendo.

16

Después de que el profesor se marche con las manos vacías, Tony me da unas palmaditas en el hombro.

—Enhorabuena, oyes hablar a los muertos.

—No sé a qué estás jugando —le espeto—, pero conmigo no funcionará.

Fuera, una rama de abeto rasca la ventana y el chirrido agudo suena como una voz distante.

—Kipling te ha hablado, no lo niegues.

Tony coge un volumen de la estantería y lo blande ante mis ojos. Es una antigua edición de *El libro de la selva.*

Retrocedo.

—¿Qué haces? Quítame eso de delante.

—¿Acaso te evoca otras imágenes? ¿Quizá el mostacho de Kipling, sus pobladas cejas, las grandes entradas? ¿Las orejas puntiagudas?

Aparto el libro.

—No tengo ni idea de cómo era Kipling en persona.

—Pero te ha hablado, eso no lo negarás. —Salgo de la habitación y Tony me sigue. La luz del sol filtrada por la vidriera se derrama sobre la pared del pasillo en un dédalo de colores. Tony sigue blandiendo el libro—. Ándate con ojo, Jasmine, los fantasmas te hablan…

—No, eres tú el que me habla. ¿Sueles gastarle estas bromitas a la tía Ruma? La pobre debe de pensar que está loca de remate.

Saco el móvil del bolsillo trasero de los vaqueros por puro hábito. No hay cobertura, como de costumbre, pero un rostro aparece de pronto en la pantalla. Mostacho, cejas pobladas, grandes entradas, orejas puntiagudas. Y una sonrisa picarona. Kipling.

No es posible. Me tiemblan las manos y casi dejo caer el teléfono. El rostro desaparece y la pantalla se queda en blanco. El teléfono vibra en mi mano, y la carcasa parece oscurecer hasta que se convierte en una mera sombra sobre el telón de fondo de mi piel. La imagen debe de haber sido un espejismo provocado por la luz del sol, que me ha seguido hasta aquí y ahora incide sobre una pila de libros cuyos títulos resplandecen: *Al otro lado del umbral*, *Aceptar la llamada*, *La verdad ante mis ojos*.

De pronto, siento claustrofobia.

—Necesito… un poco de aire. Voy a tomarme un descanso.

—Jasmine, espera…

—Ahora vuelvo.

Me echo el abrigo encima y salgo por la puerta. Fuera hace una tarde fría y despejada. Un tordo se posa en el césped reluciente y picotea un gusano invisible. El viento otoñal me azota el rostro. Las hojas que quedan en los álamos, las que se resisten a caer, se rozan entre sí y susurran suavemente.

En lo alto del cielo, una bandada de gansos canadienses sobrevuela la casa, abriéndose paso con sus graznidos hacia algún lugar desconocido. Camino a paso ligero por la acera adoquinada, deshaciéndome del opresivo desorden de la librería. La imagen de Kipling tomó forma en mi móvil como suelen hacerlo los sueños, un mero trasunto de la realidad. La isla en sí, tormentosa y escarpada, húmeda y cubierta de musgo, inhóspita e implacable, sí es real.

Cinco manzanas más arriba y dos más allá, aparece en la pantalla de mi móvil un tenue triángulo de columnas verdes simétricas. Qué alivio. Vuelvo a estar conectada al mundo de los vivos, a todo aquello que puedo prever y comprender. Compruebo si tengo mensajes en el buzón de voz y luego devuelvo las llamadas de tres clientes que quieren información sobre sus planes privados de pensiones. Me alegra oírlos, y sin embargo me noto distante de sus voces atribuladas, apremiantes.

Mi jefe, Scott Taylor, me ha dejado un mensaje: «Hemos adelantado tu presentación al día después de que vuelvas. El cliente está ansioso por zanjar este tema. La semana que viene estaré en Seattle, iré a verte. Hablaremos de la estrategia que más nos conviene. ¿Dónde demonios quedan esas islas, por cierto? Vale, lo estoy mirando en el mapa. Por Dios, te has ido al fin del mundo. Tendré que coger un barco».

A continuación se oye un mensaje incomprensible de Robert, plagado de interferencias: «La casa... que hablar... llámame... dejado mensajes...». Le doy a la tecla de borrar con regocijo y vuelvo sobre mis pasos hasta la librería. El viento ha amainado. Las gaviotas graznan desde la orilla, donde la marea baja arroja secretos y el olor frío y húmedo de las algas. La suela de mi zapato resbala sobre un pedazo de musgo y por poco me caigo a la acera. Me pregunto si el capitán Vancouver resbalaría nada más poner un pie en estas islas. El musgo está por todas partes, avanza sigiloso, crece en las grietas, sobre los muros, recubre los tejados. De niña, tenía la sensación de que formaba parte de mí, como si fuera una mullida puerta de entrada a otros mundos.

Ahora es a todas luces un riesgo para la salud pública.

En el vestíbulo de la librería, Tony se abrocha la gabardina y levanta las solapas del cuello, como Sam Spade.

—Ya creía que se te había comido un hombre lobo. O que un monstruo marino había salido de las profundidades y te había secuestrado.

—Cosas más raras se han visto —contesto, temblando.

—Cierto. Sin ir más lejos, en esta casa se celebran las reuniones de un club de lectura. Ojalá pudiera asistir a la reunión de esta noche, pero llego tarde para coger el ferry. Te espera *Orgullo y prejuicio*, querida.

Me llevo el dorso de la mano a la frente.

—¿Por qué se empeña mi tía en perder el tiempo con los clubes de lectura? ¿No podrían reunirse por su cuenta? Tengo que buscar un rato para pedir nuevos títulos y limpiar un poco más, y debería revisar las facturas que hay sobre el escritorio…

—De eso ya me he encargado yo. Nos vemos mañana.

—¿No puedes quedarte?

Noto que se me tensan las cervicales; es el preludio de una jaqueca.

—Tu madre te ha traído el equipaje. No te falta de nada. Estarás como una reina.

Se alisa el pelo hacia atrás con las palmas de las manos y un instante después se ha ido. Mi tía tenía razón; la gente aquí no para de desaparecer.

17

La primera integrante del club de lectura que llega a la reunión es Lucia Peleran. Viste pantalones de tono pastel, un jersey enorme que más parece un globo aerostático a punto de despegar y un par de zapatillas de deporte blancas que la mantienen anclada al suelo.

Toma mis manos entre sus garras huesudas.

—¿Qué tal lo llevas? Sé que ahora mismo pensarás que la vida carece de sentido, pero no pierdas la esperanza.

Al parecer, ha olvidado el incidente con el libro de cocina.

—Estoy bien, gracias.

No sin esfuerzo, logro zafar mis manos de entre las suyas. Podría fingir que voy a rebanarme el cuello, o colgar una cuerda de las vigas e improvisar una soga, solo para ver la cara que pone.

—Yo hice exactamente lo mismo que tú —me confiesa en un susurro, echándome a la cara su fuerte aliento a menta—: dormía en un rincón por más que tuviera una cama enorme en la que estirarme a mis anchas. Es difícil desacostumbrarse a estar casada, ¿verdad? Me acurrucaba en un ladito porque mi marido ocupaba muchísimo sitio. Los hombres suelen hacerlo. Pero al cabo de unos meses me dije: ¡Qué demonios!, puedo dormir atravesada si me da la gana. Puedo dejar mis libros sobre la cama, cenar y llenar las sábanas de migas, dar botes en el colchón.

¿Mi tía le ha contado a esta perfecta desconocida que duermo acurrucada a un lado de la cama?

—Celebro que disfrute dando botes en la cama. Yo prefiero usarla para dormir —replico—. ¿Puedo ofrecerle algo? ¿Té, café?

—Ya voy yo, pondré a calentar el agua.

Lucia pasa por delante de mí y se va, no sin antes dedicarme una mirada displicente. La sigo hasta el salón de té, notando una tensión creciente en los hombros.

—Puedo preparar yo el té.

—No hace falta. A Virginia le gusta más fuerte de lo habitual, para darle ánimos. Sé cómo hacerlo. Cinco bolsitas de earl grey. Va a venir, ¿sabes? Las cosas en la tienda no marchan demasiado bien por culpa de la crisis, y eso que le dije: «Deja de traer esas blusas de novecientos dólares y ya verás como te irá mucho mejor».

—¿Novecientos dólares?

—Para la clientela más selecta de la ciudad.

Lucia se atarea en el salón de té, poniendo la tetera al fuego, sacando las tazas, una bandeja. De pronto, su ropa se desdibuja y la veo luciendo un delantal, el pelo rizado y sudoroso. Se vuelve para dejar una bandeja de magdalenas sobre la encimera, y en sus manos aparecen como por arte de magia dos manoplas de horno que semejan relucientes guantes de boxeo rojos. Parpadeo y la imagen se desvanece. Lucia vuelve a llevar pantalones ceñidos y un jersey holgado, y en sus manos no hay más que una taza de té.

Me mira frunciendo el entrecejo.

—¿Te encuentras bien? Estás pálida.

—Sí, estoy bien. Es solo que… ¿Le gusta la repostería?

—¿La repostería? ¿Hacer pasteles y todo eso? No me sobra el tiempo para esas cosas…

—Buscaba un libro de cocina, ¿puede que fuera sobre dulces y postres?

Me mira con los ojos como platos y casi deja caer la taza de té.

—¿Cómo lo has sabido?

«Prueba con *El abc de la cocina* —sugiere una voz aguda—. Es una de mis mejores obras.»

—¿Cómo dice? —Me vuelvo bruscamente. Tony no está aquí. No puede ser él impostando la voz—. ¿Una de las mejores obras de quién?

—¿Qué? —pregunta Lucia—. ¿Es el título de un libro?

—No estoy segura. —Me siento confusa. Preparar dulces, furiosa harina y espacioso azúcar, es su alquimia curativa, pues el dolor de Lucia se oculta en un lugar más profundo que el mío, en un pozo oscuro que se halla en su interior. ¿Por qué me vienen estas imágenes a la mente?

Pero a simple vista parece tan segura de sí misma, tan… centrada. Ofrece alegremente consejos para sobrevivir al divorcio, pero por algún motivo sé sin lugar a dudas que no sobrevivirá al suyo sin la repostería, sin el espíritu de Julia Child.

—Si lo recuerdas, házmelo saber, cariño.

Lucia se deja caer en el sofá con una taza de té en la mano, cruza una pierna sobre la otra y balancea el pie.

Instantes después, una mujer alta entra en la habitación como si flotara a un palmo del suelo. Luce un impecable traje pantalón blanquiazul de aspecto vaporoso, como la espumosa estela que deja a su paso una lancha motora. Se presenta como Virginia Langemack, coge su taza de té y se acomoda en un sillón delante de Lucia. Frunce la nariz, mira a su alrededor. Se fija en las lámparas de vidrio emplomado y las desvencijadas estanterías en las que la tía Ruma ha colocado libros, revistas y viejos juegos de mesa. Pronto llegan otras mujeres en un variopinto despliegue de atuendos, formas y tallas. La habitación bulle con sus animadas conversaciones.

—Venga, Jasmine: ilumínanos con tu sabiduría literaria —dice Lucia tras mandar callar a las demás.

—Me temo que no poseo ninguna sabiduría especial —contesto, negando con la cabeza.

—¿Ah, no? —Virginia deja la taza y el platito sobre la mesa que tiene ante sí, añade una cucharada de nata al contenido de la primera y lo remueve con una cuchara. Una gruesa pulsera de plata reluce en su muñeca—. ¿Y entonces por qué demonios iba Ruma a arrastrarte hasta aquí?

Me quedo sin palabras. Lucia chasquea la lengua.

—Venga, Ginnie, sabes que esta situación es temporal. Ruma va a volver.

—Ya, pero ¿por qué ella, precisamente? ¿Por qué Jasmine?

—¿Y por qué no? —replica Lucia.

De pronto, como si alguien hubiese girado la llave en la cerradura, algo se desbloquea en mi interior de forma sutil.

—Puedo ayudar a mi tía a poner orden en la librería.

—Estupendo. Veamos qué sabes hacer. —Virginia me lanza una mirada desafiante.

Lucia saca su ajado ejemplar de *Orgullo y prejuicio*.

—Este libro se tituló en un primer momento *Primeras impresiones*. Lo he buscado.

Virginia sorbe el té ruidosamente.

—Pues vaya un título más bobo.

Una misteriosa brisa le alborota el pelo, dejando un par de hebras en pie, como si estuvieran bajo el efecto de la electricidad estática.

Lucia prosigue.

—Y lo que es más importante, trata sobre lo engañosas que pueden llegar a ser las primeras impresiones.

La brisa deja de soplar.

Otra mujer apunta:

—He oído decir que los escritores acostumbran a barajar muchos títulos antes de decantarse por uno.

Virginia sigue sorbiendo el té de forma audible.

—Ambos títulos son de lo más tonto. —La pulsera de plata se abre y cae rodando al suelo de madera maciza—. ¡Se ha roto el cierre! —Se agacha, busca a tientas en el suelo—. ¿Dónde demonios habrá ido a parar?

—Ya la ayudo. —Me pongo a cuatro patas. La pulsera se halla incomprensiblemente lejos del lugar en el que su propietaria estaba sentada—. Aquí tiene.

—Gracias.

Cuando se incorpora en el asiento, tiene más hebras de pelo apuntando al techo. Reprimo una sonrisa.

Lucia saca una pequeña libreta del bolso, se pasa la lengua por la yema del pulgar y pasa la primera página.

—¿Era Jane Austen una escritora realista? Charlotte Brontë dijo que su obra era como un «jardín cuidadosamente vallado y cultivado con primoroso orden». Ralph Waldo Emerson sostenía que su descripción de la vida era «avara y estrecha de miras».

Se oye un chirrido procedente del pasillo. Todas miramos en esa dirección.

—Mark Twain creía que sus libros no deberían estar en las bibliotecas —prosigue Lucia—, pero os digo que todo eso es pura envidia. Jane Austen escribió una obra maestra. Este libro me fascina cada vez que lo leo, porque me hace creer que podemos superar cualquier obstáculo.

«¿Cada vez que lo lee?»

Virginia se guarda la pulsera rota en el bolso.

—A mí no me entusiasma que haya tanto diálogo sin apenas ninguna descripción.

Sin querer, golpea la taza con el brazo y derrama el té sobre la mesa.

Me levanto de un brinco y cojo varias servilletas de papel con las que trato de empapar el líquido.

—Iré por un paño. Sigan.

Lucia se echa a reír.

—La casa está enfadada contigo, Ginnie.

Todo el mundo se vuelve hacia mí. El corazón me da un vuelco, pero sonrío.

—Y bien, Jasmine —dice Virginia, mirándome fijamente—, ahora te toca a ti iniciar el debate.

—¿Iniciar el debate? —replico, sin salir de mi asombro.

—Has leído el libro, ¿no? —pregunta, sin apartar sus ojos de los míos—. Tu tía siempre nos plantea alguna pregunta interesante relacionada con el libro, pero si no lo has leído…

—Claro que lo he leído. —Hace mucho tiempo. Sostengo los paños de cocina empapados—. Voy a dejar esto en el lavadero.

Entro en el lavadero, respiro profundamente varias veces seguidas. ¿Qué les pregunto, qué les pregunto? Hace tanto que leí el libro…

Sus voces me llegan desde el otro extremo del pasillo.

—Tomemos al señor Wickham —dice una mujer a mi espalda. Tiene la voz cantarina, un suave acento inglés.

Giro sobre mis talones. ¿Me habrá seguido una de las mujeres? No hay nadie conmigo.

Una compleja mezcla de aromas flota en el aire: estiércol de caballo, humo de leña, rosas y sudor, como si hubiese entrado en la habitación alguien que enciende la chimenea, que se ocupa de una granja, alguien que se baña a lo sumo una vez por semana y usa colonia para disimular el olor corporal.

—¿A qué se refiere? —replico.

El señor Wickham, el joven y locuaz soldado que engatusa a Elizabeth Bennet hasta hacerle creer lo peor del reservado señor Darcy. Pero Wickham resulta ser un granuja. Yo también conocí a un señor Wickham, alguien en quien confiaba. Alguien en quien quería confiar.

—Conoces el argumento mejor de lo que crees.

La cabeza me da vueltas. Los olores se hacen más intensos y oigo un frufrú, el leve roce de un vestido.

—Lo leí mucho tiempo atrás —susurro en la habitación desierta.

—Debes aprender a confiar en tu intuición.

—¿Por qué?… Virginia, ¿es usted?

Estoy hablando conmigo misma en el lavadero de mi tía. El detergente perfumado debe de estar afectándome el cerebro. Pero ¿cómo explicar el olor a estiércol de caballo, a humo de leña?

Se oye un suave suspiro.

—Virginia es insufrible.

—¡Ya basta! —exclamo, llevándome las manos a las sienes.

Los misteriosos olores se desvanecen, y solo una leve fragancia alimonada permanece en la estancia, donde se percibe ahora una ausencia, como si alguien la hubiese abandonado.

Respiro hondo varias veces seguidas. La cabeza me da vueltas.

Vuelvo al salón arrastrando los pies, alargando la mano para apoyarme en la pared a medida que avanzo. Cuando entro en la estancia, todas las miradas convergen en mi persona.

—Qué pálida estás —apunta Lucia—. Siéntate, anda.

Las mujeres murmuran entre sí.

—¿Te encuentras bien? ¿Ha pasado algo?

—Ya tengo la pregunta. Para iniciar el debate —anuncio. Mi voz suena lejana, como si otra persona hablara por mí—. Reflexionemos sobre el papel que desempeña el señor Wickham en la novela.

—Sigue —me urge Lucia, mirándome fijamente.

—Piensen en términos de geometría del deseo. ¿De dónde procede la atracción que siente Elizabeth hacia el señor Wickham?

¿De dónde saco yo todo esto?

—Cree que es un buen hombre —contesta una mujer menuda y rolliza—. Es todo lo que ella desea: apuesto, accesible. No es orgulloso, puede hablar con él.

Así era mi ex marido, Robert. También supo engatusarme.

—¿Cómo influye en la atracción que Elizabeth siente hacia el señor Darcy? ¿Qué importancia tienen sus devaneos amorosos?

Se hace un silencio y luego Lucia apunta:

—Wickham representa sus ideas preconcebidas, lo que se ve

en la superficie frente a lo que hay debajo de esta. Así que el libro habla realmente de las primeras impresiones.

—Exacto —confirmo.

—¿Cómo se te ha ocurrido esa pregunta? —pregunta Virginia en tono quisquilloso.

—No tengo ni idea. Ni siquiera he leído el libro, o al menos no lo he vuelto a leer desde hace mucho tiempo.

Noto la tensión en mis cervicales. Todos los ojos están puestos en mí. La casa cruje. Los tablones del suelo chirrían al asentarse. Las paredes exhalan polvo. Virginia niega con la cabeza, escéptica. ¿Qué se cree, que me he ido corriendo a mirar la guía de lectura de *Orgullo y prejuicio*?

—¡Lo sabía! —Lucia golpea la mesa con la mano—. Sabía que Jasmine sabría exactamente qué decir.

El moho negro que crece en la casa debe de tener propiedades alucinógenas que me hacen oír cosas, oler cosas. O eso o soy alérgica al detergente que usa mi tía, o resulta que tengo un tumor cerebral. La casa ya puede montar otra pataleta esta noche; yo no me quedo después de que oscurezca.

Tras despedir a las mujeres del club de lectura subo corriendo al apartamento para coger mi equipaje. Bajo con la maleta, que va dando tumbos por la escalera.

El viento arrecia, ensañándose con la casa, y hacia poniente el crepúsculo parece haber echado un manto gris sobre el cielo. Cuando estoy a punto de abrir la pesada puerta principal, una sombra se proyecta en el vestíbulo y una voz grave, familiar, me eriza la piel.

—Jasmine, espera. ¿Vas a dejarnos tan pronto?

18

—Connor, me has dado un susto de muerte. —El asa de la maleta se me resbala entre los dedos y esta cae de costado. Me apresuro a enderezarla—. ¿Qué haces aquí?

—Esperaba encontrarte. Parece que te marchas.

Se planta ante mí, impidiéndome el paso. Acaba de llegar de algún sitio, sus ropas aún retienen el olor a aire fresco y un leve rastro de humo de leña. Tiene debilidad por las cazadoras, los pantalones cargo y las botas de montaña.

—Voy a cerrar la librería. —Agito el manojo de llaves en el aire—. Me quedo a pasar la noche con mis padres, carretera abajo.

—La librería no cierra hasta las ocho, es decir dentro de media hora.

—Lo sé, pero debo cerrar pronto. ¿Podrías volver mañana? Es que tengo prisa.

Intento esquivarlo para acceder a la puerta, pero la maleta parece haber triplicado su peso.

—¿Volverás mañana por la mañana? —pregunta. Parece preocupado.

Lo envuelve un tenue halo luminoso, el resplandor de una lámpara de vidrio emplomado.

—Antes de que abra la librería.

De pronto las ruedas de la maleta vuelven a rodar, pero la puerta parece cerrada a cal y canto.

—Intentaré pasarme antes de ir a trabajar —dice. Luego abre la puerta como si nada y sale a la galería. ¿Cómo lo ha hecho? Su pelo oscuro brilla bajo la pálida luz de fuera.

Arrastro la maleta tras él y le doy la espalda para cerrar la puerta.

—Aún no le he cogido el truquillo. —Forcejeo con la llave, moviéndola a uno y otro lado. Tres antiguos cerrojos, tres llaves distintas. Finalmente logro cerrar la puerta, pero cuando me vuelvo Connor se ha desvanecido. No está en la galería, ni en la acera, ni en la calle. Ha vuelto a desaparecer, pero mi móvil está sonando.

—¡No me lo puedo creer, tengo cobertura! Qué raro.

Levanto la tapa del teléfono para contestar.

—¡Por fin te pillo! —exclama Carol, mi mejor amiga—. ¿Dónde te metes? Llevo dos días intentando dar contigo.

—Estoy en los confines del mundo conocido —contesto. Su voz suena lejana y plagada de interferencias—. Puede que la llamada se corte en cualquier momento. No suelo tener cobertura en la librería.

—Espero que puedas volver a tiempo. Bill Youngman quiere la cuenta Hoffman. No para de presionar a Scott para que lo haga él, como si insinuara que tú no eres de fiar.

Aprieto el móvil con tanta fuerza que temo deformar la carcasa metálica.

—Miente. Cómo no voy a ser de fiar.

—Lo sé, y tú lo sabes, y Scott no cederá a sus presiones, de momento. Tienes que hacer una presentación perfecta, como de costumbre. ¿Te la has preparado?

—La repasaré esta noche. Estoy pensando en volver antes de lo previsto, por si acaso.

—Pues sí que te lo estás pasando bien, ¿eh? —Oigo los gritos de sus hijos de fondo—. Tengo que colgar. Espera, quería comentarte algo. Anoche Don y yo dejamos a los niños con una canguro y nos fuimos al Andante. Ya sabes, era el primer martes de mes y todo eso.

—¿Y...? —Noto un ligero cosquilleo en la piel. El Andante es un romántico restaurante italiano del paseo marítimo en el que las dos parejas, Carol y su marido por un lado, Robert y yo por el otro, solíamos ir a cenar el primer martes de cada mes. Una tradición como otra cualquiera. Lo había olvidado, o había arrinconado el recuerdo.

—No te lo vas a creer. Robert estaba allí con esa mujer.

Las llaves caen al suelo de la galería con un ruido sordo y hueco. Me agacho para recogerlas. Me tiemblan los dedos. Meto las llaves en el bolsillo del abrigo.

—No quiero saberlo.

—Llevaba un modelito negro sin tirantes que apenas le tapaba nada, la muy zorra.

El móvil tiembla en mi mano.

—Carol, yo no...

—No te lo iba a contar, pero Don dice que debo hacerlo. Él se acercó a saludarlos y, claro está, tuve que acompañarlo porque de lo contrario habría quedado como una maleducada.

—Claro —asiento. Tengo los labios entumecidos. Me castañetean los dientes. Robert sigue destruyéndome a distancia.

—Estaban dándose la mano por encima de la mesa, tal como solíais hacer vosotros dos. Me entraron ganas de decirle que aquel era nuestro restaurante. No tendría que haberla llevado allí.

Me he quedado muda, perpleja, sin palabras.

—¿Jasmine? Oye, siento tener que decírtelo. Robert preguntó por ti, dijo que tenía que hablar contigo, que estaba intentando localizarte. Le contesté que te habías liado la manta a la cabeza y te habías ido de vacaciones a una isla paradisíaca lejos de todo, y que a estas alturas no me extrañaría incluso que te hubieses vuelto a enamorar.

El corazón me late con fuerza.

—Gracias, Carol. No le has dicho dónde estoy, ¿verdad?

—No paraba de preguntarme detalles, como si aún fuera asunto suyo. La zorra no parecía demasiado contenta. No paraba de removerse en la silla, y se le borró la sonrisa de la cara. Yo no solté prenda, pero Robert estaba celoso, se le notaba. Qué morro tiene, no contento con dejarte tirada va y se planta allí con esa mujer. Este es de los que lo quieren todo. Quizá sería mejor que no volvieras, para que se reconcoma preguntándose dónde andas. Le estaría bien empleado.

Pierdo la cobertura, y la voz de Carol se desvanece en la noche.

—Le estaría bien empleado —repito. Mi frágil corazón, que había empezado a recuperarse, se resquebraja en mil pedazos.

De pronto, ya no tengo tantas ganas de alejarme de la librería de la tía Ruma. ¿Por qué no iba a quedarme aquí, donde Robert jamás podrá alcanzarme por mucho que lo intente? Apago el móvil, abro la puerta y vuelvo a adentrarme en la oscuridad.

19

No puedo creer que esté aquí, tendida en la desvencijada cama de mi tía, en el apartamento de la buhardilla, mientras una tormenta barre la isla a medianoche y el viento aúlla sin cesar. La casa gime y tiembla. La lluvia cae a plomo sobre el tejado, y el estruendo de su furia suena como el motor de un avión. La ventana triangular que hay en lo alto de la pared, allí donde se unen las dos aguas del tejado, temblequea sacudida por el aire y amenaza con resquebrajarse. Vacila la luz en la lámpara de vidrio de colores con mariposas monarca grabadas que descansa sobre la mesilla de noche.

Me dejo caer sobre las almohadas. No hay tele, ni cobertura de móvil. No hay más que libros apilados junto a la mesilla de noche, incluida una selección de cuentos de Edgar Allan Poe. No me apetece demasiado leer sobre los horrores de cadáveres redivivos mientras trato de sobrevivir en un viejo caserón encantado.

No puedo conjurar la imagen de Robert y Lauren en el Andante. ¿Qué he hecho yo para merecer semejante traición? ¿Acaso era algo que Robert llevaba dentro antes incluso de conocerme? Me dijo que se había enamorado de ella sin querer. Yo había coincidido alguna vez con Lauren, sabía que era una compañera suya de la universidad, pero nada más. No supe ver ninguna señal de engaño, y sin embargo... Me pregunto si ya se acostaban juntos cuando me la presentó en aquella cena de la facultad.

Me levanto, aceptando el insomnio con resignación, y examino los libros que tiene mi tía en su diminuta sala de estar. Una ráfaga de aire se cuela por la ventana abierta y agita las páginas de un libro que descansa en el alféizar. *El rincón del osito Winnie*. En la cara interna de la cubierta, garabateado en negro, leo lo siguiente:

> Jasmine, no temas volver a empezar...
>
> A. A. MILNE

La letra se escora a la izquierda, y un par de pequeños borrones afean la página. Lo habrá escrito mi tía, supongo. A. A. Milne no puede haberlo hecho; murió hace años, sin dejar atrás más que sus libros, sus personajes, su imaginación.

La tía Ruma ha decidido gastarme una sofisticada broma. Recordaba que el osito Winnie era uno de mis personajes favoritos. Bueno, en realidad mi preferido era Igore. Cómo le costaba escribir. No atinaba ni con su propio nombre, que escribía Eor. ¿En qué libro ponía «detreminación» en un discurso dedicado a Christopher Robin?

Me preparo una tila y me pongo las gafas de lectura. Me meto en la cama y abro el libro, que huele a papel recién impreso. Lo hojeo, acerco las páginas a la nariz e inspiro su aroma. Vuelvo a ser una niña, abriendo las nuevas adquisiciones de la librería. *El osito Winnie*, *Las crónicas de Narnia* y Dr. Seuss: *El gato garabato, Huevos verdes con jamón*. Hace mucho tiempo, leía todas esas historias una y otra vez. No tenía ninguna preocupación. Nadie me había roto el corazón todavía.

> Un día en que el osito Winnie no tenía nada más que hacer, pensó que haría algo, así que fue a la casa de Lechoncito para ver qué hacía este…

De pronto, las luces se apagan.

—¡Lo que faltaba!

Dejo caer el libro sobre la cama. La lamparita de noche enchufada a la pared sigue emitiendo su resplandor, gracias quizá a una pila. Las paredes vibran y una escoba cae al suelo con estruendo. Casi salto de la cama del susto. El corazón se me acelera.

—No pasa nada, estás bien —me digo a mí misma—. No es más que un apagón provocado por la tormenta.

¿Qué demonios hago yo aquí?

Desafiar a Robert, eso es lo que hago.

Saco la linterna de la cómoda y bajo de puntillas por la polvorienta escalera de servicio.

En el pasillo del segundo piso, un jirón de papel pintado se ha despegado de la pared, descubriendo así un antiguo patrón floral. El estampado de pétalos de rosa emite destellos metálicos rojos y azules.

—Caja de plomos, primera planta.

Enfilo el pasillo de puntillas hasta llegar a la amplia escalera principal, que lleva hasta la segunda planta desde el vestíbulo de la primera, encarado al mar. Tengo el pie apoyado en el segundo peldaño cuando oigo un rumor de voces. Me detengo en seco, noto que me flaquean las piernas. Será el viento, que sacude los árboles.

El haz de la linterna baila sobre la vidriera de colores. Solo tengo que bajar unos cuantos escalones más, volver a cruzar el vestíbulo, dejar atrás el salón, la librería, el comedor. Puedo hacerlo. Mientras me acerco al último escalón, las voces parecen elevarse de nuevo. No, es el viento que silba.

Me asomo a la cristalera roja de la puerta principal. La silueta de un arce inmenso se mece sobre el telón de fondo del océano, que reluce a la luz de la luna. No hay nadie en la galería, ni en el tramo de escalones que baja hasta la ladera tapizada de hierba. Mis oídos me engañan. Vuelvo a enfilar el pasillo.

Las ramas se restriegan contra las ventanas y rechinan. Fuera, una cancela golpea repetidamente. Avanzo de puntillas hasta la habitación trasera. El teléfono está enchufado pero no funciona sin electricidad.

Abro la caja de los plomos. Los fusibles están todos en su sitio. Cubiertos por una capa de polvo, eso sí, pero no hay uno solo fundido. El apagón parece haber afectado toda la manzana. Genial. Sigo oyendo ruidos amortiguados cuya procedencia no alcanzo a determinar. Siguiéndolos, recorro de nuevo el pasillo y me detengo ante la puerta del salón. Un tenue resplandor se cuela por la rendija de la puerta. Respiro hondo, me armo de valor. Allá voy.

Abro la puerta de un tirón e irrumpo en la estancia, decidida. Hay una mujer de pie entre las sombras que arroja la luna. Tiene la frente ancha, las mejillas sonrosadas. Luce un vestido azul. Es alta y muy atractiva. Si la hubiese visto en el otro extremo de una habitación repleta de gente, habría destacado por su singular belleza. Una leve aura parece envolverla. Se me pone la piel de gallina. Estoy alucinando, no puede haber otra explicación. O bien tengo un ataque de sonambulismo, o no he salido de la cama de mi tía y todo esto es un sueño. Mi lengua parece haberse expandido hasta llenarme toda la boca.

—¿Quién es usted? —pregunto cuando al fin recupero la voz—. ¿Qué hace aquí? La librería está cerrada.

No hay respuesta.

—No debería estar aquí —insisto—. ¿Lleva aquí toda la noche? ¿Estaba aquí dentro cuando cerré la librería? ¿Pertenece al club de lectura?

En ese instante vuelve la luz, y con ella el súbito resplandor de las bombillas. La desconocida se ha volatilizado. Hace un momento estaba aquí, la tenía delante, pero ahora mismo estoy sola en la habitación. La busco en todos los pasillos. La ventana está cerrada, y la puerta queda a mi espalda. Ha debido de ser producto de mi imaginación, exacerbada por el pánico.

Sobre la mesa hay un libro de tapas duras. ¿Cómo es posible que no lo viera antes? Recojo el pesado volumen con cubiertas raídas y páginas apergaminadas por los años y el uso. Se titula *Mi vida en África*, es un libro de memorias y su autor es un tal doctor Connor Hunt.

«Connor Hunt.»

Abro el libro. Es una primera edición, publicada en 1975, cuando el autor contaba treinta y seis años. Su foto ocupa buena parte de la contracubierta del libro y en cuanto la veo el corazón me da un vuelco. Luce un peinado algo distinto, jersey de cuello alto y pantalones de campana, pero guarda un innegable parecido con el Connor Hunt que conozco. Solo que este, el que escribió el libro, tendría ahora más de setenta años.

20

Acaban de dar las dos de la madrugada cuando llamo a Tony desde el teléfono fijo de mi tía.

—Me largo mañana por la mañana.

—¿Jasmine, eres tú? —contesta Tony con voz soñolienta—. ¿Cómo es que tienes mi número?

—Lo he encontrado aquí, en el despacho. Me estoy volviendo loca. Necesito hablar con mi tía.

No paro de dar vueltas por el despacho en camisón y zapatillas. La habitación está muy iluminada, todas las bombillas encendidas a la vez. La corriente eléctrica que abastece a todo el pueblo debe de estar fluyendo en abundancia hacia esta casa. Sostengo el libro de memorias.

—Solo llevas aquí un par de días. Son las tantas. ¿Qué ocurre? —Ahora la voz de Tony suena cortante—. ¿Se está quemando la casa? ¿Qué ha pasado?

—La casa sigue en pie. Soy yo la que no está bien, nada bien.

—¿Necesitas una ambulancia? Cuelga y llama al 911.

—Me ha parecido oír voces y luego he visto a una mujer en el salón. Sufro alucinaciones.

—Uf, querida... Tienes el tercer ojo. Te lo he dicho.

—¿Hay algún tipo de hongo tóxico en la casa, algo que pueda causar alucinaciones?

—Nada de eso. Tu tía lleva años hablando con los espíritus de la librería.

—No me ha dicho nada.

—Pensaba que lo sabías.

—Nunca creí que fuese cierto. Siempre he dado por sentado que eran fabulaciones suyas. Como es un poco excéntrica…

—No más que tú, por lo visto. ¿Cómo puedo ayudarte?

—Siento haberte despertado, pero no sabía a quién llamar. No puedo contárselo a mi familia. Creerían que estoy loca, ¡y con razón! Tengo que localizar a mi tía…

—No puedo creer que hayas visto a un fantasma.

—¡No era un fantasma! No he visto a nadie. Estaba soñando. Pero he encontrado un libro. —Le cuento lo de las memorias—. Está escrito por un tal doctor Connor Hunt. Se lo ve algo distinto, no exactamente como el Connor que conozco, pero se le parece mucho. A lo mejor es el padre de Connor. No hay fotos de niños…

—Ya decía yo que ese nombre me sonaba de algo. Ahora me acuerdo. El doctor Hunt, sí. Vivió en la isla hace mucho tiempo. Solía viajar a África a menudo. Murió allí…

—¿En África? Las memorias se publicaron antes de que muriera —comento con un escalofrío—. ¿Cómo murió?

—No tengo ni idea.

—Es raro que ese libro haya aparecido encima de una mesa. No recuerdo haberlo visto allí hasta esta noche. Seguramente Connor lo estaba leyendo, o quizá lo dejara él allí. Podría ser suyo. ¿Tenemos más ejemplares en la librería?

—No lo sé —contesta Tony—. Tu tía acepta muchas donaciones de libros, y en el sistema informático no consta más que una pequeña parte de las existencias. Queda mucho por hacer.

—Habría que empezar a clasificar los libros como es debido.

—Sí, claro. Oye, ¿te importa que lo comentemos mañana? Necesito volver a la fase REM.

—Lo siento, he olvidado lo tarde que es.

—No pasa nada. Será mejor que intentes dormir tú también. Tómate una infusión de valeriana. Huele fatal, pero funciona.

No me siento mejor después de colgar. Me acomodo en un sillón del salón de té y empiezo a leer el libro de memorias. A través de sus palabras, el padre de Connor vuelve a cobrar vida. Percibo su angustia ante las limitaciones que le impone el trabajo humanitario en África. Huelo a polvo y a muerte, veo a los niños pastoreando a las reses y dormitando en cajas de plátanos. El doctor Hunt se ve obligado a trabajar sin lo elemental para curar enfermedades perfectamente tratables. Me entero de sus ataques de fiebre, de su inquebrantable dedicación al trabajo, de lo difícil que le resulta volver a Estados Unidos. El abismo cultural. Se siente responsable de la muerte de una niña nigeriana que murió deshidratada. No tenía suficiente suero intravenoso para curarla. Echa de menos a su mujer, que está en Estados Unidos. Cuanto más leo, mejor lo conozco y más me siento…, ¿cómo decirlo?, ¿atraída, fascinada?

¿Podría llegar a sentir lo mismo por Connor? Desde luego no es como su padre, este hombre serio que anhelaba cambiar el mundo. Connor parece muy despreocupado. Me pregunto si tendrá vocación altruista, si viajará a África para ayudar a los necesitados. Quiero conocerlo mejor, y desearía haber conocido a su padre.

Me despierto sobresaltada por el sonido estridente del teléfono. El libro se me cae del regazo. Me habré quedado dormida en el sillón mientras leía en camisón. Miro el reloj. Las seis de la mañana.

Es mamá. Su voz suena tensa, preocupada.

—Perdona que te despierte tan temprano.

—Ya estaba despierta —miento, frotándome los ojos—. ¿Ha pasado algo?

—Intenté llamarte anoche, durante la tormenta, pero no había línea, claro está. ¿Ha caído algún árbol sobre la casa?

—¿Cómo dices? No. —Me aparto el pelo de la cara—. ¿Por qué iba a pasar algo así?

—Ocurre a menudo cuando hay tormenta, sobre todo cerca de la casa de Ruma.

—¿Quieres decir que ha pasado alguna vez?

—No, pero hay muchos árboles altos alrededor, y Ruma no ha contratado a nadie para que compruebe el estado de salud de esos abetos.

Pongo los ojos en blanco.

—Mamá, la casa está perfectamente.

—Tu padre quería ir a buscarte, pero hacía demasiado viento. Nos pareció mejor seguir todos a cubierto.

—Por aquí está todo bien —le aseguro.

—Deberíamos mudarnos a California. Estoy harta de este clima.

Cada pocos meses amenaza con mudarse, pero nunca lo hace.

—En California también hay lluvia, y deslizamientos de tierra —le recuerdo—. Y terremotos y sequía y los vientos de Santa Ana.

—Estas tormentas no las tenéis. Pero no te llamaba por eso. Acabo de hablar con tu tía Charu. Sanchita se ha ido. —Mi madre pronuncia esta última frase con expectación, como si esperara que yo resolviera el problema al instante, antes del alba.

—¿Cómo que se ha ido? ¿Ha pasado algo?

—Ha abandonado a Mohan. Nos hemos quedado todos de una pieza, y Mohan está destrozado. ¿No la habrás visto, por casualidad? —pregunta mamá en un tono ligeramente suspicaz.

—¿Cómo iba yo a verla? Apenas la conozco.

—Os criasteis juntas.

Me levanto y echo a andar con el teléfono inalámbrico pegado a la oreja. Me rugen las tripas de hambre y necesito hacer un pis.

—Eso no es del todo cierto. De niñas, nos veíamos obligadas a estar juntas cada vez que había una fiesta. Pero Sanchita y yo nunca hemos tenido mucho en común.

—A lo mejor podríais aprovechar para conoceros mejor cuando vuelva. Ahora que estás aquí... Estoy segura de que le encantaría retomar la relación. Creo que se siente sola...

—Tiene dos hijos, un marido, una carrera absorbente. No necesita mi amistad...

—Tenemos que encontrarla.

—A estas horas de la mañana, ¿no se habrá ido a trabajar? ¿Sabes si Mohan ha llamado a la consulta, al hospital?

—Su bolsa de viaje no está. Ha dejado una nota diciendo que se encuentra bien y que no se preocupen por ella. Pero, por supuesto, todo el mundo está preocupado. Mohan ha llamado a todos sus amigos, y también a la consulta. No se ha presentado a trabajar. Tampoco coge el móvil.

—A lo mejor no quiere hablar con nadie.

—Él está muy preocupado.

—Sanchita es una mujer adulta.

—Pero esto no es propio de ella.

—A lo mejor necesita pasar un tiempo a solas. A veces las personas hacen cosas inesperadas, cosas que no parecen propias de ellas. Ya se le pasará.

—Ha dejado a los niños con Mohan.

—¿Y él no puede cuidar de ellos?

—Ni siquiera sabe el número de la canguro.

—A lo mejor podría ocuparse personalmente de sus propios hijos —replico, pero en el fondo me da lástima.

—Jasmine.

—Mamá, no es asunto nuestro. Y tampoco es asunto de sus padres.

—Están preocupados por ella.

—Es una mujer adulta. Tiene derecho a tomar sus propias decisiones. Ni que la hubiesen secuestrado.

Mamá guarda silencio unos instantes.

—Si tienes noticias de ella, llámame.

—Estoy segura de que Sanchita llamará a casa cuando esté lista para hacerlo.

Cuando cuelgo, me noto agitada. Imagino a los niños de Sanchita, sus dedos regordetes, sus caritas redondas, sus ojos luminosos. No puede ser que los haya abandonado. Tiene todo lo que podría desear, incluida una carrera profesional envidiable. ¿Acaso no tiene bastante? ¿Se habrá fugado con un amante? Si su vida perfecta no la hacía feliz, ¿qué esperanza nos queda a los demás?

Seguramente ha salido a dar una vuelta. Volverá a casa sana y salva, y todo el mundo se habrá devanado los sesos en vano.

Mientras subo la escalera, una hoja de papel arrugada revolotea y cae al suelo del rellano. Una hoja arrancada o caída de algún libro que recojo. Pertenece a una obra titulada *Cómo dejarlo todo atrás y crear una nueva identidad.*

21

Dejo la hoja extraviada sobre la mesa del vestíbulo, me abrigo, cierro la librería y me encamino a la playa. La luz del sol se cuela por una rendija en las nubes. Cuanto más respiro este aire salado, más fuerte me siento. Los tejados mojados transpiran a causa del repentino calor y despiden nubes de vaho.

En la orilla, me detengo a recoger conchas marinas y cantos rodados. Los tonos pastel y el elaborado relieve de las valvas rosadas me reconfortan. Hay orden en el mundo natural, patrones que serenan la mente. Me he olvidado de coger el móvil y ni siquiera he encendido el netbook.

Me preocupa la tía Ruma. Me preocupan los hijos de Sanchita. Tiene que volver. El que yo encontrara esa hoja suelta no ha sido más que una casualidad.

¿Por qué iba a desaparecer sin más, dejando atrás a sus seres queridos? ¿Acaso comparte con Robert un ADN similar, una habilidad innata para hacer daño a los demás, cortar en seco todos los lazos que lo atan a otra persona? Y luego nosotros, los abandonados, los rechazados, no tenemos más remedio que recoger los añicos de toda una vida y reconstruirla con lo que queda.

Andado un trecho, avisto una elegante garza posada sobre una roca, inmóvil. La contemplo entre las nubecillas de vaho de mi aliento y me siento sobrecogida por la belleza del momento. Estoy viva, ahora mismo, aquí mismo, compartiendo la Tierra con esta hermosa criatura.

Cuando vuelvo a la librería, Tony está en el despacho, escribiendo a toda velocidad en el ordenador. Sus dedos apenas rozan las teclas. Tiene un aspecto distinto, lleva el pelo de punta y huele a gel fijador de sandía.

—Ven a ver esto. Es la biografía de Connor Hunt padre. En la Wikipedia no hay gran cosa sobre él. Debía de ser bastante celoso de su intimidad. Pero hay una foto suya bailando con una tribu de Nigeria. Fíjate.

Escudriño la borrosa imagen en blanco y negro.

—Apenas lo reconozco con ese tocado tan raro. —Pero tiene un cuerpo para morirse, es puro músculo, hombros anchos. No puedo creer que sienta todo esto por un hombre que lleva años criando malvas.

—Se integró totalmente en la cultura local. —Tony se reclina en la silla y cruza los brazos sobre el pecho—. No hay detalles de cómo murió, solo que fue en África. Sus memorias tuvieron bastante éxito cuando se publicaron, pero hoy por hoy todas las ediciones están agotadas.

—Guardaré nuestro ejemplar para el hijo —comento—. Para cuando vuelva. Seguramente se dará cuenta de que lo dejó olvidado y vendrá a recogerlo a primera hora.

Me dejo caer en una silla. De pronto, me siento agotada. Le cuento a Tony lo de Sanchita y la hoja suelta que he encontrado.

—Es una señal de los espíritus —opina—. Se ha ido para siempre.

—Eso es absurdo —replico.

—Tal vez. —Tony teclea algo en el ordenador y abre una nueva ventana—. O a lo mejor era una señal para ti. Se supone que debes olvidar el pasado y seguir adelante, ¿no?

—Lo siento, tengo memoria de elefante.

A lo largo de toda la mañana, me sorprendo a mí misma buscando a Connor, algo que me molesta. Ya pasé por esto con Robert, solía esperarlo hasta bien entrada la noche.

Justo antes de las once, Mohan entra en el vestíbulo. Lleva a Vishnu de la mano. El pequeño tiene los ojos hinchados, como si hubiese estado llorando. Mohan luce un traje de seda, el pelo peinado hacia atrás, y ha dejado el Mercedes negro con el motor en marcha delante de la casa. Dos siluetas oscuras aguardan en su interior, quizá la canguro y Durga, la más pequeña de los hermanos.

—¡Mohan, pasa! —saludo—. ¿Ha vuelto Sanchita?

Niega en silencio, señalando con la cabeza a su hijo.

—Su mamá ha tenido que irse —dice a voz en cuello—, pero volverá muy pronto.

Asiento con gesto cómplice.

—¿En qué puedo ayudaros?

—Ruma dijo que, en su ausencia, te encargarías tú de la hora del cuento.

—¿La hora del cuento?

Tony se me acerca por la espalda.

—Se trata de leer cuentos a los niños.

—¿Leer en voz alta? —inquiero—. No se me dan demasiado bien los niños.

—Lo hará —afirma Tony.

Los hombros de Mohan se relajan al instante.

—No sabes cuánto te lo agradezco. A Vishnu le gusta mucho escuchar cuentos. Volveré a recogerle en cuanto salga del quirófano.

Antes de que pueda preguntarle nada más, Mohan sale disparado hacia el coche, sube a toda prisa y arranca con un chirrido. Me quedo allí como un pasmarote en medio del vestíbulo, junto a un niño que es un perfecto desconocido para mí. ¿Qué se hace con los niños? Vishnu me mira con evidente escepticismo. No estoy acostumbrada a sentirme examinada por una personita de rostro tan sensato.

—Bueno, me parece que hoy solo estamos nosotros dos —le digo, pero al poco empiezan a llegar más pequeños de la mano de sus padres, uno a uno, hasta sumar un total de siete niños dando vueltas por el salón. El corazón me late con fuerza.

—¿Qué se supone que hay que hacer? —le susurro a Vishnu—. Tengo que leeros un cuento, ¿no? ¿Has hecho esto antes?

Mi interlocutor asiente con solemnidad.

—Lo suponía.

Lo llevo hasta la sala de literatura infantil y empiezo a rebuscar entre la inmensa colección de libros. No sé por dónde empezar.

—¿Beatrix Potter? —aventuro.

Vishnu asiente.

—El señor White, E. B. White?

El pequeño vuelve a asentir.

—A veces la tía Chatterji se pone unas orejas de conejo —insinúa, señalando una caja que hay debajo de la mesa.

—¿A qué te refieres?

—Se pone un disfraz y salta como un conejo.

—¿Que salta como un conejo?

Ni loca pienso ponerme a dar brincos.

—Y también se pone la cola de conejo.

Eso menos aún.

—Y hace ruidos graciosos, imitando a un cerdo o un perro.

Suelto una carcajada.

—Pues yo voy a leer y punto, ¿vale?

Vishnu asiente con un suspiro de resignación.

Llevo unos pocos libros al salón. Los niños están inquietos, parlotean entre ellos y se les escapa la risa. Se han sentado en filas sobre la alfombra, junto a sus padres. Los miro, y el mar de rostros hace que se me acelere el corazón. Tengo las manos sudorosas. El miedo escénico se apodera de mí, pero me armo de valor y me coloco delante de ellos, junto a la chimenea revestida de azulejos.

Se hace un silencio en la habitación.

—He venido a sustituir a mi tía, solo por hoy.

Los niños me escrutan sin disimulo alguno. Un pequeño pelirrojo pregunta:

—¿Dónde está la tía Chatterji?

Todos me miran, expectantes. Tengo la boca seca.

—Volverá pronto, pero hoy no. Venga, vamos a empezar.

Abro *El rincón del osito Winnie* y empiezo a leer. En un primer momento los niños guardan silencio, pero poco a poco, mientras avanzo en la lectura con tono monocorde, empiezan a susurrar entre ellos. Se remueven en sus sitios. Suspiran. Carraspean.

Leo cada vez más deprisa y más alto. Un niño chasquea los labios. Otro dice:

—Tengo pipí.

Una niña grita:

—¡Quiero que venga la tía Chatterji!

Se me encoge el alma.

Vishnu me observa. Le tiemblan los labios. Tiene los ojos arrasados en lágrimas. Siento ganas de estrangular a Sanchita. Quiero coger al pequeño en brazos y consolarlo.

—Esperad —digo—. Ahora mismo vuelvo, ¿vale? No os mováis.

La habitación se queda en silencio. Vishnu se sorbe la nariz.

Me meto en la sala de literatura infantil. El corazón me late desbocado. ¿Qué se supone que debo hacer? Cualquier cosa con tal de que Vishnu no rompa a llorar, pero ¿qué?

Se me da bien hacer presentaciones para los clientes. Sé dirigirme a un grupo de personas y retener su atención. Pero echo mano de ciertos trucos escénicos, uso un puntero para señalar gráficos y curvas.

Necesito algo de utilería. Rebusco en la caja y encuentro una cresta de gallo, una ridícula cola de burro, dos orejas de conejo y unos pocos títeres. ¿Qué voy a hacer con todo esto? Ya se me ocurrirá algo.

Cojo unos pocos libros de la estantería y arrastro la caja hasta el salón, donde mi público me espera en la alfombra, con las piernas cruzadas y gesto expectante. Tendré que improvisar.

—A ver —anuncio—. Voy a intentarlo otra vez.

Vishnu vuelve a sorberse la nariz. Los chicos se remueven en sus sitios, impacientes.

Abro la edición especial de *Perico el conejo travieso*, publicada para celebrar los veinticinco años de la creación del personaje. Tomo aire y empiezo a leer.

—Érase una vez cuatro conejitos que se llamaban Flopsy, Mopsy, Cola de Algodón y Perico.

—¡Me encanta ese cuento! —grita una niña, agitando sus rubios tirabuzones.

Para mi propia sorpresa, su reacción me conmueve.

—Vivían con su madre en una madriguera, bajo las raíces de un enorme abeto.

Mi voz fluye por la habitación, cautivando a los niños. Hay una historia de terror subyacente en este cuento engañosamente sencillo, benévolo solo en apariencia, que cuenta las andanzas de un conejo aventurero. El malvado humano, el señor McGregor, da caza al padre de Perico el conejo y lo mata. La señora McGregor cocina una tarta con él. Perico se cuela en el huerto del señor McGregor, se atiborra de verduras y está en un tris de seguir el triste destino de su padre.

A medida que leo, me pongo los disfraces correspondientes y me meto en la piel de cada personaje. Una parte de mí misma me observa desde fuera. Debería sentirme ridícula o humillada, pero las orejas de conejo encajan perfectamente en mi cabeza, y cuanto más actúo, más se ríen los niños. Doy saltitos por la habitación. Los chicos se desternillan. Y la mirada de Vishnu ha cambiado, la imaginación la ha llenado de luz. Soy otra, alguien que nunca fui, o quizá alguien que siempre he sido.

22

Cuando se acaba la hora del cuento, los padres se acercan a darme las gracias.

—No suelen aguantar sentados tanto tiempo —me asegura una madre—. Se te da muy bien.

—Tengo práctica. Suelo hacer presentaciones en el trabajo —le digo.

—Entiendo —replica, mirándome de un modo raro.

Las familias se van marchando hasta que solo queda Vishnu, leyendo tranquilamente en la sala de literatura infantil. Mohan se presenta con más de media hora de retraso.

—Lo siento. La operación se me ha complicado.

—Papá —le dice Vishnu, tirándole de la mano—, ha leído *Perico el conejo travieso*, ¡y ha sido divertido!

—¿De veras? —Mohan me sonríe y articula la palabra «gracias» en silencio antes de salir apresuradamente con Vishnu en dirección al coche.

Devuelvo los disfraces y los libros a la sala de literatura infantil, los coloco en su sitio. Me siento colmada por una extraña sensación de satisfacción personal, aunque no he hecho más que dar saltitos por la habitación y leer un cuento a un grupo de niños.

No he asegurado la cuenta Hoffman ni realizado una hazaña heroica.

—Lo has hecho muy bien —dice una voz temblorosa a mi espalda. Me vuelvo y veo a una anciana ataviada con un vestido anticuado y un sombrero negro, de pie ante mí. Lleva en brazos a un gato blanco de pelo sedoso.

—No la he oído entrar —le digo. Percibo un olor a tierra, a aire fresco, mezclado con un dulce perfume floral.

—Siempre he estado aquí. —Acaricia al gato, que ronronea en sus brazos—. Mis animales me siguen a todas partes. Los quiero a todos, perros, gatos, ardillas. Tengo cuatro mil acres dedicadas a la conservación de la fauna salvaje, y por supuesto mi rebaño de ovejas herdwick, que suman ya veinticinco mil.

—¿Quién es usted? —Su rostro me resulta extrañamente familiar.

La anciana saca una biografía de la estantería y me enseña la foto de la cubierta posterior.

—Parece usted, pero más joven —le digo.

—Preferiría seguir teniendo ese aspecto, pero el tiempo no perdona. Qué se le va a hacer…

—Pero usted no puede ser Beatrix Potter. ¿Acaso es familia suya, una descendiente de la escritora?

—Claro que soy Beatrix. —Deja el gato en el suelo, y la suave criatura blanca se va correteando hasta la estantería, dobla la esquina y se desvanece. Parpadeo una y otra vez, sin dar crédito a mis ojos.

—Esta broma ya ha ido muy lejos —afirmo—. ¿Le ha dicho Tony que lo haga?

La anciana me coge la mano. Noto sus dedos cálidos y firmes.

—A esos niños les ha encantado la hora del cuento.

Me desprendo de su mano y retrocedo en dirección a la puerta.

—Me alegro mucho. Tenía que hacer sonreír a Vishnu. Su mamá no tardará en regresar, y su vida volverá a la normalidad.

—Nada volverá a ser normal. No desde que te has puesto las orejas de conejo.

Beatrix sonríe. ¿Habla de mí o de Vishnu?

—¡Jasmine! —Tony me llama desde el pasillo y asoma por la puerta—. Aquí estás —dice, sin prestar la menor atención a la anciana y su atuendo de otra época—. ¡Ruma está al teléfono!

Me vuelvo, pero Beatrix ha desaparecido.

Salgo corriendo para atender la llamada.

Mi tía suena lejana pero exultante.

—¡Mi queridísima sobrina!

—¿Cómo estás? ¿Dónde estás? —Salgo con el teléfono al pasillo en busca de un poco de intimidad—. ¿Cómo está tu corazón? ¿Has ido al médico?

—No te preocupes por mí. ¿Qué tal van las cosas en la librería? ¿Qué te parece mi apartamento, a que es divino?

—Ay, tía Ruma... ¿Por qué no me dijiste nada de las cosas tan raras que pasan aquí? —Camino de aquí para allá con el teléfono pegado a la oreja—. ¿Cómo es que hay tantas facturas sin pagar?

—¿Tony no te está ayudando? Si no lo hace, hablaré con él. Espera un segundo.

De fondo se oye un estruendo de bocinas y un hombre que grita en bengalí.

—Tía Ruma, ¿por qué me dijiste que yo era la única que podía hacerse cargo de la librería en tu ausencia?

—Porque es cierto. —Mi tía cubre el auricular con la mano y pide un *rickshaw* a voz en grito. Luego sigue hablando conmigo—. Debo irme. Sigue los dictados de tu corazón. Todos formamos parte de algo más grande que nosotros mismos. Cariño, tengo que dejarte, vamos a coger un tren con destino a Agra. Estamos visitando el país.

—¿Cómo que «estamos»? ¿Quiénes?

—Hemos ido al Taj Mahal. Hacía años que no venía por aquí.

La llamada se corta.

—Maldita sea.

Cuelgo el teléfono estampándolo con saña.

—Hay cosas que no cambian —dice una voz familiar a mi espalda.

«Robert.»

Mi cuerpo me traiciona, reaccionando a su presencia por puro hábito, reconociendo enseguida el suave timbre de su voz.

—¿Qué demonios haces aquí? ¿Cómo me has encontrado?

23

—¿No has recibido mis mensajes?

Robert avanza hacia mí a grandes zancadas, enfundado en una gabardina negra. Un dios cuidadoso se encargó de darle unas facciones perfectamente proporcionadas, a excepción de la nariz, mellada justo por encima del puente, de cuando corría en el equipo de atletismo del instituto y tropezó con la raíz de un árbol. Aún conserva un físico de atleta, una cadencia elástica al caminar, como si fuera a echar a correr en cualquier momento.

—Apenas hay cobertura en la isla.

Necesito una bolsa de papel, creo que voy a hiperventilar. O a vomitar, no lo tengo claro.

—No ha sido fácil dar contigo, pero Scott Taylor me puso sobre la pista. Tenemos que hablar.

Sus ojos, de un tono entre avellana y gris, siempre han transmitido una engañosa dulzura. Me pregunto cuánto tardará Lauren en descubrir su verdadero carácter.

—Estoy trabajando —le digo—. Habla con mi abogado.

Cojo una brazada de libros. No sé qué hacer con ellos. ¿Dónde se mete Tony cuando lo necesito?

—Me gustaría hablar contigo en persona.

—¿Dónde está Lauren? ¿Sabe que has venido a verme?

No puedo evitar pronunciar su nombre en tono despectivo.

—Sí, lo sabe. ¿Podemos ir a hablar a algún sitio? —Robert mira a su alrededor como si intentara encontrar un hueco libre en la estancia abarrotada.

—Has tenido meses para hablar conmigo. He dicho que no, no voy a vender el piso por esa miseria.

—De eso precisamente quería hablar contigo. Del piso.

—¿Qué más queda por decir? Habla con el agente inmobiliario.

—Necesito que lo comentemos tranquilamente.

Dejo los libros sobre una mesa.

—¿Por qué? Nos veremos en la vista final, el mes que viene.

—He venido hasta aquí para hablar contigo, ¿no podrías ser más amable?

Los clientes empiezan a mirarnos.

—Fuera —susurro—. Aquí, no.

Minutos después, avanzo por la calle a paso ligero. El viento me alborota el pelo, y los mechones me latiguean el rostro. Robert camina junto a mí, encorvado, apretando el paso.

—¿A qué viene tanta prisa?

—Ni se te ocurra volver a presentarte aquí sin avisarme. Mejor dicho: ni se te ocurra volver a presentarte, punto.

—Sé que estás enfadada conmigo.

—La palabra «enfadada» se queda muy corta para describir lo que siento.

—Intenté localizarte. Quería verte. ¿Estás bien? Me preocupo por ti.

—¿Que te preocupas por mí? —replico, pero por una milésima de segundo noto que mi corazón se ablanda.

Me vienen a la mente nuestros románticos paseos. Caminábamos así, casi hombro con hombro, mientras hablábamos sobre la jubilación, el futuro, los lugares a los que nos gustaría viajar.

—No me dijiste que te ibas de Los Ángeles.

—No tengo que rendirte cuentas —replico, pero en el fondo me da un poquito de lástima. Tiene la nariz enrojecida a causa del frío. A diferencia de mí, no soporta este clima.

—¿Podemos entrar en algún sitio? ¿Ahí, quizá? —Se vuelve hacia Le Pichet, un restaurante francés de ambiente íntimo. Una camarera de físico voluptuoso nos conduce hasta una mesa situada en un rincón en penumbra. Una mesa romántica, como si fuéramos una pareja.

—¿Puedo servirles algo de beber? —pregunta.

—Agua para mí —contesto.

Miro a Robert. Se esfuerza por sostenerle la mirada, sin desviarla hacia el escote. Lo está intentando.

—Me apetece algo caliente, un café.

La camarera asiente y se marcha. Robert no vuelve la cabeza para seguirla con los ojos, sino que me mira fijamente.

Cruzo los brazos sobre el pecho en ademán defensivo.

—Tienes cinco minutos. Desembucha.

Apenas soy consciente del murmullo de las conversaciones ajenas, el tintinear de las copas, el aroma a cebolla y a vino.

—No puedo tomarme un café en cinco minutos.

Robert fija la mirada en mi frente, como de costumbre. Es una señal que no supe interpretar a tiempo, su incapacidad para mirarme a los ojos.

La camarera nos sirve el agua que he pedido y el café de Robert.

—¿Les traigo la carta? —pregunta.

Niego con la cabeza. Ella asiente y se marcha.

Robert se toma un café solo, como siempre. Sigue engulléndolo en lugar de tomarlo a sorbitos. Y conserva el hábito de aclararse la garganta.

—Has vuelto a dejarte un parche de barba sin afeitar —digo, señalando el lado izquierdo de su mandíbula, justo por debajo de la oreja. Incluso en esta penumbra, veo sus fallos. Nunca se ha esmerado mucho a la hora de afeitarse, pero sí cuando se trataba de guardar secretos.

—Tienes buen aspecto —dice, sin inmutarse—. Te noto algo distinta. ¿Has adelgazado? ¿O es el pelo?

Me toco tímidamente la melena despeinada. Robert siempre me ha hecho tomar conciencia de mi aspecto.

—¿Qué pasa con la casa? —digo—. No te vayas por las ramas.

—¿Ni siquiera puedo decirte que eres preciosa?

—Ya no.

Con cada palabra suya, Robert va excavando una oquedad en mi interior. Lo imagino de rodillas, suplicando mi perdón. «Nunca he dejado de quererte. ¿Cómo he podido echar por la borda aquellas mañanas en las que tomábamos el sol juntos, o hacíamos el amor en la alfombra del salón, o preparábamos tortillas de champiñones? No quiero a Lauren. Te quiero a ti. Y quiero que seamos felices y comamos perdices...»

El corazón se me pondría a dar brincos en el pecho y luego volvería a romperse en mil pedazos. Le replicaría: «Yo te quería,

Robert. Estoy destrozada. Yo también quería todas esas cosas, pero ahora no hay marcha atrás. ¿Cómo has podido hacerme esto?».

Me siento como si estuviera al borde de un precipicio.

—¿Te importaría echarle un vistazo a esto?

Saca un fajo de papeles doblados del bolsillo interior de la gabardina, como si de un mago se tratara, y los desliza hacia mí por encima de la mesa. Las páginas están grapadas entre sí.

—¿Qué es esto?

Me mira con ojos suplicantes.

—Échale un vistazo. Por favor.

Desdoblo el papel. En la primera página leo lo siguiente:

> En virtud del presente acuerdo, Jasmine Mistry, en adelante la PARTE CEDENTE, renuncia y transfiere a Robert Mahaffey, en adelante la PARTE BENEFICIARIA, a cambio de un dólar y mucho cariño, la propiedad inmobiliaria que se describe a continuación, sita en el condado de...

De pronto, los colores a mi alrededor desaparecen. La camarera, las parejas que se arrullan en torno a las mesas, las plantas colgadas de las paredes, todo se vuelve oscuro y parece fundirse en negro y gris.

—Quieres que renuncie a mi parte del piso —digo—. Pero habíamos acordado venderlo.

Es lo último que íbamos a hacer juntos. Lo último.

Robert une las palmas de las manos y las apoya sobre la mesa. Hermosas manos, dedos largos. Manos que en tiempos sostuve con confianza ciega. Me fijo en su anular desnudo.

Aparto la mirada. «No siento nada», me digo una y otra vez.

—Ese era mi plan —dice Robert—. Es Lauren la que no quiere vender.

Empujo la silla hacia atrás, aumentando la distancia que nos separa. De pronto, hasta su olor corporal me molesta, aunque lleva la colonia de siempre, la sutil fragancia mineral que me resulta tan familiar.

—Quiere que nos quedemos en el piso. —En medio de todos nuestros recuerdos—. Le encanta la luz, las ventanas.

—Quiere quedarse con mi piso.

—No es solo tuyo —replica Robert—. Es nuestro. Y nosotros, Lauren y yo, queremos saber si estarías dispuesta a cedernos tu parte generosamente.

Se reclina en la silla y se mete las manos en los bolsillos de la gabardina.

—¿Que si estoy dispuesta a… qué? —Me río entre dientes, bajito al principio, luego de forma más audible. Desde una mesa cercana, una mujer se vuelve para mirarme. Robert se ruboriza. Le arrojo los papeles, tirándolos sobre la mesa—. Buen intento, Robert. No pienso renunciar a mi casa para que se la quede esa mujer. ¿Cómo se te ocurre sugerirlo siquiera? ¿Cómo puedes pedirme que renuncie a todo lo que puse en esas cuatro paredes, todo el amor, el sudor de mi frente, los recuerdos, las lágrimas? ¿Cómo puedes pedirme algo así?

Mientras hablo, comprendo lo frío que puede llegar a ser Robert. Hasta ahora, no había podido enfrentarme al alcance de su indiferencia.

—No creía que fueras a aceptar —contesta—. Pero le prometí a Lauren que lo intentaría.

—Ah, claro, se lo prometiste. —El tono de mi voz se eleva por momentos—. ¿Cuándo vas a dejar de convertir mi vida en un tormento? ¿No te parece bastante que haya tenido que renunciar a casi todo lo que poseo, que haya tenido incluso que dilapidar mis ahorros para pagar las malditas minutas del abogado? No, tenías que seguirme hasta los confines del mundo.

Me levanto, y al hacerlo casi vuelco la silla.

—Jasmine, por favor. No te enfades conmigo. Te lo he dicho muchas veces, lo siento. Lo siento muchísimo.

Alarga la mano y la posa sobre la mía, tan deprisa que no tengo tiempo de apartarla. El tacto de su piel me produce una punzada de dolor.

—Robert, no vuelvas a venir. No me llames.

—Un minuto, espera. —Me coge de la muñeca—. Siéntate. Solo un minuto más.

Me zafo de un tirón.

—No me toques. Me voy.

—No has leído las otras páginas. Te proponemos una alternativa. Estamos dispuestos a comprar tu parte del piso. Mira.

Pasa unas pocas páginas y me enseña un párrafo marcado con rotulador.

Esto no puede estar pasando. No es real. Veo a Robert con su traje el día de nuestra boda, deslizándome la alianza en el dedo. Me veo entre sus brazos, apoyando el rostro en el hueco de su hombro. Lo veo dándome una cucharada de helado.

—¿Esto me ofrecéis? —replico de forma automática, la mirada fija en el documento—. Mi parte vale mucho más que esto. No, ni lo sueñes.

—Jasmine.

Me encamino a la puerta a grandes zancadas. Robert se levanta apresuradamente para pagar el café. Corro calle abajo. El viento sopla con fuerza y una ráfaga de lluvia me golpea el rostro.

—¡Jasmine, espera! —grita. Me sigue a escasa distancia.

—No, Robert. —Cuando llego a la puerta de la librería, estoy calada hasta los huesos. Me castañetean los dientes. Tiemblo de la cabeza a los pies—. No pienso renunciar al piso —anuncio, casi sin resuello—. Me encantaba. Era nuestro piso, no el suyo. Vamos a venderlo y punto, Robert. No deberías haber venido. Búscate otro lugar en el que vivir. Nunca más vuelvas a dirigirme la palabra. De ahora en adelante, lo que tengas que decirme, se lo dices a mi abogado.

—Nunca has cedido ni un ápice —me espeta.

Entro a trompicones, le cierro la puerta en las narices, echo el pestillo. Luego apoyo la espalda en la puerta, me deslizo hasta el suelo y rompo a llorar.

24

Tony me invita a sentarme en un sillón cuyo asiento se hunde bajo mi peso y me prepara una manzanilla. Los clientes me miran, preocupados, pero él los hace salir de la habitación.

Cojo la taza con ambas manos, noto su calor.

—Gracias, Tony. Lo necesitaba.

—En mi opinión, ese cerdo egoísta no merece que llores por él —afirma—. En cuanto lo vi entrar por la puerta, supe que no traería más que problemas.

—Ojalá lo hubiese sabido antes de casarme. No puedo creer que me planteara seguir a su lado.

Tony coge un trapo húmedo y se pone a limpiar las encimeras. Es pulcro y meticuloso hasta la obsesión, pero el desorden de la tía Ruma puede más que él.

—Te refieres después de haberte enterado de que…

—Leí algo sobre cómo sobrevivir a una infidelidad. Pensé que a lo mejor podría hacer que lo nuestro funcionara. Que quizá se había liado con otra porque me encontraba sosa…

—Te cuesta un poco abrirte a los demás, pero de sosa no tienes nada. Ni se te ocurra pensar lo contrario.

—Gracias, Tony. Eres un encanto, ¿lo sabes?

—Bueno, ¿qué puedo decir? A lo mejor tu ex está atravesando la crisis de los cuarenta.

Aprieto la taza entre los dedos con tanta fuerza que temo romperla.

—Eso también lo pensé. Se me ocurrió que a lo mejor necesitaba más atención, o que yo no estaba lo bastante pendiente de él. No sé por qué no se marchó sin más. No sé qué me habría resultado más doloroso.

Tony escurre el trapo en el fregadero y lo tiende sobre el grifo.

—Engañarte con otra ha sido una cabronada.

Bebo a sorbos el líquido reconfortante. Unas pocas hojas de manzanilla se han escapado de la bolsita y flotan en la superficie de la infusión.

—Es un narcisista, solo piensa en sí mismo... —Las manos me tiemblan tanto que derramo lo que queda de infusión sobre mi propio regazo. Me levanto de un brinco, y Tony acude raudo a frotarme los vaqueros con el trapo.

—Lo superarás. Respira hondo. Tienes que creer en ti misma. Eres una superviviente.

Se me forma un nudo en la garganta y vuelvo a notar el escozor de las lágrimas en los ojos.

—Estoy hecha una mierda, y llevamos casi un año separados.

—Estas cosas llevan su tiempo. Te sentirás mejor, ya lo verás. Sal y haz algo divertido: puenting, parapente...

—Me siento triste, no suicida. —Me froto las mejillas con las manos y me tizno los dedos de rímel—. Quiero que el tiempo avance deprisa, dejar atrás todo este dolor. No quiero pasar por esto.

—He oído decir que algún día será posible viajar en el tiempo, pero de momento tienes que conformarte con sacar fuera todo ese dolor. A gritos, si hace falta.

—No quiero gritar. Ya estoy mejor. Voy a guardar unos cuantos libros.

Dejo la taza vacía sobre la encimera y enfilo el pasillo con paso decidido, la cabeza bien alta. En la sección de autoayuda hay un montón de libros de tapas blandas apilados en un rincón: *La mujer sola*, *Mentiras íntimas*, *Primeros auxilios para la traición…*

Cojo un libro, luego otro, y los tiro contra la pared. Se estrellan uno a uno, produciendo un ruido sordo, y luego se desploman en el suelo. La única persona que hay en la estancia aparte de mí, una mujer rolliza tocada con un sombrero de color morado, me mira sobresaltada y se marcha a toda prisa.

Sigo arrojando libros, y cuanto más lo hago, mejor me siento. El último de la pila se titula *Cómo ser mejor esposa*.

Me lo quedo mirando unos instantes con la mente en blanco. Luego arranco la cubierta y empiezo a rasgar las páginas, una a una primero, y luego a puñados. Hala, para que te enteres. Esto es lo que hace una buena esposa.

25

—Este es absolutamente divino —murmura Gita casi sin aliento. Desdobla el sari rojo sobre el mostrador acristalado del almacén de géneros indios Krishna's de Bellevue. Llevamos toda la mañana de compras, recorriendo las tiendas de saris de Seattle e inmediaciones.

—A mí me recuerda la sangre —comento—. Es demasiado vivo, como un semáforo en rojo.

Aún me duele la cabeza a raíz de mi encuentro de ayer con Robert. Me pregunto si se habrá quedado a pasar la noche en un elegante hotel de Seattle o habrá tomado el primer avión rumbo a Los Ángeles, para volver cuanto antes con Lauren. «Nunca has cedido ni un ápice», me dijo. ¿Qué se supone que quería decir?

—No se parece en nada a la sangre —replica Gita, mirándome con gesto ceñudo—. Ni a un semáforo. A mí me recuerda las rosas, un ramo de flores... Me chifla esta tela.

—Lo que tú digas. Querías saber mi opinión...

—¿No te encanta esta orla dorada?

—No es tejida, sino estampada —objeta mamá.

—Pero el estampado es precioso. ¡Estáis las dos empeñadas en llevarme la contraria!

—¿No te gustaría llevar un sari con la orla tejida, como está mandado? —pregunta mamá.

Gita hace un mohín, coge otro sari rojo, lo descarta.

De camino a casa, no ha parado de hablar de la boda: qué clase de papel usar para las invitaciones, qué flores encargar, de qué color deben ser los manteles de las mesas. Yo me devané los sesos por las mismas naderías antes de mi boda, por detalles que en realidad carecían de toda importancia.

—Este no es de seda —comenta mamá, frotando un sari de color rosa entre los dedos.

La mujer que hay al otro lado del mostrador, una rechoncha beldad de cutis impoluto ataviada con un sari amarillo plátano y cubierta de baratijas, mueve la mano en el aire y apunta:

—Lo que más se lleva ahora mismo es el chiffon.

—El chiffon me parece perfecto. Me da igual que no sea de seda. —Gita sostiene el sari en alto, al trasluz. La tela es casi transparente, no apta para menores como no se ponga nada debajo—. Me encanta el color, el tacto. Es una opción, ¿no? ¿Creéis que Dilip me encontrará irresistible?

—Pensará que se casa con un chicle gigante —opina mamá—. Demasiado rosa.

El ambiente cargado de la tienda —mezcla de especias, telas y olor corporal— hace que sienta náuseas. La mitad del local está ocupado por una tienda de comestibles indios. Las telas importadas se amontonan en el otro extremo del local, donde los clientes merodean para pasar el rato, sacan *salwar kameeze* de los percheros, se prueban *kurta* de algodón, chales y pilas de saris.

—Uno os recuerda la sangre, el otro es demasiado rosa… —se queja Gita—. Me alegro de que no seáis vosotras las que elegís.

—Estamos intentando ayudarte —replico—. ¿Quieres que te mintamos?

Mi hermana me fulmina con la mirada.

—Quiero que seáis totalmente sinceras.

«Pues no te cases —digo para mis adentros—. No te preocupes por los saris. En el fondo, los rituales no tienen la menor importancia.» Pero fuerzo una sonrisa. No quiero aguarle la fiesta.

Mamá saca otro sari de la pila que hay sobre el mostrador.

—¿Qué me dices de este? Es un rojo menos subido, y la seda es de la mejor calidad.

—Demasiado oscuro —repone Gita.

La mujer del sari color plátano saca más modelos de los estantes que tiene a su espalda y los deja sobre el mostrador sin quitar ojo a un grupo de adolescentes arracimadas en un rincón apartado que, entre risitas ahogadas, se dedican a pegarse *bindis* redondos y brillantes en el centro de la frente.

—¿Y si probamos con otro color? —sugiere mamá—. Azul, o verde, o…

—Si me pongo sari, será rojo —ataja Gita mientras inspecciona las muestras que hay sobre el mostrador—. ¿No es ese el color que suelen llevar las novias bengalíes?

—Puedes llevar el color que quieras —dice mamá—. Creía que vuestra idea era fusionar Oriente y Occidente.

—Y así es, pero a la familia de Dilip seguramente le gustaría verme luciendo el rojo tradicional.

Mamá desenrolla un sari con una llamativa orla roja.

—Lo que cuenta es lo que tú quieras.

Me sorprende oír esas palabras de labios de mi madre. A lo

mejor está dispuesta a ceder en esto, a dejar que Gita elija su propio sari de boda, porque va a casarse con un indio.

—No estoy segura de lo que quiero —contesta Gita—. Pero tienes razón, no tendría que anteponer los deseos de los demás a los míos. —Llama por señas a la dependienta del sari amarillo—. ¿Tienen más saris de seda con orlas tejidas?

La mujer asiente con el rostro de perfil y saca otra pila de saris de distintos colores.

—No sé ni por qué te molestas en buscar aquí —le digo.

Empiezan a dolerme los pies. Tengo hambre. Llevamos tres horas de compras en sendas tiendas distintas, desdoblando saris y contemplándolos al trasluz. Estoy harta de la quincalla de colores chillones.

—Necesito tomarme mi tiempo —contesta Gita—. La boda tiene que salir perfecta.

—Si esperas que nada se tuerza, te llevarás un chasco —le advierto—. ¿Recuerdas que el fotógrafo llegó tarde a mi boda? Y luego tardó siglos en enviarme las fotos…

Ahora ya da igual.

Mamá y Gita guardan silencio unos instantes, incómodas, y luego Gita sonríe.

—Puedo intentarlo, al menos.

Mamá extiende sobre el mostrador un sari verde con estampado de flores de loto gigantes.

—¡Mira este, qué maravilla!

—¡Ni loca! —replica Gita—. Parecería un sapo en un estanque.

La mujer del sari color plátano se aleja para ayudar a una clienta que señala la crema blanqueadora Blanca y Radiante expuesta bajo la luna del mostrador. Para los indios, un cutis pálido sigue siendo sinónimo de belleza. Con lo poco que me queda del bronceado de Los Ángeles, no entraría en el canon.

Los colores de algunos de estos saris son delirantes: lima fluorescente, amarillo limón.

—La tía Ruma va a traerte saris de India —le recuerdo a mi hermana—. Seguro que serán de mejor calidad.

—¿Por qué no puedo buscar aquí también? Ahí tienes un sari de seda, y otro, y aquí otro más. Son preciosos.

—Podrías casarte con lo que llevas puesto ahora mismo —digo, señalando el sencillo vestido blanco que luce mi hermana bajo un abrigo de punto azul, largo y abotonado—. Estás de lo más elegante.

—¡No puedo ir vestida de blanco en una boda bengalí! —Gita arruga su perfecta nariz—. Es el color del duelo, ¿recuerdas?

—Puedes ir del color que quieras. La boda no es más que una ceremonia. Sobrevalorada, en mi opinión. Ponemos mucho énfasis en el ritual, pero lo que de verdad importa es el carácter de la persona con la que te casas. ¿Acabará Dilip poniéndote los cuernos? Eso es lo que deberías preguntarte.

—¡Jasmine! —exclama mamá.

—Lo siento, no he podido evitarlo.

Los labios de Gita tiemblan.

—No lo estropees todo, Jasmine.

Levanto las manos en el aire.

—No lo decía en serio. Me preocupo por ti, eso es todo. Solo deseo que estés bien. No quiero que des este paso sin estar preparada.

—Lo estoy. Deja de preocuparte por mí. Dilip y yo seremos felices por siempre jamás.

—De acuerdo, entonces me alegro por ti.

—No lo parece. Yo diría que estás resentida.

—¡Chicas! —grita mamá. Desenrolla un sari naranja chillón y agita la tela entre ambas, como si enarbolara una bandera de la paz—. ¿Qué me decís de este? Es de seda; precioso.

—¡Que no, mamá! —Gita da una patada en el suelo, algo que no la veía hacer desde que era una niña y tenía berrinches—. Los hare krishnas van de naranja. ¡Y son una secta!

Mamá vuelve a enrollar el sari.

—¿Cómo iba yo a saberlo? No quiero que discutáis como dos niñas.

—No estamos discutiendo —replica Gita, mirándome con cara de pocos amigos—. Jasmine cree que comprar un sari es una pérdida de tiempo.

—Yo no he dicho eso. Solo quiero que te lo pienses, que te... sientas segura de lo que haces. ¿De veras quieres pasar el resto de tu vida con el mismo hombre, día tras día? ¿Quieres comprometerte hasta ese punto? ¿Hasta el punto de que no sepas distinguir tu dinero del suyo? Puede incluso que tengáis hijos antes de descubrir que no estáis hechos el uno para el otro, ¿y entonces qué?

—No podría estar más segura de lo que hago.

Gita hace caso omiso de mis advertencias, como de costumbre. Está cegada por el amor, perdidamente enamorada. Su idealismo brilla con tal intensidad que podría alumbrar todo un planeta. El problema es que ese resplandor no puede durar para siempre.

Vuelvo a la librería a la hora de cierre, tras haberme pasado el día comprando, discutiendo y probando una amplia variedad de dulces y pastelitos en la repostería india de Bellevue para que Gita pueda elegir el postre del banquete de bodas. He hecho todo lo que he podido por resultarle útil. He intentado con todas mis fuerzas alegrarme por ella.

Tony me ha dejado una nota, deseándome un maravilloso fin de semana. Me dejo caer en un sillón con una taza de té en la mano y apoyo los pies en la otomana. Los libros de la tía Ruma no discuten, no exigen nada, no rechistan. No me recuerdan cosas que preferiría olvidar. Me siento extrañamente reconfortada aquí, en medio del caos, el abarrotamiento y el polvo, por más que me pique la nariz.

—Jasmine —dice una voz a mi espalda. Una voz grave y profunda. Me vuelvo hacia atrás sin levantarme del sillón. Está tremendo, recortado sobre la tenue luz de fondo, con la cazadora perlada de relucientes gotas de lluvia. Percibo su habitual perfume agreste, al aire cargado de sal marina.

—¡Connor! —exclamo, incorporándome de golpe en el sillón. He olvidado completamente nuestra cita.

26

—Se te ha olvidado. —Connor se apoya con ademán informal en la jamba de la puerta.

—Oh, cielos, es verdad. —Me levanto de un brinco, me sacudo los vaqueros con las manos y me aliso el pelo enmarañado.

—Puedo volver en otro momento.

Su voz, varios tonos más grave que la de Robert, ejerce un extraño efecto en mis terminaciones nerviosas.

—Lo siento. He estado…, han pasado muchas cosas.

De pronto me doy cuenta de que tengo la blusa toda arrugada, los ojos hinchados. Noto que me ruborizo.

—Una semana movidita, ¿no?

Su voz resuena, y mi corazón late desbocado. Echa un vistazo a su reloj, el viejo cronógrafo plateado con correa de piel.

—Mi ex marido ha venido para pedirme que renuncie a mi parte del piso que compartíamos a fin de que se lo queden su nueva novia y él…

—Vaya, menuda faena. Tu ex es un zoquete.

Una palabra que ya nadie usa. Pero me gusta.

—¿Debería haberle dicho que sí? Quiero decir, ¿crees que soy una egoísta por aferrarme al piso, o al menos a la parte que me corresponde?

Hablo como si lo hiciera para mis adentros, pero Connor me escucha con atención.

—Siento que tengas que desprenderte de algo que significa tanto para ti —repone con dulzura.

De pronto, apenas puedo respirar. Las lágrimas vuelven a anegarme los ojos.

—Y mi hermana va a casarse. He pasado todo el día con mi madre y con ella, buscando saris de boda.

—Una boda. Vaya, qué poco oportuna.

Me enjugo los ojos húmedos.

—Sé que las bodas deben ser celebraciones alegres, pero acabo de divorciarme y no estoy de humor para fiestas.

—Es normal que estés triste. Yo también he pasado por eso.

—Ah, ¿estuviste casado?

—Una vez, hace mucho tiempo. Parece que fue en otra vida.

—¿Qué pasó, os divorciasteis?

Connor frunce el ceño fugazmente.

—Murió.

El tono es duro, seco.

—Lo siento.

Connor asiente ligeramente, y decido no seguir indagando. Finjo que me quito una pelusa de la falda.

—Estoy hecha polvo. Debo de tener una pinta horrible.

—No, estás preciosa. —Por algún motivo, cuando él lo dice, me siento preciosa—. Llevo toda la semana deseando verte.

—No estaba segura de que fueras a venir. —Me tiemblan los dedos, el corazón me brinca en el pecho. Mi cuerpo ha decidido embarcarse en un viaje por su cuenta y riesgo. Uno las palmas de las manos a la altura del pecho—. Debería ir arriba a cambiarme…

—No quiero perderte de vista.

Me ruborizo.

—Mmm, vale. ¿Qué te apetece hacer?

Se frota la ceja con el dedo, algo típico en él cuando no sabe qué decir o mientras reflexiona.

—¿Qué te parece si hacemos una visita guiada de la casa? Este lugar tiene mucha historia, hasta el último rincón. Luego podría prepararte la cena.

—No tienes por qué…

—Quiero hacerlo.

—De acuerdo, una visita guiada. —Intento recordar lo que mi tía me ha ido contando sobre la casa a lo largo de los años, cosas sueltas sobre esto y lo otro—. Creo que, en un primer momento, la casa pertenecía a la compañía maderera Walker. Pero de eso hace un siglo.

Connor apoya una de sus largas manos en el elaborado pasamanos.

—Es una construcción muy elegante, de estilo…

—Reina Ana. La familia Walker vendió la casa a principios del siglo XIX, si no me equivoco, cuando la industria maderera entró en decadencia. La casa pasó por dos o tres manos más, no estoy segura, hasta que mis tíos la compraron hace treinta años. Ellos mandaron restaurar las habitaciones. Mi tío murió hace casi una década, de un ataque al corazón.

—Cuánto lo siento. Tu tía lo echará de menos.

Me viene a la mente el rostro amable y orondo del tío Sanjoy, su gran panza, sus ojos perpetuamente llorosos.

—Yo también lo echo de menos. Era muy bueno con ella. La librería era el sueño de mi tía. Él se dedicaba a sus negocios. En realidad, no vivían en esta casa, sino a unas cuantas manzanas de aquí. La tía Ruma se trasladó a la librería después de quedarse viuda.

—¿No volvió a casarse?

Niego con la cabeza.

—Debe de sentirse sola.

—Tiene clientes y amigos y a mis padres y a Tony. Pero se está haciendo mayor y le falla la salud. Ha ido a India para operarse del corazón.

—Estarás preocupada por ella.

—Lo estoy, pero acaba de llamar para decirme que se encuentra bien. —Suspiro de alivio—. Sé que hay algo más, algo que no quiere contarme. Solo espero que vuelva sana y salva. Adora esta vieja y polvorienta librería.

—No se lo puedo reprochar. Tiene mucho encanto.

Encanto. A lo mejor sí que lo tiene, un poquito.

—Mmm…, ven, te enseñaré el resto de la casa.

Lo guío por las habitaciones, señalando las viejas chimeneas, el papel de pared, los paneles de madera que revisten algunas estancias, en un recorrido por las distintas secciones de la librería.

—*Jorge el Curioso* —dice, sacando de la estantería un libro ilustrado de cubiertas amarillas en la sala de literatura infantil—. Qué recuerdos.

—Yo también lo leí de pequeña.

Vamos sacando libros, uno tras otro, evocando los cuentos de la infancia.

—Me encantaba Superman, pero no Los Hardy —dice él.

—Yo sí leía las aventuras de Los Hardy, pero no me gustaba Nancy Drew. Tenía verdadera debilidad por esos chicos.

Saco un ejemplar antiguo de *Qué ocurrió a medianoche*.

—¿Por los dos?

—Sí, pero no al mismo tiempo.

Connor se ríe entre dientes y me sigue hasta la sala de libros antiguos, repleta de obras amarillentas que abarrotan las altas estanterías.

—Mi tía conserva una infinidad de libros antiguos… Tiene verdaderas reliquias.

—Es una coleccionista. Fíjate en esto —murmura, al tiempo que saca un libro delgado y hecho jirones—. Este es muy antiguo. Podría deshacerse en cualquier momento.

Me lo tiende. Lo sostengo con sumo cuidado entre las manos. *Tamerlán y otros poemas*, de «un bostoniano». No hay autor, solo el tal bostoniano.

—Quédatelo —me susurra—. Te lo regalo.

—¿Que me lo regalas? —replico—. Pero si estaba aquí.

—Yo lo he dejado aquí, hace un rato. Estaba esperando que alguien lo encontrara.

—¿Has dejado este libro en la estantería? Publicado en 1827. —Leo las palabras impresas con letra menuda en la primera página—: «Atolondrada la mente, ardiente el corazón, / yerra el mozo donde el hombre recupera la razón». Es una cita de Cowen.

Me mira, y hay una intensidad especial en sus ojos.

«Los corazones jóvenes son ardientes.» Me tiemblan las rodillas. Para atolondrada, yo.

—Palabras del pasado —comento.

Connor sonríe abiertamente.

—Un bostoniano que trata de decir algo. No pierdas ese libro. Guárdalo en un lugar seguro.

—En el despacho tendrá que ser —concluyo, guiándolo por el pasillo. En el despacho de mi tía, meto el libro en mi inmenso bolso. Luego lo conduzco de nuevo por el pasillo hasta llegar a la gran escalera del vestíbulo—. Hay más plantas, pero no hace falta que las veamos.

—¿No me invitas a subir? —Sonríe, y sus ojos relucen con la picardía de un niño. Un hormigueo me recorre de arriba abajo, como si se tratara de una suave descarga eléctrica.

—La sala de metafísica y la de ciencias están en la segunda planta, y por encima de estas queda el apartamento de mi tía, en la última planta, cerca de las estrellas. Me he instalado allí hasta que vuelva.

Connor se pasa los dedos por el pelo.

—¿Me lo enseñas?

Con piernas temblorosas, lo precedo por la amplia escalera hasta la segunda planta. Le enseño los libros, el antiguo conducto por el que bajaba la ropa sucia hasta el lavadero, los recovecos, los rincones ocultos tras las puertas de los armarios.

Llegamos ante la puerta que da a la angosta escalera de servicio.

—Por aquí subían los sirvientes. Qué raro, ¿verdad? Ya no se construye así.

Connor tiende la mirada hacia la cavernosa oscuridad. Su brazo roza el mío, y un nuevo estremecimiento me recorre de la cabeza a los pies.

—Un poco lóbrego. ¿Y duermes aquí arriba tú sola? Qué valiente eres.

—No me considero valiente.

Pero a lo mejor lo soy. Respiro hondo y empiezo a subir los peldaños.

27

Connor Hunt me sigue escaleras arriba hasta el apartamento. En la salita de estar de mi tía, sus pasos crujen a mi espalda. Hay un ligero zumbido en el aire.

—No está nada mal —dice—. Es acogedor.

—Gracias. El mérito es todo de mi tía.

Su olor personal se nota con más fuerza aquí dentro, un perfume que evoca la madera y me hace pensar en ir de acampada. No he dormido en una tienda de campaña desde que era una niña. Connor avanza a grandes pasos hasta la ventana y se agacha un poco para asomarse y contemplar el mar. Hay en él una fuerza, una especie de virilidad latente, que hace que se me seque la boca.

—Menudas vistas —dice—. El ferry está entrando. Ven aquí. Mira las estrellas.

¿Debería estar tan cerca de él, a tan solo unos pasos del dormitorio de la tía Ruma? Miro hacia fuera y veo un cielo negro cuajado de estrellas.

—Guau. En Los Ángeles ya no se ven las estrellas. No como estas. No me acordaba de este cielo, de lo despejado que queda después de que la lluvia lo deje todo limpio y reluciente.

—¿Cuánto hace que vives en Los Ángeles? —Su brazo roza el mío. Noto su cuerpo robusto bajo la tela de la camisa.

—Desde que me fui de casa. Hace mucho tiempo. Tenía dieciocho años. El piso que compartía con Robert queda en la playa. Una zona preciosa, pero ni siquiera allí he visto un cielo tan negro como este. Allí por la noche se pone más bien de color naranja.

—Es el llamado resplandor celeste. Contaminación lumínica. Un efecto colateral de la civilización industrial.

—Resplandor celeste... ¿De veras se llama así?

—Sí, es la suma de toda la luz que reflejan los objetos iluminados. Esta rebota hacia el cielo y la atmósfera la dispersa y la dirige de vuelta a la Tierra.

—Así que lo que veo en Los Ángeles es resplandor celeste.

—Así es.

—¿Y el cielo es igual en otros lugares? ¿Has viajado mucho? ¿Quizá a África, como tu padre?

Se vuelve para mirarme, de modo que la mitad de su silueta queda bañada por la luna. En la penumbra, parece más corpulento que antes y más atractivo que nunca. El juego de luces y sombras acentúa sus rasgos afilados y poderosos.

—¿Cómo has sabido lo de mi padre?

—Olvidaste sus memorias. Encontré el libro sobre una mesa y lo he guardado para ti.

—Ah, entiendo. Gracias. Sí, he estado en África.

—Siguiendo sus pasos. Es un gran hombre.

Se vuelve bruscamente.

—Murió hace más de veinte años.

—Lo siento. —Le toco el brazo—. Lo echarás de menos.

Su cuerpo se tensa de un modo perceptible.

—Yo era joven cuando falleció.

Me encantaría saber cómo murió, pero no quiero parecer grosera.

—Debes de tener recuerdos entrañables de él.

—Entrañables, sí.

Su voz suena distante.

—Debías de admirarlo mucho. Era intrépido, generoso y altruista. Y se entregó en cuerpo y alma a su vocación.

—En cuerpo y alma, sí.

Connor no aparta los ojos de las estrellas.

—Si estuviera vivo, creo que no podría evitar enamorarme de él.

—¿De veras?

—Es de locos, ¿verdad? Me encantó leer su historia. ¿Tu experiencia en África fue distinta? ¿Recuerdas haber ido con él de pequeño? ¿O solo viajaste a África de mayor?

Connor guarda silencio unos instantes, y luego contesta:

—En algunos lugares de África, el cielo es tan oscuro y las estrellas tan abundantes que el universo parece hecho de ellas.

—¿Qué fue lo que más te sorprendió, o te perturbó?

—El alcance del sufrimiento. Del dolor que se podría prevenir y tratar. Muchas de las personas a las que tratábamos no habían ido al médico en la vida.

—¿Nunca?

—Ni una sola vez. Ni a un médico, ni a un dentista. Cuando fui a África como médico, vi gente con parasitosis, gingivitis..., dolencias comunes que llevaban tanto tiempo sin tratamiento que habían generado complicaciones. Tratábamos las que podíamos.

—¿Qué pasó con esas personas cuando te marchaste? ¿Qué fue de ellas?

—Es una buena pregunta. Pese a todas las privaciones a las que están sometidos, su vida posee una especie de alegre sencillez. Por irónico que suene, parecen más felices que muchos de nosotros. No viven acosados por la publicidad, no les recuerdan a cada momento las cosas materiales que supuestamente deberían tener para llevar una vida mejor.

Una luz parpadeante se desplaza en el cielo sobre el telón de fondo de las estrellas. Un avión. Me subiría a él y me iría de polizonte a África, para llevar una vida de alegre sencillez.

—Lo que hiciste es muy noble —le digo—. Acudiste en auxilio de personas necesitadas, igual que tu padre.

—Una tradición familiar, sí.

—¿Te gustaría volver allí?

—He hecho todo lo que podía hacer.

Me mira en la oscuridad, y la penumbra endurece sus facciones.

—A lo mejor podrías escribir tus propias memorias, como hizo él.

Mis palabras resuenan en el aire, sin respuesta.

—Ya basta de hablar de mí —dice al fin—. ¿A qué te dedicas cuando no estás al frente de esta librería?

—Gestiono fondos de jubilación socialmente responsables. O al menos espero seguir haciéndolo cuando vuelva a Los Ángeles. Puede que me quede sin trabajo si no consigo asegurar una gran cuenta, pero…

—¿Pero qué?

Se me escapa un suspiro.

—Tengo miedo. Hala, lo he dicho. Tengo miedo de pifiarla.

—¿Por qué?

—Porque no lo haré con convencimiento. Temo sonar desesperada porque lo estoy. Necesito ese trabajo.

—No suenas desesperada. Suenas indecisa. No es lo mismo.

Le sonrío.

—Eso me gusta. Indecisa.

—¿No tienes intención de quedarte aquí?

Retrocedo, apartándome del haz de luz que entra por la ventana.

—La librería es la niña de los ojos de mi tía. Solo he venido a tomarme un descanso. Estoy huyendo de… de los recuerdos. Pero Robert se ha presentado aquí y me ha dejado hecha un lío.

—Aún estás enamorada de él.

¿Lo estoy? Robert sigue despertando en mí emociones poderosas.

—Sigo sintiendo algo por él. Se mezclan sentimientos buenos y malos, pero sobre todo malos.

—Es natural que así sea. No podemos apartar a la gente de nuestras vidas y seguir adelante como si nada hubiese pasado.

—Ojalá pudiera hacerlo. A lo mejor aún no he superado la fase del desengaño. O la de negación.

Todas las telarañas se hacen visibles de pronto, así como el abarrotamiento, las sombras, la oscuridad.

—El divorcio es como la muerte de un ser querido. Tienes que pasar un duelo y luego encontrar el modo de seguir adelante. Vivir es complicado. Me temo que acabo de soltar una obviedad.

—¿Te has planteado volver a casarte? —le pregunto.

—Me estoy adaptando a una nueva vida. No estoy seguro de lo que me espera ni de quién seré. Lo sabré cuando llegue allí.

—Yo también estoy tratando de seguir adelante. Pero es duro. Llevábamos una vida tan cómoda, Robert y yo... Compramos los muebles juntos. Planificamos la boda hasta el último detalle. Nuestras familias estaban presentes. Se supone que, cuando las familias se llevan bien, las parejas no se rompen. Nuestras existencias estaban tan... interconectadas.

—Te estás reinventando a ti misma. Lo hacemos todo el tiempo, cada minuto de cada día. Puedes hacerlo. Puedes desligarte de él.

—Pero ¿por qué no lo vi venir? Las señales eran evidentes. Se quedaba en el despacho hasta las tantas, supuestamente corrigiendo exámenes o reunido con sus alumnos. Llamadas de teléfono. Excusas. No pienso volver a enamorarme jamás. Se sufre demasiado.

—Yo también sufrí lo mío, en una ocasión. Pero ya sabes lo que dicen: todo lo que sube baja. Yin y yang. Luz y oscuridad. Vida y muerte. Amor y dolor... Y tú ahora mismo estás en la fase de dolor.

Cuando hablo, mi voz suena grave y ronca.

—No me había parado a pensarlo. Este dolor me resulta... insoportable. Me siento como si hubiese tirado por la borda los seis años de vida que pasé junto a Robert. Siete, si contamos el año antes de casarnos. Tendría que haberme percatado de sus aventuras.

—Seguramente se tomó grandes molestias para ocultártelo.

Me seco una perla de sudor de la frente.

—¿Qué lo empujaba a irse con otras? ¿Acaso no era lo bastante buena para él? ¿Porque no cocino, porque vivo volcada en el trabajo, porque no soy lo bastante guapa?

«Nunca has cedido ni un ápice.»

—Eres preciosa, generosa y sincera. ¿Qué importa que no sepas cocinar? Ya cocinaré yo por ti.

Mi siguiente frase se me queda atravesada en la garganta. ¿Qué iba a decir? Noto cómo se me encienden las mejillas. ¿Por qué me cuesta tanto respirar cuando tengo a Connor así de cerca?

—No debería contarte todo esto…

—Me gusta que seas tan franca.

Un bombilla se funde en la habitación contigua con un leve estallido.

—Cuando estoy contigo tengo una sensación extraña. Es como si pudiera decir cualquier cosa, hacer cualquier cosa.

—Me alegro de que así sea. ¿Qué pasa con la cena? ¿Te apetece verme en acción?

Lo guío hasta la cocina de la tía Ruma, donde se mueve como pez en el agua buscando una tabla de cortar, un cuchillo, una cebolla, ajos y verduras.

Preparamos un salteado de verduras juntos en una extraña danza, uno al lado del otro. La estancia se llena de suaves vibraciones, como si hubiese música sonando en algún lugar más allá de nuestro radio de audición. En la aromática cocina de mi tía, es como si no existiera nadie más que nosotros dos.

Cuando nos sentamos a la diminuta mesa, Connor no prueba bocado.

—He cenado antes de venir —se excusa.

—¿Vas a quedarte ahí viéndome comer?

—Con mucho gusto.

Me ruborizo, sin apartar la mirada de las humeantes y olorosas verduras que llenan mi plato. Empiezo a comer y pronto me olvido de que me siento observada. Noto una explosión de sabores en la lengua: jengibre, ajo, cebolla, especias. El brócoli y la coliflor nunca me habían sabido tan bien, ni la cebolla me había parecido tan dulce. Connor me cuenta historias mágicas de su infancia, cuando pescaba a la mosca en los ríos de las montañas Olympic o surcaba lagos de aguas prístinas a bordo de una canoa.

—Llevaba mucho tiempo lejos, pero me alegro de haber vuelto. Me siento como en casa en esta isla.

—¿Dónde vives? —pregunto.

—Me hospedo en la pensión Fairport hasta encontrar algo definitivo.

—¿Vas a comprarte una casa aquí? —lo interpelo mientras saboreo un bocado de champiñones y cebollas condimentados con jengibre.

—Soy un trotamundos, pero ya he viajado bastante y me apetecía volver a casa. Echaba de menos todo esto.

—Yo también añoraba la isla —confieso, para mi propia sorpresa—. La playa es relajante. También lo son el musgo, el aire fresco y hasta la lluvia.

Nunca pensé que diría algo así.

—Apenas ha cambiado en todo este tiempo. Algunos de los antiguos restaurantes siguen abiertos y algunas tiendas también.

—Yo solía dar largos paseos por los senderos forestales, pero llevo años sin hacerlo.

—Deberíamos ir de excursión algún día —dice él—. No he hecho gran cosa desde que he vuelto. He estado demasiado ocupado. Siempre he soñado con abrir una consulta médica para personas sin recursos.

—Es una idea fantástica.

A lo mejor sí que se parece a su padre, un poco.

Connor coge la silla, rodea la mesa para venir a sentarse a mi lado y, antes de que pueda impedírselo, se inclina hacia mí y me besa. Sus labios ejercen una presión firme, resuelta, y me siento transportada a un mundo resplandeciente en el que todo mi ser anhela ser amado. Es algo tan intenso que se traduce en dolor, un dolor que me recorre el cuerpo, pero saco fuerzas de flaqueza para zafarme de su abrazo.

—No puedo hacerlo.

Aparto la silla de la mesa y me levanto. Noto un cosquilleo en los labios. Mi cuerpo se llena de luz, como si un universo de estrellas hubiese cobrado vida en mi interior.

—¿Por qué no? —pregunta entornando los ojos, el gesto sereno.

Todas y cada una de las moléculas de mi cuerpo están deseando ceder, pero no puedo hacerlo.

—No estoy… preparada.

—Puedo esperar.

—Quizá tengas que esperar toda la eternidad.

Me pongo la coraza interna. Me viene a la mente una imagen de Robert. Hubo un tiempo en que también él me dejaba sin aliento.

—Quizá tenga toda la eternidad —replica Connor. Se levanta despacio, a regañadientes, y se dirige a la puerta que conduce a la escalera.

Me siento morir.

—Te acompaño hasta abajo. Espera que me ponga los zapatos.

—No hace falta, conozco el camino. Pero lo nuestro no ha hecho más que empezar…

—Necesito tiempo, Connor. Nada más.

Mi corazón está cerrado a cal y canto.

—Tómate todo el tiempo que necesites. Pero recuerda: a veces tienes que lanzarte al vacío, arriesgarte, coger la vida a manos llenas, aunque solo sea por un día.

Y se va.

28

—Te quiero tanto… —me susurró Robert en nuestra luna de miel, en Maui. Su voz me acariciaba la piel, encendiéndola como si de un afrodisíaco tropical se tratara. Yo tenía la espalda apoyada en su regazo, sus brazos me rodeaban y nos mecíamos suavemente en una hamaca colgada entre dos palmeras. Si de nosotros hubiera dependido, quizá no nos habríamos movido de allí.

Habíamos alquilado un chalet soleado en la playa. Me sentía tentada de creer que aquel paraíso nos pertenecía en exclusiva, que estábamos solos en el mundo.

—Te quiero mucho. —Cerré los ojos, notando el pecho de Rob en mi espalda, el latido de su corazón, mi cabeza en la hondonada de su hombro. La arena transportada por la brisa me cosquilleaba la piel. Del mar nos llegaba un tenue perfume a sal y algas que se mezclaba con el olor de Robert, a sudor y a loción solar de coco.

—Yo mucho más —repuso él.

—Pues hasta las estrellas.

—Y yo hasta el infinito.

—Y yo hasta el infinito y más allá.

—Pero yo hablo de quererte de verdad —replicó, como si tratara de convencerse a sí mismo. Me pregunto si trataba de comprender qué significaba realmente el amor, cuáles eran sus límites.

—Yo también hablo de quererte de verdad —le aseguré.

Entrelazó sus dedos con los míos, me acarició la palma de la mano con el pulgar.

—¿Aunque me quede calvo? ¿Aunque tenga que arrastrar los pies hasta la puerta y camine encorvado por la ciática?

—Nos arrastraremos juntos.

—¿Aunque deje la dentadura postiza en un vaso cada noche?

—Tu padre dijo que aún conserva todas sus muelas, ¿te acuerdas? En el banquete de boda.

Rob soltó una carcajada. Noté cómo la risa sacudía su cuerpo.

—No tengo ni idea de por qué lo sacó a colación. Mi padre es la monda.

—Tu madre también es estupenda. Me encantó lo que dijo en la boda, aquello de renunciar a su hijo y a cambio ganar a la hija que nunca llegó a tener.

—Una hija preciosa.

Sus padres, sus dos hermanos más jóvenes, sus mejores amigos... La buena gente que venía con él también acabaría desapareciendo con él. Pertenecían todos a un mismo lote.

—Tu madre ha sido demasiado generosa —dije, con los ojos todavía cerrados.

—¿Y si me pongo barrigón como ese tipo de ahí?

Noté que señalaba algo. Abrí los ojos y vi a un hombre de vientre prominente, el cuerpo quemado por el sol, la cabeza coronada por un triste mechón de pelo gris que se mecía con la brisa. Paseaba por la orilla a cientos de metros de nosotros, y su pálida panza parecía derramarse por encima de la cinturilla de los pantalones a cuadros.

—Me da igual tu aspecto —le aseguré—. Te quiero por ser quien eres. Por como eres por dentro.

Pero ¿sabía realmente quién era Robert? Creía que lo comprendía, pero resultó que proyectaba una falsa imagen de sí mismo. ¿Cómo llegar a conocer de verdad a la gente?

¿Qué sé yo de Connor? Me calzo los zapatos, bajo la escalera a toda prisa y abro la puerta de la calle, pero no hay rastro de él. Ni un coche, ni una bicicleta, ni una silueta varonil alejándose a grandes zancadas. Solo la blanca franja de la carretera, serpenteando a lo largo de la orilla. Allá arriba, las constelaciones se arraciman en la bóveda negra del cielo. «Mira las estrellas.»

Robert nunca contemplaba las estrellas; estaba demasiado ocupado mirando las faldas que pasaban. Me he liberado de sus obsesiones banales, de los límites del mundo conocido. Me imagino surcando el universo, descubriendo territorios inexplorados. Me llevo los dedos a los labios, donde sigue latiendo el beso de Connor.

Me vuelvo hacia la casa y nada más entrar, temblando, su ausencia me abruma. Me pregunto si no me habré equivocado al dejar que se fuera. No, no estoy lista para volver a intentarlo. Quizá nunca lo esté.

Me meto en la cama, donde paso toda la noche en una agitada duermevela y me despierto antes de que salga el sol. Cuando la oscuridad empieza a desvanecerse, salgo a la playa para correr con la brisa fresca de la mañana, sin el móvil. De momento, necesito quemar esta frenética energía.

Sigo la línea costera durante casi dos horas, hasta que me duelen los pies, medio deseando cruzarme con Connor. Pero solo veo a los cormoranes meciéndose sobre las olas, a las gaviotas lanzando sus agudos graznidos y a una foca que mueve la cabeza arriba y abajo, observándome con relucientes ojos negros. Me pregunto qué pensará de mí, de la solitaria mujer de pelo enmarañado que corre por esta franja de arena barrida por el viento.

Me detengo a recoger los tesoros que el océano ha arrojado a la orilla: una concha de berberecho rosada y estriada con ambas valvas intactas y unidas entre sí, varias conchas de almejas y coloridas piedras volcánicas. Vuelvo a la librería cansada pero rehecha, justo a tiempo para abrir la tienda.

Tony viste de azul claro de la cabeza a los pies. Lleva unos vaqueros desteñidos y con desgarrones a la altura de las rodillas, como manda la moda, y una camiseta azul cielo en la que pone: «Ándate con ojo o acabarás en mi novela». Se afana de aquí para allá con su habitual y febril ajetreo, recomponiendo los expositores y sustituyendo los diarios del vestíbulo.

—¿Dónde te habías metido? Ya empezaba a temer que se te hubiese tragado la isla.

—Estaba en la playa. Vuelvo enseguida.

Subo las escaleras a toda prisa para darme una ducha y cambiarme. Me siento viva, despierta. Correr me ha sentado bien. Noto el sabor del agua salada en los labios.

Al volver abajo me preparo una taza de café cargado y llevo una caja de libros nuevos a la sección de ficción.

—¿Qué tal tu cita de anoche? —pregunta Tony, acercándose al tiempo que retira el precinto de la caja.

—Me besó, eso es todo.

—¿Y qué sentiste?

Saca unos cuantos libros de la caja y empieza a colocarlos en los huecos de las estanterías.

—Como si me besaran. No lo sé. Agradable, fue agradable.

—¿Sensual?

—Sí, eso también.

Me ruborizo al recordarlo.

—¿Y qué más?

Tony se sienta en la alfombra con las piernas cruzadas, junto a la caja, y va apilando los libros que saca de su interior.

—Nada más. Estuvimos hablando. —Me siento a su lado—. Cuando me besó me eché atrás, y entonces se marchó. No pude evitarlo.

—Eres un animalillo herido. Lo entenderá.

—Puede que no vuelva.

Tony me señala con un libro.

—Volverá, y la próxima vez aprovecha para pasártelo bien.

Le propino una cariñosa palmada en el brazo.

—No iba a meterme en la cama con él de buenas a primeras. ¿Qué se supone que tengo que hacer, quitarme la ropa, meterme bajo las sábanas y decir «Aquí estoy, ven a por mí»?

—¿Qué tiene de malo echar una cana al aire? No tienes por qué casarte con él.

Me fijo en la novela que tengo entre las manos. *El fantasma y la señora Muir*. Es la historia de una mujer que se enamora de un fantasma y lo espera toda la vida. Coloco el libro en la estantería con ademán brusco.

—No estoy lista para esa clase de diversión.

—Te mereces esa clase de diversión. Sin agobios, sin malos rollos.

Guardo un ejemplar de *Enamorada del pasado*.

—Eso es lo que hacía mi ex, echar canas al aire sin agobios, sin malos rollos, olvidando que tenía una mujer esperándolo en casa. Un despiste como otro cualquiera.

—Pero tú no eres como él y ya no estás casada. No tener ataduras puede ser divertido. Si lo sabré yo… Podría darte un cursillo sobre el particular.

Alzo la mano en el aire.

—No hace falta, de verdad. Demasiada información.

—Imagínatelo, tienes la oportunidad de pasar unos días con un hombre que está para mojar pan, que bebe los vientos por ti y puede darte placer. ¿Por qué no te dejas llevar y te olvidas de todos tus recelos? Luego te vuelves a Los Ángeles y si te he visto no me acuerdo.

Tony mueve la mano en el aire como si sacudiera el polvo.

Señalo otra pila de libros.

—Voy a apartar esos de ahí, regalaré los que no necesitemos. Y no quiero seguir hablando de meterme en la cama con hombres extraños.

Tony chasquea la lengua.

—Connor no es extraño. ¿Qué crees que pasará? No vas a desaparecer convertida en una bocanada de humo.

—¿Cómo lo sabes? A veces me siento efímera.

—Cuando te acuestes con Connor, volverás a sentirte como una mujer de verdad. Te sentirás como nueva.

—Me sentiré como nueva cuando obtenga el divorcio. Espero que Robert no siga intentando quitarme el piso.

Tony me da una palmadita en el hombro.

—Oye, olvídate de ese tipo. ¿Por qué no vamos a dar una vuelta?

—¿Quién se encarga de la tienda?

Vuelvo a notar en el cráneo la presión de una jaqueca incipiente.

—Colgaré el cartelito de «Vuelvo enseguida» en la puerta. No nos vamos a meter en ningún lío. Te llevaré al café Fairport, a tomar una caracola de canela.

—No me vendría mal un poco de azúcar.

Escasos minutos después salimos a la calle, donde nos recibe un cielo borrascoso. El aire frío y la llovizna me refrescan la piel.

En el café Fairport reina un ambiente bullicioso con sabor lugareño: estudiantes dándole al teclado de sus ordenadores, un grupo de mujeres con niños en cochecitos. Se me hace la boca agua al reconocer el aroma a pan y cruasanes recién horneados.

—No recordaba que viviera tanta gente en la isla —comento—. Parecen felices.

De hecho, se les ve tan alegres y despreocupados como si bastara un soplo de brisa para que salieran volando.

—Debe de ser el hechizo de la isla —dice Tony—. Hay quienes atribuyen propiedades mágicas a las corrientes marinas que convergen en esta zona. Otros dicen que es el clima.

—Necesito un poco de magia de esa.

Pedimos dos cafés y sendas caracolas de canela grandes, que señalamos en la vitrina de cristal, y luego nos sentamos a una mesa esquinera, junto a la ventana.

Remuevo mi capuchino. Una mujer me da un codazo al pasar junto a mí con una bandeja en las manos.

—Ojalá mi tía se modernizara —digo—. Tengo el presentimiento de que acabará viéndose obligada a cerrar la librería. He pedido unos cuantos éxitos de ventas y he quitado las telarañas.

Lo estoy intentando, pero no puedo dar con todas las respuestas en un mes…

—A mí también me gustaría tener todas las respuestas —dice Tony, sorbiendo la espuma que corona su café con chocolate y que le dibuja un tenue bigote blanco en el labio superior—. Como por ejemplo por qué no he podido publicar nada aún.

—¿Eres escritor? Tu camiseta me ha hecho suponerlo.

Tony suspira y se queda mirando la superficie espumosa del café.

—He intentado colocar nada menos que catorce novelas y ninguna ha visto la luz, pero no pierdo la esperanza.

Se vuelve hacia la ventana con un gesto entre anhelante y nostálgico, y se pierde en la contemplación de las gabardinas que pasan bajo la lluvia, relucientes pinceladas de amarillo y azul, como espejismos inalcanzables.

—Eres persistente. Eso es bueno. Tengo entendido que hay que armarse de paciencia para llegar a ver un libro publicado.

—Llevo mucho tiempo trabajando en librerías, y la de tu tía es la mejor. No la cambiaría por nada del mundo, pero sigo esperando mi gran oportunidad.

En su voz resuenan muchos sueños sin cumplir.

—Podrías ir a Nueva York y darle la lata a algún editor hasta que acepte tu manuscrito solo para librarse de ti.

Sonrío, sorprendida por mi propio y estrafalario consejo.

—Es posible que me denunciara a la policía por acoso.

—Entonces ya sabes: confía en tu talento y nunca te rindas.

Se le ilumina el rostro.

—Me gusta más esa opción. Y tú deberías hacer lo mismo.

—No puedo confiar en mí misma. Al fin y al cabo, yo elegí a

mi ex marido. Me rendí a sus encantos y fui incapaz de ver lo que había detrás.

—Lo siento. Yo también he pasado por eso. No me refiero al divorcio, sino a las rupturas sentimentales. Que vienen a ser lo mismo, ¿no? Te sientes como aturdido, descolocado.

Cuando Robert me dejó, el mundo seguía girando a toda velocidad mientras yo avanzaba a paso de tortuga, como si llevara piedras en los bolsillos, sin más ambición que sobrevivir a cada nuevo día.

—Al principio, cuando se fue, llegué a pensar que estaba perdiendo la chaveta. Me fui de la gasolinera con la manguera todavía acoplada al depósito de combustible, olvidé la taza de café en el techo del coche y llegué incluso a presentarme en la oficina llevando puestos zapatos de dos pares distintos.

Tony parte un pedazo pegajoso de caracola de canela, se la mete en la boca y sigue hablando mientras mastica.

—¿Eran muy distintos? ¿Qué sé yo, uno rojo y el otro blanco? ¿Uno de tacón y el otro plano? Venga, concreta un poco más.

Suelto una carcajada y casi se me sale el café por la nariz.

—Dos zapatos negros que se parecían entre sí, pero uno tenía correa y el otro no.

—Así que fue algo realmente involuntario.

Asiento.

—Pero también cometía errores de lo más… tontos. Olvidé pagar la factura de la luz. Una noche llegué a casa y no había electricidad.

—No seas tan dura contigo misma. Querías a ese tío, como se llame.

—Robert.

Me consuela saber que Tony es capaz de olvidar su nombre.

—Eso. No podías pensar mal de él. Sé lo que se siente. Una vez me enamoré. Perdidamente.

—Espera un momento, creía que eras un experto en evitar ataduras sentimentales.

Tony baja la vista y luego se vuelve hacia mí con una sonrisa avergonzada.

—Pues este me tenía atado y bien atado. Lo hubiese dejado todo por él. Tenía la cabeza llena de pajaritos.

Se lleva el índice a la sien. No sé si trata de sugerir que estaba loco de atar o finge que se pega un tiro.

—¿Qué pasó?

Tony deja caer la mano sobre la mesa, juguetea con el agitador de madera del café.

—No fui yo quien le puso fin. Yo me enamoré, y luego él decidió cortar por lo sano, sin que pudiera hacer absolutamente nada por evitarlo. —Me señala con el agitador de madera—. Y entonces me volví loco. Salí corriendo a la calle en ropa interior, detrás de su Mercedes negro.

Me quedo boquiabierta.

—No me lo puedo creer.

—En pleno centro de la ciudad, a primera hora de la mañana, las calles repletas de coches. Todo el mundo tuvo ocasión de estudiar a conciencia mis calzoncillos de Calvin Klein. ¿O eran de Ralph Lauren? No me acuerdo, pero ¿qué más da? Eso sí, recuerdo que no eran bóxers sino slips.

—Siento que tuvieras que pasar por ese mal trago.

—Jamás hubiese imaginado que sería capaz de hacer algo así, pero estaba desesperado. Cometemos verdaderas locuras cuando estamos desesperados.

—Sí, es cierto.

«Como enamorarse de un médico algo rudo y tierno a la vez mientras te esfuerzas por olvidar a tu ex.» Y sin embargo no puedo evitar esbozar una sonrisa al imaginar a Tony, primorosamente peinado, corriendo calle abajo sin más atuendo que sus calzoncillos de marca.

—Ojalá pudiera volver a enamorarme —confiesa en tono nostálgico—. Si al final decides pasar de Connor, ¿me lo puedo quedar yo?

—¡Será posible!

—Vale, me esperaré a que acabes con él. Primero, tienes que dejar que te enamore. Ya has cambiado, desde que lo has conocido. Se te ve más relajada, más… en tu salsa. Y has dejado de estornudar.

Me llevo un dedo al caballete de la nariz. Tengo los senos nasales limpios.

—No me he vuelto a tomar las pastillas para la alergia desde… Ni siquiera recuerdo cuándo las tomé por última vez.

Tony vuelve a señalarme con el agitador de madera.

—Desde que el doctor Hunt te besó. ¿Ves a qué me refiero? Está todo dicho.

29

De vuelta en la librería, me miro en el espejo del lavabo de la planta baja. Tengo las mejillas sonrosadas. Ya no me veo los ojos tan hinchados, y mi pelo parece más oscuro. Hay menos hebras grises asomando en las sienes.

—Puede que haya sido el beso —le digo a mi reflejo—, o haber vuelto a leer *El osito Winnie*. A saber.

Cuando salgo del lavabo, alcanzo a ver a un niño que deambula por el pasillo y luego entra en la sala de literatura infantil. Su mata de pelo alborotado recuerda un haz de paja mojada, y sobre su nariz descansa un enorme par de gafas que hace que sus ojos parezcan descomunales. Inclina la cabeza hacia delante, casi hasta tocar el pecho con la barbilla, como si las gafas pesaran demasiado para la cabeza. En la espalda, una enorme mochila azul llena de bultos sobresale de su cuerpo como un grotesco apéndice. Lleva un traje gris en miniatura, un jersey de cuadros escoceses bajo el que asoma una corbata roja y mocasines de color marrón. Tiene los ojos clavados en el suelo y sus manitas se aferran a las correas de la mochila.

—¿Puedo ayudarte? —le pregunto—. ¿Estás buscando algún libro?

El pequeño asiente sin despegar los ojos del suelo.

«No le gusta la caza ni la guerra, no juega en la arena ni en la tierra...»

Las palabras del Dr. Seuss resuenan en mi mente. Debe de ser algún recuerdo que aflora de pronto.

—¿Te apetece uno de aventuras, para escaparte a otro mundo? —le pregunto.

El pequeño asiente y su rostro se ilumina.

El león, la bruja y el armario se desploma en una de las baldas, justo a la altura de los ojos del pequeño. Él lo recoge, mira la ilustración de la cubierta y sonríe.

Me arrodillo junto a él.

—Es una historia maravillosa, y tenemos muchas más.

Sonríe, y me doy cuenta del esfuerzo que ha tenido que hacer para venir hasta aquí. Veo el mundo tal como lo percibe él: grande, ruidoso y temible. No se atreve a mirar a nadie a los ojos. Es tan tímido que cruza la calle en cuanto avista a otro transeúnte avanzando en su dirección. No pide nada. Se resigna a no tener lo que querría con tal de no verse obligado a pedirlo.

—Puedes llevarte el libro —le digo.

¿Pero qué hago? Desde luego, así no contribuyo a mejorar la rentabilidad de la librería.

El pequeño me sonríe como si le acabara de regalar un millón de dólares. Hurga en el bolsillo, saca un monedero.

Aparto su manita.

—Este te lo regalo yo.

—¿De verdad? —Su sonrisa se ensancha todavía más.

—Quédate el dinero.

Se dirige a la puerta rebosante de felicidad, dando saltitos. Su mirada ya no apunta al suelo, sino un poco más arriba.

En este momento no quisiera estar en ningún otro sitio, haciendo ninguna otra cosa, ni siquiera cuando una joven irrumpe en el vestíbulo llorando a moco tendido y se detiene junto a la estantería de los libros de autoayuda.

—¿Se encuentra bien? —pregunto—. ¿Se le ha muerto alguien?

—¿Cómo lo sabe?

«Buena pregunta.»

—Bueno, lo he deducido. Parece triste.

Se le escapan las lágrimas por el rabillo de los ojos. Sostiene un libro de tapas blandas titulado *Cómo superar la muerte de una mascota*. Se seca las mejillas con la mano.

—Me llamo Olivia —dice con labios temblorosos.

—Yo soy Jasmine. Ese libro...

—Este libro habla todo el rato de mascotas, y él no era una mascota. Era mi fuente de inspiración, mi amigo del alma. No sé qué voy a hacer sin él —concluye, y se le rompe la voz. Necesita algo a lo que aferrarse, una tabla de salvación—. Recuerdo hasta el último detalle. Solía venir a despertarme rozándome la mejilla con la patita, más cariñoso.... Se me enroscaba en el regazo y apoyaba la barbilla en mi muñeca. Era un precioso gato atigrado, suave como un peluche. Me miraba con sus ojillos entornados, con una entrega absoluta, una confianza ciega...

Se sorbe la nariz, incapaz de reprimir los sollozos.

—Ha venido al lugar adecuado.

La emoción me embarga la voz.

—A veces me parece casi imposible seguir adelante sin él.

—Olivia se lleva una mano al pecho. Una lágrima queda suspensa en sus pestañas, reflejando la luz—. Cuando recuerdo que ya no está, mi dulce chiquitín peludo, se me parte el alma. Pero claro, nadie me entiende porque no era humano.

—Cuánto lo siento. Siempre lo echará de menos, pero con el tiempo no será tan doloroso.

Quiero decirle que sé lo que es perder a alguien: el abrupto final de los sueños compartidos, de los hábitos cotidianos, de la comodidad.

—Gracias —contesta—. Espero que tenga razón.

Los ojos se me van hacia la estantería. Hay un libro que resplandece, bañado por un haz de luz, tal como ocurrió con el libro de los mangos cuando vino el profesor Avery, con la diferencia de que entonces hice caso omiso de la señal.

Saco el libro en cuestión, un manoseado ejemplar de tapas duras en cuya cubierta veo el dibujo de un gato con las orejas raídas. Se lo tiendo.

—*Una persona con cola y bigotes,* de May Sarton —lee en voz baja—. Mi Taz también era una persona con cola y bigotes. En sus ojos, veía el alma de un pequeño anciano. —Lee la primera página para sus adentros—. Este gato vivió con ella. Llevan mucho tiempo muertos los dos.

—Pero vivió, y disfrutó de la vida —le digo—. Ahora, a través de las palabras de su dueña, vivirá para siempre.

—Ojalá Taz hubiese vivido para siempre. Su compañera de juegos, Molly, lo echa de menos. Es una gata de pelo moteado. —Olivia guarda silencio unos instantes—. ¿Tiene alguna mascota?

Me escruta con la mirada, como si la respuesta fuera a darle la medida de mi alma.

—Bueno, verá... últimamente ando muy ocupada. —Noto una extraña punzada en el pecho, un vacío que solo podría ocupar un amigo del alma como Taz—. Una vez tuve un gato, se llamaba Willow. Vivió diecisiete años. Me hubiese gustado tener otro, pero me fui a la universidad y luego... mi ex marido era alérgico a los gatos.

—Lo que explica que ya no sea su marido.

—Exacto.

Hasta ahora, me he centrado en lo que echo de menos de Robert y no en las restricciones que me imponía la convivencia con él.

Olivia me echa los brazos alrededor del cuello.

—Gracias por ayudarme a encontrar este libro.

—Bueno, yo solo... estaba aquí.

—No, me ha ayudado mucho. —Retrocede, con el libro pegado al pecho—. Es bueno saber que alguien más quería a su gato hasta el punto de dedicarle un libro. Por cierto, a este sitio no le vendría mal tener uno, ¿no cree? En las librerías con alma siempre hay algún felino...

—Eso lo tiene que decidir mi tía.

Olivia me ofrece una tarjeta de visita.

—Yo trabajo aquí. Pásese cuando quiera. Estoy segura de que a su tía le encantaría tener un gato.

La tarjeta pone: «La ciudad de los maullidos, un refugio para gatos abandonados. Fairport, WA». Guardo la tarjeta en el bolsillo trasero de los vaqueros.

—Gracias, me lo pensaré.

Cuando está a punto de salir, Olivia vuelve la cabeza para decirme:

—No se lo piense demasiado.

30

Sigo a Olivia con la mirada, la veo alejarse por la acera y doblar la esquina sin despegar los ojos del libro.

—¿Cómo se titulaba? —oigo que le pregunta una adolescente a su amiga en el vestíbulo mientras pasan por mi lado a grandes zancadas.

—He olvidado la maldita lista de libros —dice la otra chica. Ambas visten de riguroso negro y llevan los ojos perfilados del mismo color, con un trazo tan grueso que parecen muertas vivientes—. Va de un viejo que quiere pescar un pez gigante. Un muermo de libro, te lo juro. Y luego va y mata al pez, aunque lo llama su hermano. Venga ya, ¿quién mataría a su propio hermano? Un rollo patatero.

—Pues sí, un rollo total —coincide la otra chica.

Me aclaro la garganta.

—Mmm, creo que el libro que estáis buscando es *El viejo y el mar*, de Ernest Hemingway.

¿Cómo he podido recordar un detalle así? Debí de leerlo en secundaria.

Las chicas me miran de hito en hito, como si tuviera un enorme grano en la punta de la nariz, pero compran dos ejemplares de una antigua edición de bolsillo de la novela antes de abandonar la librería. Ahora tendrán que leerla, no hay excusa.

Me las he arreglado para abrir la mayor parte de las ventanas, despejar unos cuantos pasillos, limpiar el polvo de las mesas y las estanterías, lograr que entre más luz. A medida que pasan los días, me voy adaptando a un nuevo ritmo: por las mañanas salgo a correr por la playa, visito a mis padres, ayudo a Gita con los preparativos de la boda. Cada conversación con ella me devuelve un recuerdo doloroso, pero no me quejo. Se merece estos fugaces momentos de felicidad.

Me pregunto a todas horas cuándo volveré a ver a Connor. Me doy cuenta de que lo busco con la mirada, que giro sobre mis talones en cuanto noto un aliento en la nuca, que me sobresalto cuando suena el teléfono.

El jueves por la mañana, mi tía vuelve a llamar.

—Tía Ruma, no has llamado en toda la semana. Estaba preocupada por ti.

Suena distraída y alegre.

—¡Tengo el corazón como nuevo!

Noto por el tono de su voz que está sonriendo. Para mis adentros, doy gracias al cielo.

—¡Cuánto me alegro! ¿Cuándo fue la intervención?

—La intervención…, ah, sí. Hace unos pocos días.

Oigo un vocerío y mucho jaleo de fondo.

—¿Qué está pasando ahí? ¿Dónde estás?

—Me dispongo a emprender un pequeño viaje.

—¿Te encuentras lo bastante bien para viajar? ¿Estás en el hospital?

—Claro que no. Estoy perfecta.

Su voz suena muy lejana.

—¿Quién cuida de ti? ¿Estás en Calcuta?

—¡Cuántas preguntas! Te lo contaré todo con pelos y señales cuando llegue el momento. Por ahora, baste con decir que estoy sana y feliz. Me guardarás el secreto, ¿verdad?

—Espero que sepas lo que haces. ¿No puedes darme un número de teléfono? ¿Cuándo vuelves?

—En la fecha prevista, dentro de dos semanas. ¿Qué tal va todo por ahí?

—Bien, muy bien. —Tal vez sea la lluvia mansa que repiquetea en las ventanas, o lo mucho que echo de menos a Connor, o esta sensación de que vago sin rumbo, pero de pronto me veo obligada a reprimir las lágrimas—. Mi jefe viene a verme mañana.

—*Acha*. Haz que se sienta como en casa, y quizá puedas quedarte un poquito más después de que yo vuelva…

La caldera de la calefacción se pone en marcha con un zumbido.

—No puedo, ya lo sabes. A estas alturas, mis clientes creerán que me he muerto.

—¿Y qué pasa con ese médico?

Se me encoge el alma solo de pensarlo.

—Espero volver a verlo antes de irme, pero temo haberlo ahuyentado.

—Entiendo. —Suena decepcionada, pero no sorprendida—. Escucha, Bippy, hay algo que debo decirte acerca de Ganesh.

—¿La estatuilla del vestíbulo?

—Es omnisciente y tiene la potestad de eliminar los obstáculos. Escribió el *Mahabharata* con su propio colmillo roto, aunque casi nadie lo recuerda. Me ayudó cuando era muy joven, y a cambio prometí ayudarlo a mantener vivo el espíritu de los libros.

—¿Cómo te ayudó?

Mi tía tapa el auricular y se dirige a alguien antes de volver a ponerse al teléfono.

—Debo irme.

—Espera. ¿Entonces fue Ganesh quien te inspiró para abrir una librería?

De pronto, la línea suena plagada de interferencias.

—Mi don pasa… las mujeres… la familia… lo heredan. Tú…

Se corta la llamada. ¿Qué demonios trataba de decirme? Nada que deba preocuparme. Tengo que prepararme para la reunión con mi jefe.

31

Es mi segundo viernes en la librería y, al igual que en el primero, llevo puesto un traje chaqueta azul y zapatos de tacón. No me había vuelto a poner estos zapatos desde el día en que llegué. Me están mortificando los pies. Mientras me cepillo el pelo, repaso la presentación para mis adentros. Pronto volveré al clima soleado, a las palmeras y a mi verdadero trabajo. Trato de concentrarme en la cuenta Hoffman. Reviso los informes, contesto a los mensajes atrasados y consulto valores y tendencias bursátiles.

Cuando llega Tony, silba nada más verme.

—Vaya, vaya... Se diría que te dispones a volver a la ciudad.

Hoy ha venido de negro, como si llorara mi inminente partida.

Aliso el traje y arreglo el cuello de la blusa de seda.

—Mi jefe llega en quince minutos. Viene para hablar de mi presentación.

—No puedo creer que ya te vayas a marchar.

El rostro de Tony es la viva imagen de la decepción.

—Mi tía volverá rebosante de salud y lista para abarrotar la casa de nuevo. —Pero se me forma un nudo en la garganta, y tengo ganas de abrazar a Tony—. Este es su sitio, no el mío.

—Sí, claro, lo que tú digas.

Gira sobre los talones y se aleja a grandes zancadas, como si lo hubiese ofendido.

—¡Eh, espera! —le digo, pero se interna en la librería. Pues bueno, que se vaya. Tengo que concentrarme en la reunión.

En cuanto veo a Scott Taylor, compruebo que sigue irradiando la seguridad y el desparpajo característicos en él, la personalidad de un jefe nato. Había olvidado lo alto que es y la autoridad que ejerce pese a ser delgado y más bien enclenque. Nadie diría al verlo que posee un carácter dominante.

—Me ha costado Dios y ayuda llegar hasta aquí. —Su voz resuena por la casa. Pisotea la alfombra del vestíbulo con sus botas de agua mientras cierra el paraguas con gesto brusco. Su fina gabardina de Armani está chorreando. Viene mal abrigado para este clima. Su chaqueta está tan empapada que la tela se ha vuelto casi transparente en los hombros y permite vislumbrar la camisa blanca que lleva debajo.

—Te colgaré la chaqueta. Me alegro de que hayas podido llegar.

—Por los pelos. El ferry ha salido con retraso.

No sin esfuerzo, se quita la chaqueta mojada y me la tiende. La cuelgo en el armario.

Se queda mirando fijamente la estatuilla de Ganesh.

—¿A qué viene el elefante?

—Es el dios hindú de los nuevos comienzos, elimina los obstáculos. Hay que arrodillarse, tocarle los pies y rezarle.

Scott suelta una carcajada.

—¿Puede hacer que pare esta condenada llovizna?

—Yo ya me voy acostumbrando a ella. Me resulta casi… relajante.

—Conque relajante, ¿eh? —Scott me escruta el rostro, como si me mirara a través de una cortina y no alcanzara a distinguir mis facciones—. Pareces distinta.

Me atuso el pelo.

—¿En qué sentido?

—Tienes buen aspecto. Las vacaciones te han sentado bien.

Sonrío, aunque no lo llamaría precisamente vacaciones.

—Te agradezco que hayas tenido el detalle de venir hasta nuestra remota y lluviosa isla.

—Bueno, tenía una reunión con un cliente en Seattle y pensé que podía desviarme un poco, coger el ferry y plantarme aquí en un periquete. He tardado un poco más de lo esperado. —Da unas palmaditas a su maletín—. ¿Dónde ponemos sentarnos a trabajar?

—He hecho un hueco dentro —le digo, y lo conduzco por el pasillo hasta el salón de té. Ya recuerdo cómo caminar con estos tacones. Se me da bien. No me bambolean los tobillos. Avanzo como si flotara sobre estos zancos de diseño, por más que tenga los pies aplastados en su interior.

Scott me sigue, y sus zapatos resuenan en la tarima de madera maciza.

—Espero que hayas preparado tu presentación.

—Estoy en ello —miento—. No sufras.

Se me encoge el estómago. Me pondré al día, no pasa nada. ¿Cómo he podido ser tan negligente?

En el salón de té, Scott abre su maletín sobre una gran mesa y saca de su interior unas pocas carpetas de color marrón.

—No me vendría mal un café —sugiere.

—Solo, cargado, sin leche, una cucharadita de azúcar.

—¡Vaya, te acuerdas! —exclama con una sonrisa.

—Ahora mismo te lo traigo.

Le sirvo una taza de café, se la llevo junto con el azucarero y me siento frente a él.

—¿Qué tal va todo en el despacho?

—Mucho trabajo —contesta, al tiempo que saca un fajo de papeles del maletín. No ha dicho que haya nadie más compitiendo por la cuenta Hoffman.

—¿Y Carol?

—Lleva una cuenta de las gordas. Venga, centrémonos en la cuenta Hoffman —dice, palmeando suavemente el fajo de documentos—. Tenemos que poner énfasis en el rendimiento inmediato, en la diversificación. Quédate estas notas y repásalas.

—Claro. —Los documentos huelen a tinta de la fotocopiadora. En cierto sentido, echo de menos ese olor. El olor de los retos.

—Vamos a repasar los puntos de tu exposición —anuncia, sacando dos copias de un memorando y tendiéndomelas por encima de la mesa. Una familiar sensación de euforia se apodera de mí. Se me da bien hacer presentaciones, transmitir lo mejor que nuestra empresa tiene que ofrecer.

—Me lo sé de memoria —digo, sonriéndole.

—Eres buena. Pero vamos a repasarlo de todos modos…

Alguien entra en el salón de té. Es el hombre con el rostro sembrado de manchas que buscaba libros infantiles para él el día que llegué. El corazón me da un vuelco.

—… del rendimiento del capital —dice Scott.

—Ajá. —Intento concentrarme en los puntos del memorando.

El hombre mira a su alrededor, desalentado. Necesita ayuda.

—... e informes de rendimiento —concluye Scott.

—Sí —confirmo—. Lo tengo todo apuntado.

Tony asoma por la puerta y le hace señas al hombre, que lo sigue por el pasillo.

—... Cuando hagas la presentación, céntrate en el presidente del consejo directivo —dice Scott—. Mejor dicho, la presidenta. Te hará preguntas, así que prepárate a conciencia.

—Siempre estoy preparada. —Aguzo el oído para intentar averiguar qué le está diciendo Tony al hombre en el pasillo, pero no alcanzo a distinguir sus palabras.

Scott tamborilea con el dedo índice sobre la mesa.

—¿Me sigues? Pareces distraída.

—Te escucho.

—Bien. —Scott echa un vistazo a su reloj de pulsera—. Ojalá hubiera más tiempo. Tengo que coger el ferry de vuelta. Te dejo el expediente. —Guarda su copia del memorando en el maletín, se levanta y se dirige al vestíbulo para coger la chaqueta—. Repasa la documentación —me dice justo antes de salir.

—Sabes que lo haré —replico.

Estaré lista. Los deslumbraré con mi presentación, y Scott me propondrá para socia de la empresa. La cuenta Hoffman supondrá la culminación de años de duro trabajo. Ganaré dinero a espuertas y viviré feliz por siempre jamás en mi nueva casa, en un barrio residencial junto a la playa, rodeada de lujo y sol, y al cuerno con Robert y Lauren.

32

A lo largo de la semana siguiente, me levanto pronto para perfeccionar mi presentación. Doy vueltas por el apartamento de mi tía, cuyo suelo cruje bajo mis pies, hablando a solas, gesticulando, señalando con un puntero imaginario. Leo todos y cada uno de los documentos que me trajo Scott, memorizo todos los puntos de la exposición.

Luego salgo a pasear por la playa. Me lleno los pulmones del perfume salvaje y salobre del océano. No me llevo el maxibolso ni el móvil.

Una noche, mis padres y yo visitamos de nuevo a los Maulik, pero en su casa reina ahora la pesadumbre y el abatimiento. Sanchita no ha vuelto. Mohan ha contratado a una niñera para que lo ayude con los niños.

Me concentro en mi trabajo y en la lectura. Descubro a H. P. Lovecraft, me fascina su propensión a usar palabras grandilocuentes como «taumaturgia», «feérico» o «ciclópeo». También leo a Nabokov y Wordsworth. Cada vez se me da mejor la hora del cuento, y cuando se reúne el club de lectura me siento con las mujeres en el salón de té para hablar de literatura.

El domingo a primera hora de la mañana, una semana antes

de mi regreso a California, devuelvo el libro de memorias del padre de Connor al salón y lo coloco en una estantería.

—Supongo que no necesita otro ejemplar —me digo a mí misma.

—Siempre vienen bien —replica una voz grave a mi espalda. Me vuelvo bruscamente y allí está, enfilando el pasillo a grandes zancadas, trayendo consigo un olor a aire fresco y a bosque.

Mi corazón se pone a latir como loco. La sangre se me agolpa en la cabeza.

—¡Has vuelto!

—Qué bien que te alegres de verme. —Lo tengo delante, enfundado en una chaqueta negra, pantalones cargo y camiseta, el mismo reloj antiguo en la muñeca.

—Te he echado de menos.

—Yo también.

Me coge entre sus brazos y me hace dar vueltas en el aire como si pesara menos que una pluma. Noto la presión de mi cuerpo contra su pecho firme. No quiero que me suelte nunca.

Cuando me deja en el suelo, me cuesta recobrar el aliento.

—Pensaba que nunca volvería a verte...

—He querido darte tiempo.

—Podías haber llamado.

—Necesitabas tu espacio.

—Ya he tenido espacio de sobra.

Mis pensamientos se suceden a la misma velocidad endemoniada de mis latidos cardíacos.

—Escucha —dice, tomando mis manos—, salgamos de aquí, solo por hoy. A no ser que tengas otros planes.

—Connor, yo...

—Ve a buscar el libro de memorias, me gustaría cogerlo prestado.

—Tuyo es. —Cojo el abrigo y el bolso del armario—. Espérame aquí, ahora mismo vuelvo. —Salgo disparada hacia el despacho y llamo a Tony a su casa—. Me tomo el día libre. ¿Podrías venir y quedarte al pie del cañón por mí?

—¿Ha vuelto Connor?

Asiento con un suspiro.

—Me está esperando en el vestíbulo.

—¡Pues a por él! Cierra la tienda y vete.

Cuelgo y vuelvo corriendo a la puerta principal. Connor me da la mano.

—¡Espera, el libro!

Lo saco de la estantería y se lo doy. Connor sostiene el volumen pegado al pecho, y los bordes parecen brillar. La puerta principal se abre de par en par y salimos al encuentro de una mañana soleada.

Los tablones de madera del porche crujen bajo mis pies. Aquí y allá, en la verja de hierro, asoman parches de suave musgo verde. La lluvia de la noche ha lavado el cielo, de un azul impoluto, que se extiende hasta donde alcanza la vista. Una suave y fresca brisa me acaricia la piel y me trae el olor a algas y sal. Los sonidos de la mañana nos envuelven: el motor de un coche que arranca, una sinfonía de trinos, el rumor del oleaje. Al calor del sol matutino, el vaho se desprende de los tejados y vallas.

Connor sale al porche y respira hondo, con parsimonia. Sigue apretando el libro contra el pecho.

—Me encanta el aire fresco —dice con esa voz suya, tan grave, tan profunda. Sus iris tienen un intenso tono turquesa, casi irreal.

Mi corazón se llena de pura y dulce alegría.

Connor deja el libro en el suelo del porche y luego escruta sus propias manos, las gira en el aire como si las estuviera viendo por primera vez a la luz del sol. Luego me levanta en volandas y rompe a reír.

—¡Estoy aquí fuera contigo, de día!

—¡Sí que lo estás! Me alegro de verte tan contento.

—Estás preciosa en esta luz —dice, acariciándome el pelo.

—Tú también. Quiero decir que te favorece.

Me estremezco, y no precisamente de frío.

—Quiero salir a pasear, vivir este momento contigo. No perdamos ni un segundo.

Su pelo ondulado brilla, y por primera vez reparo en las hebras cobrizas, aclaradas por el sol, que asoman entre los mechones oscuros. También parece más alto y corpulento, más robusto de lo que parecía en la casa.

—Podríamos coger el ferry hasta la ciudad. O quedarnos aquí.

—Lo que tú prefieras. Quiero estar contigo.

—A la playa —propongo—. Ven.

Me sigue de cerca mientras corro por la acera con las zapatillas de deporte.

Me alcanza y me coge la mano. La firmeza de sus dedos, su calor, hacen que se me acelere el corazón. Lo oigo respirar.

—Noto cómo corre la sangre por tus venas —me dice, apretándome la mano. Echa la cabeza hacia atrás y se ríe—. Haces que me sienta vivo, Jasmine Mistry.

Estoy que no quepo en mí de felicidad. Sin apartar mi mano de la suya, lo conduzco hasta la playa de Fairport. Por el camino nos cruzamos con gente que ha aprovechado la mañana del domingo para salir a correr o pasear, comerciantes que se disponen a abrir sus negocios.

Llegamos a la playa y echamos a correr hacia el mar, dejando atrás los edificios que puntean Harborside Road. Hay unas cuantas personas desperdigadas por la playa y un golden retriever que entra y sale del agua dando brincos.

Esquivamos las olas entre risas. Suelto su mano y bailo en círculos hasta dejarme caer sobre la arena. Él se desploma a mi lado, coge un puñado de arena seca y la deja resbalar entre los dedos.

—Quiero volver a besarte —dice.

—Sí, bésame —susurro. Esta vez no me resisto. El beso dura un minuto, una hora, una eternidad. El tiempo se detiene, las gaviotas planean en el cielo y el océano contiene la respiración. Me pierdo entre los brazos de Connor, y luego nos separamos para mirarnos a los ojos.

—Me encanta besarte —dice, acariciándome la barbilla con la mano—. He querido besarte desde que te vi por primera vez en la librería. Parecías una flor urbana trasplantada a la isla sin demasiado éxito.

Me río.

—¿Y ahora cómo me ves?

—Siempre te veo preciosa.

Me atrae hacia él y me besa otra vez. Luego nos levantamos y nos encaminamos a una franja escarpada y rocosa de la playa. Connor me coge de la mano y me ayuda a subir a un gran peñasco alisado por la intemperie. Noto el latido de la sangre en los oídos. Jamás me he sentido tan despierta.

—¿Dónde has aprendido a escalar así? —le pregunto—. Pareces una cabra montesa.

—Me crié entre estos escollos —contesta—. ¿Y tú?

—Me crié en el centro de la isla —le cuento—. Cerca del bosque. Mis padres ya no viven en aquella casa.

—¿La echas de menos? —me pregunta mientras trepamos por las rocas.

—Mi hermana y yo plantamos un jardín delante de la casa. Mi padre construyó la acera con sus propias manos y nosotras incrustamos piedras de colores en el hormigón antes de que se secara. Hace años que no voy por allí.

—¿Por qué no?

—No lo sé. Aquellos tiempos parecen tan lejanos.

Connor baja a la arena de un salto y luego se sube a otro escollo.

—¡Vayamos a ver la casa!

—¿Ahora? ¿Hoy?

—¿Por qué no?

—Habrá otras personas viviendo allí.

—¿Y qué? Solo vamos a echar un vistazo.

—No tengo coche. Y queda muy lejos para ir andando.

—Iremos en bici. Podemos alquilarlas en Fairport.

Connor salta de nuevo a la arena. La playa se extiende ante nuestros ojos, inmaculada. No hay un alma a la vista.

—¿Por qué quieres ver mi antigua casa? —pregunto, saltando tras él.

—Quiero saberlo todo de ti. —Se agacha junto a hondonada arrasada de agua que los elementos han abierto en la roca—. Mira esto —dice, señalando la charca.

En un primer momento no veo nada, pero poco a poco va tomando forma ante mis ojos todo un universo submarino. Una estrella de mar de color naranja adherida a los escollos bajo la superficie; una estrella de mar roja; una estrella de mar amarilla.

—¡Qué preciosidad! —exclamo.

Connor me señala unos cangrejos de color marrón que se escabullen rápidamente.

—Cangrejos ermitaños. Había olvidado la cantidad de vida que hay aquí fuera. —Acaricia el agua con el dedo, rizando suavemente la superficie—. Este lugar, la playa, la naturaleza... Me recuerda lo que es importante.

—Lo sé, a mí también me pasa.

Nos quedamos un rato contemplando las criaturas que pueblan el agua, y luego seguimos recorriendo la orilla, en la que grandes cangrejos rosados entran y salen del mar, arrastrados por la corriente. La bajamar ha sembrado la arena de conchas perfectas.

—Ojalá este día no se acabara nunca —dice Connor mientras volvemos al pueblo.

—Sí, ojalá.

Siento que el corazón me va a estallar dentro del pecho.

En pocos minutos, nos plantamos en Classic Cycle, la tienda de bicicletas de la esquina de Harborside Road y Uphill Drive, la carretera que conduce al interior, a mi antigua casa.

Mientras estamos en la tienda, eligiendo las bicicletas que vamos a alquilar, Lucia Peleran entra del brazo de Virginia Langemack.

—¡Me ha parecido verte! —exclama Lucia a modo de saludo—. Hemos pasado por la librería y nos hemos encontrado con

Tony, ¡en fin de semana! Nos ha dicho que estarías fuera todo el día. —Lucia da un respingo y alarga la mano en la dirección de Connor—. Vaya, vaya, ¿y tú quién eres? Jasmine, qué calladito te lo tenías…

—Les presento al doctor Hunt. Solo está de paso —me apresuro a añadir—. Tenemos que irnos…

—¿Tan pronto? ¿Pero por qué? —Lucia no para de mirar a Connor con una sonrisa boba.

Él asiente a modo de saludo y le estrecha la mano.

Virginia sonríe.

—Doctor Hunt. Me suena de algo ese apellido.

—Mi padre…

—Eso es. —Virginia achina los ojos—. Te pareces mucho a él. Lo recuerdo vagamente.

—¿Eres médico? —pregunta Lucia, y su sonrisa se hace más ancha. ¿Son cosas mías o acaba de dedicarle una coqueta caída de ojos? No le suelta la mano, como si llevara los dedos untados con pegamento—. Andamos faltos de médicos por aquí, y tenemos todo lo que necesitas: cultura, arte, teatro, comida ecológica, playas idílicas… La isla es muy hermosa.

—Sí —asiente Connor, mirándome—. Es muy hermosa.

Su mirada hace que me flaqueen las piernas. Se las arregla para retirar la mano de entre los dedos de Lucia sin ofenderla, porque sigue sonriendo, fascinada.

—Tenemos que llevarte a dar un paseo —sugiere, moviendo los brazos como si quisiera abarcar todo el paisaje.

Virginia no ha despegado los ojos de Connor.

—Tu padre, claro. Recuerdo haber leído un libro suyo.

—Sus memorias —puntualizo.

—Puede que lo tenga en casa. Es curioso lo mucho que te pareces a él.

—Sí, me lo dicen a menudo —replica Connor.

—Su muerte estuvo rodeada de mucho misterio…

Pero Connor ya me conduce hacia las bicicletas, para que podamos escaparnos cuanto antes.

33

La rueda delantera de la bici chirría y cuesta cambiar de marcha, pero hace un sol espléndido y el viento me acaricia el pelo.

—Siento lo que te ha dicho Virginia. La muerte de tu padre no es asunto suyo.

Connor pedalea hasta alcanzarme en el carril de bicicletas.

—Suelo oír comentarios parecidos cada vez que alguien me reconoce.

—¿A qué se refería con eso del misterio...?

—Perder a tu padre no tiene nada de misterioso. Murió y punto. ¿Qué más se puede decir?

—No quería ser indiscreta.

—No pasa nada. Disfrutemos del día.

Está claro que el tema lo vuelve un poco quisquilloso. No insisto. Cruzamos prados, fincas, viñedos, densas arboledas de bosque ancestral. Los recuerdos acuden en tropel a mi memoria y me veo montando mi vieja bicicleta por estos senderos, sin manos, entre risas, insensata. Sin miedo a arriesgar.

—Por ese camino se va a Grand Woods —le digo, señalando a la izquierda—, y en ese prado se organiza un mercadillo agrícola los sábados a lo largo del mes de octubre. A la derecha queda North Beach, y en dirección oeste el Fuerte Winston, un viejo puesto de observación del ejército ahora convertido en parque.

Connor asiente, sonriendo.

—Por aquí se va a mi antigua casa.

Tuerzo a la izquierda para enfilar la umbría Rhodie Lane y pedaleo hasta el final de la calle sin salida, donde se pierde en un espeso bosque de abetos, cedros y madroños. A medida que me acerco a mi antigua casa, las palmas de las manos me empiezan a sudar. Connor está justo a mi lado.

Me detengo junto a la acera, delante de la casa, me apeo de la bicicleta y me quedo allí parada, observando el que fuera el hogar de mi infancia. Connor se detiene junto a mí. Oigo su respiración, huelo su sudor, pero no dice nada.

Han pintado nuestro chalet azul de un marrón apagado y han sustituido las persianas de madera por visillos de encaje con volantes. El corazón me da un vuelco en el pecho.

—Han cortado la pícea azul del jardín de delante. Y teníamos dos arces enormes en la parte de atrás. Buena parte del jardín estaba asilvestrado. Aquí solía haber árboles.

Han desaparecido todos, reemplazados por arbustos raquíticos y un césped tan perfecto que casi parece artificial, sin una mala hierba. Se me llenan los ojos de lágrimas.

Connor me reconforta posándome una mano en el hombro.

—¿No es lo que esperabas encontrar?

Me aferro al manillar como si la bicicleta fuera a escapárseme de las manos.

—Lo único que sigue igual es la acera.

El hormigón sigue tachonado de coloridas cuentas de vidrio y piedras. Un añico de cristal azul relumbra bajo el sol y me trae a la mente un recuerdo. Apenas tendría cuatro años. Corro por esta misma acera, luciendo un vestido de verano y sandalias, llevo bajo el brazo *Huevos verdes con jamón*. Papá me va a llevar a la librería de la tía Ruma, y ardo en deseos de cambiar este libro por otro nuevo. Cada vez que entro en la vieja casa de mi tía, la voz del Dr. Seuss me habla en verso. Sentada en la escalera del servicio, en penumbra, converso con él y con los demás escritores cuyos espíritus revolotean a mi alrededor como mariposas, contándome historias memorables.

Pero los espíritus se fueron desvaneciendo poco a poco, a medida que fui creciendo y pasando cada vez menos tiempo en la librería, hasta que olvidé la magia por completo.

—¿Te encuentras bien?

Connor me acaricia la mejilla, y cuando retira el dedo lo tiene mojado.

Me apresuro a secarme las lágrimas con la mano.

—Sí, solo que… He recordado algo de cuando era niña.

—¿Quieres hablar de ello?

Niego con la cabeza. Me coge de la mano.

—Podemos marcharnos —sugiere a media voz.

Una mujer sale al porche. Lleva una bata de poliéster a cuadros de un color desvaído que recuerda al helado de lima. Por debajo del dobladillo de la bata, sus blandas piernas se desparraman sobre unos tobillos inexistentes. Se inclina con gran esfuerzo para recoger el diario y luego vuelve a entrar en la casa que ahora es suya.

Me vuelvo hacia Connor.

—Sí, vayámonos. Vayámonos lejos. Cojamos el ferry hasta la ciudad.

34

Media hora más tarde nos encontramos a bordo del barco que habrá de llevarnos a Seattle, en un reservado junto a la ventana. Connor se ha sentado delante de mí, con sus largas piernas estiradas debajo de la mesa. Contemplamos la isla que vamos dejando atrás, el denso bosque que parece precipitarse desde las faldas de las colinas hacia una angosta franja de playa color caramelo.

—Cormoranes —apunta él maravillado, señalando las gráciles aves negras que toman el sol sobre un bloque de hormigón, en el rompeolas.

—Ni que fuera la primera vez que los ves.

—Llevaba mucho tiempo sin hacerlo. —Da unas palmaditas en el asiento con tapizado de vinilo—. Ven a sentarte aquí, estás demasiado lejos.

Me siento a su lado y, apretujada contra él, estoy en el séptimo cielo. Qué distinto me resulta este viaje de la desoladora travesía que marcó mi regreso a la isla hace tan solo unas semanas, cuando me hallaba sumida en un estupor melancólico. Mi corazón está lleno a rebosar de luz, de brisa.

Pasamos el resto del viaje en silencio, pero noto los fuertes latidos de su corazón, la línea muscular que va del torso a los muslos de Connor, la tensión del brazo con que me rodea.

Mientras el ferry se adentra en el puerto y se dirige al centro de la ciudad, se alzan ante nuestros ojos los rascacielos acristalados y los nuevos complejos de edificios que han ido surgiendo como setas a lo largo de la fachada marítima. A lo lejos, se adivina el perfil de los gigantescos transatlánticos amarrados frente a la costa.

—La Ciudad Esmeralda —apunta Connor, mientras la gente se precipita hacia las puertas.

Instantes después, estamos en tierra firme, donde sopla un aire frío, cargado de humo de tráfico y de sal marina. Enfilamos la pasarela elevada de hormigón que cruza Alaskan Way y se adentra en First Street. Camino como si flotara, dejándome llevar por la expectación. Connor observa detenidamente las tiendas, los restaurantes y las boutiques mientras vamos dando un paseo hasta Second Avenue y doblamos a mano izquierda. Delante del Museo de Arte de Seattle cogemos el autobús gratuito que nos lleva al centro de la ciudad.

Nos unimos a un variopinto grupo de ciudadanos: una anciana, un hombre fornido que rasga varios envoltorios de cromos de béisbol, una chica que baila al compás de la música que oye en su iPod. Connor los contempla con mirada de asombro, como si volviera a estar en un país ajeno.

—¿Adónde vamos? —le pregunto, emocionada. Hacía siglos que no me subía a un autobús, quizá desde los tiempos de la universidad.

—Qué más da —contesta Connor, sonriendo. Los asientos son estrechos y me veo obligada a pegarme a él hasta notar su calor. Dejamos atrás tiendas, restaurantes, cafés. Luego Connor pulsa el botón de parada, nos apeamos del autobús y subimos la colina a la carrera. Seguimos estando en el centro de la ciudad, entre edificios históricos de obra vista, viejas farolas de hierro. Nos detenemos ante la librería Ciudad Esmeralda, cuyo escaparate exhibe los últimos lanzamientos editoriales. No puedo evitar entrar a echar un vistazo, y Connor sigue mis pasos. Una serie de bombillas fluorescentes arrojan una luz anémica sobre estanterías anodinas abarrotadas de las más recientes ediciones de bolsillo. El suelo es un laminado de aspecto industrial. El murmullo de varias conversaciones y los olores genéricos a papel y colonia flotan en el aire. En estas estancias vulgares y corrientes no hay ni pizca de encanto, no hay polvo ni desorden, ni libros amontonados, no hay sillones afelpados ni dioses hindúes.

—¿En qué puedo ayudarla? —me pregunta una mujer de rostro redondeado.

Le sonrío.

—Gracias, ya lo ha hecho.

Se me queda mirando perpleja mientras Connor y yo salimos de la tienda.

—No quiero que mi tía pierda la librería —le digo.

Connor me coge la mano y subimos juntos una empinada cuesta en dirección al parque de Seattle Center.

—¿Qué te ha hecho llegar a esa conclusión, así de repente?

—La librería Ciudad Esmeralda. No tiene el menor encanto. Los sillones mullidos de mi tía, el dios Ganesh, las fotos de las paredes, los libros apilados por todas partes, todo eso convierte la librería de la tía Ruma en un lugar único, especial. Nada más entrar, sabes que estás allí, es inconfundible. Un lugar encantado…

—Encantado, sí. Esa es la palabra. —Connor me sonríe.

Nos detenemos delante de un edificio esquinero de obra vista con ventanales alargados y tintados. Junto a la puerta, un pequeño letrero reza «Serious Pie».

—¡Mira, pizza! —exclama Connor, y en su voz detecto el asombro propio de un niño.

Escruto su rostro, la emoción que anima su mirada.

—No me digas que nunca has comido pizza.

—No desde hace años —repone con nostalgia.

—¿Dónde has estado?

—Viajando, ¿recuerdas?

Me conduce al interior del acogedor restaurante con suelo de baldosas rojas y altas mesas de roble en el que flota un aroma delicioso.

Una chica de aspecto lozano con delantal blanco se apresura a recibirnos.

—¿Mesa para dos? Síganme, por favor.

Nos guía hasta una mesa en un rincón en penumbra. La mano de Connor descansa sobre la parte baja de mi espalda. Se sienta a mi lado y apoya el brazo en el respaldo del reservado que compartimos para leer la carta. Apenas puedo respirar.

—Hay opciones para todos los gustos —comenta—. Para los vegetarianos tienen la pizza de patata Yukon Gold. Lleva mozzarella y rebozuelos.

—¿Cómo lo has sabido?

—Todo lo veo, todo lo sé —contesta, guiñándome el ojo.

Vuelvo a notarme las mejillas ardiendo. No recuerdo haber mencionado que soy vegetariana, pero debí de hacerlo en algún momento. Pido la Yukon Gold. Connor elige la pizza de mozzarella y una jarra de cerveza negra.

—Y bien, cuéntame... —empieza—. ¿Cómo es que una mujer como tú, tan guapa, con una carrera profesional tan prometedora, vuelve a una isla detenida en el tiempo para regentar una librería? ¿Cuál es el verdadero motivo?

¿Tan guapa? ¿Con una carrera tan prometedora?

—Me halagas. Te lo comenté, mi tía no está bien del corazón. Se fue a India para operarse. Apenas habla del tema, quiere mantenerlo en secreto, pero llamó hace unos días para decirme que todo marcha bien. La verdad es que estaba preocupada por ella.

—Es una mujer increíble. ¿Está sola en India o...?

—Tenemos familia allí. Al parecer, se está dedicando a viajar.

—¿Vas a India a menudo?

—Nací allí, pero no he ido desde que Rob y yo nos conocimos... —Me viene a la mente la época de nuestro noviazgo. Atardeceres de postal, instantes que conservo en álbumes fotográficos, en sueños—. No le gustaba viajar a lugares exóticos, temía ponerse enfermo.

—Ahora puedes viajar a donde quieras. Puedes hacer realidad tus sueños.

—¿Y qué me dices de ti? ¿Qué sueños tienes?

Connor se frota la ceja con el dedo.

—Yo tengo esperanza en el futuro, Jasmine. Vivo a la espera de la siguiente aventura.

Nos traen las pizzas, aromáticas y calientes. Connor cierra los ojos para saborear la suya.

—La mejor pizza que he comido en mi vida.

—La mía también está muy buena —digo, pero lo cierto es que me interesa más observarlo, ver cómo saborea cada bocado.

—¿Sabes qué me apetece hacer? —comenta después del almuerzo, cuando salimos otra vez a la luz del día—. Ir al cine, a ver una película. Al primero que veamos.

—El Pacific Place está aquí mismo —señalo—. Echan una sesión doble de cine negro. ¡Me chifla el cine negro!

Ambas películas están rodadas en un blanco y negro granuloso con ocasionales manchas de color. La primera no tiene nada de particular, pero en la segunda el personaje principal es un detective privado de carácter atormentado, un bebedor de pasado turbio con un sempiterno gesto de dolor. Él resulta cautivador, pero el argumento es incoherente y previsible, veo venir de lejos cada nueva vuelta de tuerca. Podría ver una docena de películas incoherentes, mientras Connor siga sentado tan cerca de mí que nuestras rodillas se rozan. Alarga la mano para coger la mía, y en todas y cada una de las escenas soy consciente de su olor, de su respiración, de su presencia.

¿Cuánto hace que no me acuesto con un hombre? Casi dieciocho meses. Mi deseo es tan intenso que duele.

—¿Qué te ha parecido? —me pregunta al salir del cine. Empieza a oscurecer y el aire ha refrescado con la promesa de la noche.

—Lo del terrorismo parecía un poco fuera de lugar, pero los actores me han encantado.

—No me he percatado de esos detalles, la he disfrutado sin más.

Todavía me sostiene la mano mientras bajamos dando un paseo por Virginia Street, abriéndonos paso entre la variopinta multitud. Hay un hombre asiático sentado en la acera, tocando un instrumento de cuerda que produce un sonido triste y lastimero.

—Es un *erhu* —dice Connor.

—Es precioso. —Dejo caer cinco dólares en la funda del instrumento del músico, sembrada de billetes y monedas—. Hace que me sienta transportada a algún lugar remoto.

—¿Qué tal si nos dejamos transportar hasta la tierra de los dulces? —Connor me conduce a la pastelería Chocolate Box, donde cuentan con un interminable surtido de bombones, magdalenas y tartas. Yo elijo la tarta de ruibarbo; Connor la compota de pera. Nos sentamos junto a la ventana, a ver pasar a la gente.

—Mmm, pera…, mi preferida —dice Connor, saboreando una cucharada de compota—. ¡Cuánto hace que no probaba esta fruta!

—Casi lloras de emoción con la pizza y ahora te vuelves loco con la pera. Se diría que llevas años sin comer.

—Y así es —asegura—. Tú me has traído hasta aquí, me has permitido comer, disfrutar de la vida durante un rato. Gracias, Jasmine.

Me concentro en los transeúntes que pasan por la acera.

—No he sido yo la que…

—Sí que has sido tú.

—Venga ya. ¿Cómo?

—Me necesitas. La fuerza de tu corazón, de tu imaginación, me permite estar aquí contigo, de momento.

—¿De qué hablas? —Un extraño hormigueo me recorre la columna vertebral—. ¿A qué te refieres con «de momento»? ¿Piensas irte a algún sitio?

—No quiero hacerlo —contesta a media voz—. Créeme, lo que quiero es quedarme contigo para siempre.

Las mejillas se me encienden, me siento acalorada. De pronto, la tarta me resulta empalagosa, imposible de digerir.

—No digas «para siempre». Robert solía hablar así. Hablemos de otra cosa.

—De acuerdo. Hablemos de la gente que pasa. Antes solía jugar a eso. Mira a la gente y trata de imaginar sus vidas. —Señala con la cabeza a un hombre trajeado que pasa con un maletín en la mano—. Es un representante.

Señalo a una pareja de ancianos vestidos en tonos pastel y tocados con sombrero que llevan sendas cámaras colgadas del cuello.

—Turistas de algún crucero.

Una mujer con zapatos de suela de goma pasa a toda prisa.

—Una enfermera apresurada que vuelve a casa del trabajo —aventura Connor.

Una pareja se pasea sin prisa; él es todo músculos y vanidad, ella es una rubia pechugona que camina sobre unos tacones de cinco pulgadas. Ambos parecen haber pasado incontables horas en una camilla de rayos uva.

—No hay duda de lo que une a esos dos… —susurro.

Connor da un sorbito a su *espresso*.

—¿Por qué lo dices? —replica, fingiendo no entenderlo.

—Ya sabes. No hay más que mirarlos.

—No hay nada de malo en disfrutar del sexo.

Me ruborizo violentamente y noto un cosquilleo en los labios al recordar su beso.

—Ya, ¿pero cuánto tiempo crees que seguirán juntos? ¿Cuánto puede durar el sexo?

—Muchísimo tiempo —dice en un susurro, y vuelve a besarme. Doy por finalizada la excursión a la ciudad.

—¿En tu casa o en la mía? —murmuro sin apenas despegar mis labios de los suyos.

35

La casa de la tía Ruma permanece a oscuras, a excepción del farol anaranjado de la galería, que nos alumbra el camino. Una vez arriba, en el apartamento, no bien se cierra la puerta, Connor me atrae hacia sus brazos. Tomo su rostro entre las manos, noto la aspereza de su barba incipiente, me pongo de puntillas para besarlo. Caigo en un universo mullido y nebuloso, rindiéndome a un alud de sensaciones. Noto sus manos en mis caderas, recorriendo la orografía de mi cuerpo, arrastrándome consigo en un lento vals que nos lleva hasta el dormitorio.

Mis terminaciones nerviosas se despiertan tras un letargo interminable, nuestras prendas caen una tras otra, como capas de resistencia. En la oscuridad, Connor me coge la mano y la posa sobre una cicatriz que tiene en el pecho.

Me sobresalto.

—¿Qué te pasó? Debió de dolerte mucho.

—Es una larga historia —susurra—. Luego te la cuento. No quería que te asustaras al tocarla.

—No me asusta —le aseguro con un hilo de voz.

—Eso está bien.

Me lleva hasta la cama y me acoge entre sus brazos. Al principio se muestra dulce y tierno, luego apremiante, exigente, generoso. Me habla con voz grave, ronca, y me desprendo de todas mis reservas. La mujer sensual y hedonista que hay en mí se despierta al fin. Soy toda color, olor, instinto. Connor no se queda atrás, y nos movemos en perfecta armonía.

—Haces que me sienta vivo —susurra. Somos como un solo cuerpo en el que mis extremidades se entrelazan con las suyas, mi sudor se funde con el suyo—. Más que vivo.

La noche pasa sin que nos demos cuenta, como en sueños. Entre súbitos arrebatos de pasión, compartimos secretos que jamás había revelado a nadie. Por algún motivo, necesito hacerle partícipe de mis pensamientos más íntimos.

—Es la primera vez que hago algo así —confieso, acurrucada en el hueco de su hombro.

—Eres una mujer salvaje. Debías de ser una niña salvaje.

—No creas. Lo más salvaje que hice fue jugar a los médicos con Alvin Gourd, el vecino, cuando tenía siete años.

—Si quieres, podemos jugar a los médicos.

—Esto me gusta más.

—¿Y qué hiciste con… Alvin? —pregunta Connor, acariciándome el pelo.

—Nos quitamos la ropa y nos miramos el uno al otro con linternas.

—Si te entra la nostalgia, no me importa en absoluto retomar el juego. ¿Tienes una linterna?

Le doy una palmada en el pecho.

—No seas bobo. Quería ver cómo eran sus partes. Me recordaron la fruta seca y marchita.

—Yo no estoy marchito.

—Para nada. Tienes la anatomía de un superhéroe.

—Gracias por el piropo, Supermujer.

—Alguna vez sí que me puse una capa, tendría unos cinco años. Estaba convencida de que podía volar.

—Yo quería correr a la velocidad del sonido —confiesa Connor—. Pero era demasiado lento, y no tenía ni pizca de masa muscular. Me llamaban el Pata Pollo.

—No te imagino lento, sin músculos ni con patas de pollo. Imposible.

—Todo cambió cuando crecí.

—A mí también me pasó —asiento—. De pequeña, estaba convencida de que los espíritus me hablaban. Es un secreto de los grandes. Nadie lo sabe excepto la tía Ruma. Y ahora tú.

Connor guarda silencio. De pronto, sus labios se tensan.

—Hablas con los fantasmas —dice al fin.

—También los he visto en la librería. Hala, ya está, lo he dicho. Pensarás que estoy loca.

—En absoluto. El universo está lleno de espíritus. ¿Por qué no ibas a ver a algunos de esos espíritus? No estás loca, ni mucho menos.

—Robert hubiese dicho que lo estoy. Cuando me encaré con él por lo de Lauren, su primera reacción fue decirme que estaba mal de la cabeza.

—¿Cómo te enteraste?

—No sabría decir en qué momento ocurrió. No es que los pillara en la cama, no fue tan dramático, sino más bien un cúmulo de pequeñas cosas. Sospechaba de él desde hacía mucho tiempo, pero me negaba a reconocerlo. Inconscientemente, quería retenerlo. Ahora me avergüenzo de ello. Quería que la vida siguiera como antes.

—No hay nada de malo en eso.

—Pero aquella vida era una ilusión. —Me incorporo en la cama y ahueco las almohadas—. Fingí no tener ni idea de lo que estaba pasando, pero lo sabía antes de que tuviera pruebas palpables. Empecé a tomar nota de los números a los que llamaba desde el móvil, olisqueaba su ropa, le registraba los bolsillos. Hasta me dejé caer en la universidad algún día, me senté en la última fila del aula en la que daba clase. Empecé a seguirlo con el coche.

Aquella mujer desesperada no era yo, sino otra versión de mí.

—Él te obligó a hacerte pasar por detective, pero no es culpa tuya. Es un cretino. No te merecía.

—Gracias. —La habitación se ensombrece, como si mi tristeza absorbiera la luz de las estrellas—. Me sentía como una tonta, espiándolo. Nunca se lo he contado a nadie, hasta ahora.

—No eres tonta, créeme.

Me acaricia el rostro, y su ternura hace que se me arrasen los ojos en lágrimas.

—Gracias por animarme.

—No hay de qué. También puedo darte de comer. ¿Tienes hambre? ¿Te traigo algo de la cocina?

Connor se levanta y me quedo contemplando su espléndida figura mientras se dirige a la puerta completamente desnudo.

—Una porción de tarta de queso, pero no hay.

Chasquea los dedos en el aire, como un mago.

—Haré que aparezca una tarta de queso como por arte de magia. Abracadabra, aquí la tienes.

Me llevo las manos a las mejillas, fingiendo sorpresa.

—¡Lo has hecho, guau! Ya que estás, ¿qué tal si me traes también unos pocos dulces indios?

—¿Cómo qué?

—*Mishti doi*, un yogur bengalí de sabor suave. O *jelabis*, que son unas pastas bañadas en almíbar. Son postres típicos del sur de India, y me encantan. Puro azúcar.

—Creo que voy a entrar en coma diabético.

—O unos *roshagollas*, unas bolitas hechas con una masa parecida a la del pan, también bañadas en almíbar.

—¿Hay un río de almíbar en Bengala?

—Ríos sí que hay, muchos.

Contemplo su perfil en la oscuridad. Parece estar hecho de incontables puntitos de luz.

—Vayamos a visitar uno de esos ríos ahora mismo.

Me reclino sobre las almohadas.

—Ojalá pudiéramos. Contigo me siento segura. Pero eso es una tontería, ¿verdad? Podrías ser igualito que Robert. Podrías ponerme los cuernos como él, largarte con otra. Contar mis secretos a los cuatro vientos. Podrías decir «Por cierto, Jasmine, no hay nada que nos ate el uno al otro».

—¿Que no hay nada que nos ate? Eso ya lo veremos.

Vuelve a la cama y me coge de nuevo entre sus brazos, y me siento como un velero surcando las aguas plácidas y transparentes de un lago, soñando, abandonándome, curando viejas heridas.

36

Cuando la noche empieza a despojarse de su velo negro, veo a Connor acostado junto a mí y se me antoja una imagen casi irreal, la imagen del hombre perfecto evocado por mi imaginación. Es curioso cómo su rostro permanece inalterado. La barba que le despunta en la mandíbula no ha crecido desde ayer. La cicatriz que tiene en el pecho es un costurón oscuro, recortado en los bordes.

«¿Qué te ha pasado?», pregunto en silencio.

Sus pestañas aletean unos segundos antes de abrirse, y me sonríe. ¿Cómo explicar el alud de emociones que me produce?

—¿Qué tal estás? —pregunta con voz ronca y soñolienta.

—Estupendamente. Haces que me sienta hermosa. Cuando Robert se fue, me sentí fea. Llegué incluso a pensar que, de ser más guapa, se hubiese quedado junto a mí.

—Eres preciosa. Ni se te ocurra dudar de eso.

Me atrae hacia sus brazos y me acurruco entre ellos.

—Cuando tú lo dices, me lo creo.

—¿Por qué no ibas a hacerlo?

Acomodo la cabeza en el hueco de su hombro.

—Cuando me acuerdo de todo lo que tu padre presenció y

sufrió en sus propias carnes en África me siento capaz de sobrevivir a cualquier cosa. Hay gente que se ha visto obligada a soportar cosas mucho peores. Cuando vuelva a Los Ángeles, me enfrentaré a lo que me espera, sea lo que sea.

Connor me acaricia el pelo.

—Así que vas a dejarme.

—Tengo que ganarme la vida. Y atar algunos cabos sueltos.

—¿Y por qué no vuelves aquí cuando lo hayas hecho?

Es una idea que me ronda desde hace días.

—¿A esta isla apartada de todo? Estos son los dominios de mi tía. Prométeme que vendrás a verme a Los Ángeles...

Connor hace una pausa antes de contestar.

—Me encantaría, pero...

—¿Pero qué? ¿Tienes otros compromisos? No estarás casado, ¿verdad?

—Por supuesto que no.

—¿Y tampoco tienes novia, ni prometida?

—No y no. Te noto suspicaz.

—No puedo evitarlo.

—Algún día aprenderás a confiar de nuevo.

—Tal vez. Y tal vez no. Pero vuelvo a sentirme esperanzada.

Connor hunde el rostro en mi cuello, se frota a modo de caricia.

—Y yo vuelvo a sentirme vivo. Me encanta tu olor. Había olvidado cómo huele una mujer, y no me refiero a una mujer cualquiera. Tienes un olor propio, especial, Jasmine. Me pasaría toda la vida oliéndote.

Connor cambia de posición para situarse encima de mí, apoyado en los codos, que lo apuntalan a ambos lados de mi cuerpo, y durante un rato olvido mis preocupaciones, mis miedos, me olvido incluso del futuro.

—¿Y ahora qué sientes? —pregunta al cabo, acomodando mi cabeza en el hueco de su hombro. Nos hemos quedado sin aliento.

—No tengo palabras —susurro. Me he entregado por completo y he sobrevivido. Me levanto, me pongo la bata y abro las persianas—. Ojalá no se acabara nunca.

—Estoy aquí contigo, ahora. —Siento que se me acerca, que se pega a mi espalda, me rodea con los brazos. Me apoyo en él, cierro los ojos, me vuelvo sin deshacer su abrazo. Ah, el tacto de su piel, su calor… Me acaricia el pelo. Levanto la mirada hasta su rostro, que desde este ángulo parece deformado.

Connor vuelve a besarme, un beso largo cargado de promesas, un beso con regusto a despedida. Luego se aparta de mí y se pone los pantalones, la camiseta y la cazadora. Siendo médico, me resulta extraño que siempre lleve la misma ropa informal.

Noto un peso en el corazón, pero al mismo tiempo me siento renacer. Connor vuelve hasta mí y toma mi rostro entre las manos.

—Odio dejarte. ¿Qué quieres hacer?, dímelo.

—Creía que no quería ataduras de ninguna clase, y ahora lo que no quiero es separarme de ti. —Respiro hondo—. Pero tengo cosas que resolver, una vida que enderezar.

—Lo sé. Debes irte. —Está vestido y listo para marcharse, incluido el viejo reloj de pulsera que necesita cuerda. Las manecillas se han detenido a las tres en punto.

—Esta vez bajo contigo. —En un minuto, me visto y lo sigo por la angosta escalera de servicio. La silueta de Connor parece resplandecer, como si un sol en miniatura brillara ante él.

Cuando enfilamos el pasillo del primer piso, la voz de Tony

nos llega desde el salón de té. Canturrea una melodía evocadora que me recuerda una despedida amarga. Habrá venido más pronto de lo habitual para hacer inventario. Las luces están encendidas. Debe de haber dejado la puerta de la calle abierta, aunque la tienda aún está cerrada, porque veo a un hombre pasando del salón al vestíbulo. Viste camiseta negra, pantalones de camuflaje, y sostiene la correa de un labrador amarillo, un paciente perro de compañía. Luce el cráneo rapado al estilo militar y tiene el rostro bañado en sudor. Le tiemblan las manos.

Connor levanta una mano en el aire para detenerme.

—Ten cuidado. No te acerques demasiado a él.

—¿Por qué no?

Pero enseguida comprendo por qué.

El hombre se desploma en el suelo y se retuerce hasta quedar en posición fetal. Le cuesta respirar.

—Oiga, ¿se encuentra bien? —le digo—. ¿Puedo ayudarlo?

El hombre gime, pero no contesta. Tony sigue en el salón de té, tarareando, ajeno a lo que ocurre a escasa distancia.

—Oh, no —digo—. ¿Qué está pasando? Connor, ¿puedes ayudarlo?

—Llama a urgencias —replica Connor—. Tengo que irme.

Le tiro de la manga.

—¿Ahora mismo? No puedes marcharte.

El hombre vuelve a gemir, y un violento temblor sacude todo su cuerpo.

—Llama ya —me urge Connor en un tono suave, apenado.

Me precipito hacia el teléfono del vestíbulo y tecleo a toda prisa el 911. Tengo la boca seca.

—Urgencias, ¿dígame? —contesta la operadora.

—Aquí hay un hombre que está teniendo un ataque de algún tipo.

Le doy la dirección y cuelgo. Cuando me vuelvo, Connor ya no está.

El perro emite un gañido quejumbroso, lame el rostro del hombre y se pone a dar vueltas, inquieto.

Tony se precipita en la estancia, procedente del salón de té.

—¿Qué está pasando aquí? Aún no hemos abierto… ¡Dios santo! ¿Llamo a urgencias?

—Ya lo he hecho —le informo mientras busco a Connor con la mirada.

Una mujer viene corriendo por el pasillo y aparta a Tony de un codazo. Es Olivia.

—He oído un grito. ¡Dios!

Descubre al hombre tendido en el suelo y se lleva la mano a la boca.

—La ambulancia ya viene en camino —digo—. Un amigo mío acaba de irse, es médico. ¿Lo has visto? ¿Alto, con el pelo oscuro…?

—No he visto a nadie. —Olivia se arrodilla para leer la etiqueta que cuelga del collar del perro—. Se llama Hércules —dice con ternura, acariciándole la cabeza—. Buen chico, no pasa nada.

Tony se pasa los dedos por el pelo rociado de laca.

—¿Crees que deberíamos intentar el boca a boca? Ojalá hubiese hecho algún cursillo de primeros auxilios.

—La ambulancia no tardará —contesto.

Se oye el sonido de una sirena, cada vez más cerca, hasta que llega la ambulancia y con ella los sanitarios, que irrumpen en la casa con todo el instrumental. Me hacen preguntas, toman las constantes vitales del hombre, lo trasladan a una camilla. Tony habla con ellos, los sigue fuera.

—De momento, yo me encargo de Hércules —dice Olivia—. No te preocupes por él.

—Gracias —digo mientras sale con el perro.

La puerta se cierra tras ella, y me quedo a solas. Miro en todas las habitaciones, pero Connor se ha desvanecido sin dejar rastro. A lo mejor no quería que nadie supiera que había pasado la noche conmigo. ¿Pero por qué? ¿Acaso me oculta algún secreto?

No debería sorprenderme, después de lo de Robert, pero me siento como si me hubiesen arrancado las entrañas.

37

—Se va a poner bien —me dice Tony al anochecer, justo antes de cerrar.

—¿Qué? ¿Quién? —Me afano sacando el polvo de las mesas del salón con un paño suave para mantener la mente ocupada.

—El chico del pantalón de camuflaje. Sufre estrés postraumático. Acaba de volver de una zona en guerra. Va a necesitar terapia psicológica.

Doblo el paño en cuatro.

—¿Tiene familia, alguien que lo ayude a superarlo?

—Una novia, sus padres. Han ido al hospital.

—Eso es bueno, que tenga una novia.

Alguien en quien apoyarse cuando vienen mal dadas.

Tony coge el abrigo del armario.

—No has sabido nada del doctor Hunt, ¿verdad? Lo sé por esa carita tan larga.

—¿Tanto se me nota? —Intento sonreír.

—Trabajas demasiado. Vente a cenar conmigo. Olvídate del doctor Hunt por un rato. Ya volverá.

Desdoblo el paño y retomo la limpieza.

—Quizá tengas razón, o quizá sea como mi ex marido. A lo mejor lo que pasa es que tengo un imán para los cabrones.

—Concédele el beneficio de la duda. Estoy seguro de que tiene un motivo…

—Más le vale, y que sea bueno. Oye, voy a quedarme y cerrar la tienda. De todos modos, estoy cansada.

«Y puede que Connor aparezca. Me debe una explicación.»

—Date un capricho, un baño de espuma. No te preocupes por el bueno de doctor Hunt. Seguramente se ha enamorado de ti y se ha asustado de sus propios sentimientos. Volverá.

Agito el paño en el aire como si lo ahuyentara.

—Anda, vete ya. Largo de aquí.

—Cuídate.

—Tú también.

Cuando Tony se marcha, el silencio se hace casi insoportable. Debería haber aceptado su invitación para ir a cenar. A lo mejor aún lo pillo antes de que suba al ferry. Estoy cruzando el vestíbulo a grandes pasos cuando oigo el suelo crujiendo a mi espalda.

—¿Ya te vas? —dice Connor.

Me vuelvo bruscamente y en mi interior se desata una lucha interna entre el alivio eufórico y la tensión de la ira.

—¡No te he oído entrar! ¿Cuánto tiempo llevas ahí?

—El suficiente para oír lo que ha dicho Tony. Tiene razón. Me he enamorado de ti, pero mis sentimientos no me asustan.

—Entonces, ¿por qué te has ido? ¿Por qué no has hecho nada para ayudar a ese hombre? ¿Acaso no eres médico, es eso?

Me llevo la mano a la frente. El vestíbulo parece haber encogido.

—Sí que lo soy, pero no podía ayudarlo.

Parece alto y sólido, al igual que la sombra que proyecta en la pared.

—Tendrías que haberle tomado el pulso, como mínimo. ¿Por qué no lo has hecho?

Me siento como si acabara de subirme a un bloque de hielo que flota a la deriva. Un viento gélido ruge a mi alrededor y todo mi cuerpo está entumecido por el frío.

—Sabes la respuesta. Has leído mis memorias.

—Las de tu padre, querrás decir.

—No, no son de mi padre. Yo escribí esas memorias. Admiras a mi padre. Pues bien, él soy yo. Era yo.

Me aferro al pasamanos con todas mis fuerzas.

—Pero está muerto.

Connor asiente.

—Me disponía a volver de África. No llegué a hacerlo.

—Esa cicatriz en tu pecho.

Necesito sentarme. Tomar el aire.

—Un cazador furtivo me alcanzó en Nigeria. Es una herida de bala, del disparo que me mató.

«El disparo que me mató.»

Cierro los ojos, deseando con todas mis fuerzas que esto no esté pasando.

Fuera, la lluvia cae en forma de grandes goterones.

—Desapareces en cuanto sales por la puerta —digo, casi para mis adentros—. Apareces en los peores momentos. Creía que era casualidad, pero siempre has estado aquí.

Me vienen a la mente recuerdos de anoche, me veo haciendo el amor con él. Los lugares, las posturas. Ni siquiera con Robert había hecho esas cosas.

—La isla era mi hogar. Después de morir, pasé algún tiempo vagando sin rumbo, en busca de sosiego. Hasta que me refugié aquí.

—¿Cuándo… te apareciste por primera vez? ¿Por qué a mí?

—En cuanto te vi, maldiciendo a Robert y sus partes, lo supe. Que tenía que hablar contigo, que me verías. Tu tía y tú compartís un don especial.

«Un don especial.» O quizá una maldición.

—¿Me veías todo el rato?

—Siempre he respetado tu intimidad. No tienes nada que temer de mí.

—Eso mismo pensaba yo de Robert.

—Yo no soy Robert.

—Ya lo sé, pero creía…, esperaba… No sé qué esperaba.

—Si pudiera quedarme contigo, lo haría. Si pudiera quererte para siempre, lo haría.

—Pero te fuiste conmigo a Seattle, cenaste pizza… Hasta comiste postre. ¿Cómo puede ser?

Me seco las lágrimas.

—El poder de tu voluntad y el hecho de que sacaras mi libro de la casa me permitieron pasar un rato contigo. Pero ese momento ha pasado, y ahora…

—Ahora tienes que irte —susurro. Las lágrimas me emborronan la visión—. Tu reloj se detuvo…

«En el momento en que murió.»

Connor me rodea con los brazos.

—Por favor, no llores. Mi misión era ayudarte. Mi última misión en este mundo.

Hundo la mejilla en su pecho.

—No quiero que te vayas. Por favor, no me dejes.

—No puedo quedarme. No sería más que una voluta de humo flotando a la deriva en el aire de la librería por siempre jamás.

—Pero puedo coger tus memorias y sacarlas a la calle, para que puedas volver a salir conmigo…

—Eso solo podía suceder una vez, durante un solo día.

—No, te lo ruego. Te quiero, Connor. Siempre te he querido.

—Yo también te quiero —dice despacio—, en cada instante de luz y de oscuridad, en cada parpadeo de las estrellas. Te quiero mientras duermes, cuando abres los ojos por la mañana. Te quiero en todo momento.

—¡Pues quédate! —Lo abrazo con fuerza. Estoy temblando, al borde de la desesperación. Si no lo suelto, no podrá marcharse.

—Lo siento —dice con dulzura—. Gracias por dejarme sentir el sol en el rostro, la brisa de la isla, por última vez. Gracias por dejarme probar el milagro de la vida que he perdido, del amor.

—Connor, no.

Pero debo dejar que se vaya. No quiero que siga atrapado en este limbo.

—Ya no me necesitas. Eres fuerte, mucho más de lo que crees. Ahora estarás bien. No huyas de la felicidad. Ve a por ella.

—Tú eres mi felicidad.

—Y tú la mía.

Se aparta de mí y apoya las manos en mis hombros, pero en cuanto lo hace noto que se desvanecen, ingrávidas.

38

—Ojalá lo hubiese visto —dice Tony mientras limpiamos las estanterías y las repisas de las ventanas. Por algún motivo que se me escapa, siempre están polvorientas—. No me puedo creer que ese pedazo de hombre haya estado aquí todo el tiempo. ¿Sigue aquí, viéndonos?

—Ya te lo he dicho —contesto—, se ha ido.

—Es que no me lo puedo creer. ¡Te acostaste con un fantasma!

Asiento y sonrío, recordando lo mucho que disfrutamos Connor y yo, los momentos íntimos que compartimos y que espero recuerde en el más allá.

Estos días doy un respingo cada vez que los tablones del suelo crujen bajo mis pies, me vuelvo bruscamente al notar un aliento en la espalda, irrumpo en alguna habitación creyendo haber oído una voz. Pero Connor no está.

—Ni siquiera sabía que fuera posible —prosigue Tony—. Quiero decir, ¿conservaba intactas todas sus facultades físicas?

—Por supuesto que sí.

—Exactamente, ¿qué podía hacer?

—Tendrás que imaginártelo. No te voy a contar nada más, por mucho que insistas.

Tony pone los ojos en blanco.

—Mira que eres mala.

—Podía hacer todo lo que hacen las personas vivas.

Cierro los ojos y respiro hondo con la esperanza de captar un atisbo de su olor, una pista de su regreso. Pero el perfume de Connor permanece tan solo en mi memoria, ha desaparecido para siempre. La tienda huele a libros, polvo, papel, madera.

—Estás deslumbrante, querida, esa es la palabra. No hay más que ver cómo te brilla el pelo. Y fíjate en este sitio: tu tía estará orgullosa de ti.

La librería está a rebosar de clientes. A lo mejor es por las nuevas lámparas, o el ambiente espacioso y acogedor. He recolocado los muebles para que las habitaciones parezcan más amplias. Fuera, brilla un sol otoñal. Había olvidado lo mucho que me gusta el juego de luces y sombras que proyectan las hojas de los árboles, el susurro de los alisos mecidos por el viento.

—Jasmine, por fin te encuentro. —Lucia Peleran irrumpe en la tienda, enfundada en un traje blanco que me recuerda al de un astronauta a punto de despegar—. Tengo planes especiales, planes de futuro. ¿Podemos volver a intentarlo? El otro día me dio la impresión de que casi se te ocurre algo para mí, un libro de cocina.

—¿No hueles algo? —pregunto, dando vueltas sobre mí misma. Un huerto fantasma de árboles frutales crece a mi alrededor, un delirio de hojas y sol a raudales, una generosa cosecha de mandarinas, pomelos y naranjas.

Lucia me mira de hito en hito, con la boca entreabierta.

—Sí, a polvo. Esta librería siempre ha olido a polvo.

—No, no huele a polvo —replico—, sino a cítricos. Un olor dulce y fresco.

—Yo no huelo nada.

Lucia olisquea el aire con gesto expectante.

—Hazle caso a Jasmine —le aconseja Tony—. Sabe de lo que habla.

Escojo *El abc de la cocina* de Julia Child.

—Acaba de llegarnos un ejemplar —sugiero.

La interpelada coge el libro, lo aprieta contra el pecho y empieza a bailar en círculos.

—¡Este era, este era! ¡Jasmine, lo has adivinado!

—Yo no he sido —aseguro, y dedico una sonrisa al espíritu invisible de Julia Child.

Cuando Lucia se marcha decido hacer una llamada, una llamada que debería haber hecho días atrás. Media hora más tarde, el profesor Avery se presenta en la librería con su ingobernable mata de pelo gris. Desliza la mano por todos los libros de la sección de viajes.

—¿Y dices que has encontrado lo que necesito?

El lomo de *Magia en los mangales* resplandece, como era de esperar, y Rudyard Kipling me susurra al oído: «T. S. Eliot me citó mal. Yo nunca dije que haya que oler un lugar para conocerlo».

—Que disfrute usted de India —le digo al profesor mientras le tiendo el libro.

Él lo hojea y sus ojos se iluminan al instante.

—Es el libro perfecto. ¡Qué olor! ¿No notas los perfumes de India?

—Sí —contesto, y es cierto.

El profesor Avery sujeta el libro con fuerza entre sus dedos blancos y ajados, como si todas sus esperanzas se concentraran en aquellas páginas.

—¡Gracias, muchas gracias!

Le falta tiempo para pagar. Deja dinero de más en el mostrador y sale de la tienda como alma que lleva el diablo. Tony corre tras él para darle el cambio.

Saco las memorias de Connor, que están emparedadas entre dos libros nuevos, y las llevo de vuelta al salón de té. No estoy segura de querer compartir este libro con nadie, de que nadie más lo posea. Me permito conservar un pequeño recuerdo suyo. La fotografía de la cubierta posterior parece desvaída, lejana. Pero presiento que Connor me mira desde otro mundo.

Hay una mujer en el salón de té, una mujer de porte majestuoso, deslumbrante, ataviada con un vestido azul. La misma mujer a la que vi en el salón la primera noche que pasé en la casa, cuando la tormenta. De pronto, la reconozco.

—Las palabras con las que te han descrito no son acertadas —le digo—. Por lo menos, las que he leído yo. Y ese bosquejo, el único retrato tuyo que ha llegado a nuestros días, tampoco te hace justicia.

La mujer cruza la habitación con paso ingrávido, y mientras lo hace su silueta se desdibuja para volver a perfilarse con nitidez segundos más tarde.

—Caprichosa y remilgada, en absoluto agraciada.

Su voz suena idéntica a la que oí en el lavadero. Musical, con marcado acento inglés.

—Pero no eres caprichosa —replico.

—Son palabras de mi tía Phila. Era excesivamente crítica, pero ¿qué se puede esperar? Y tú… tú me llamaste feúcha.

—Eres muy hermosa. Mucho más de lo que pareces en ese retrato.

—¿Alta y esbelta, pero no desgarbada? También me han descrito en esos términos.

—No eres desgarbada en absoluto. Ni feúcha. Cualquier hombre podría enamorarse de ti…

—Cualquiera menos Tom…

—¿Tom Lefroy? ¿Nunca os reconciliasteis?

Niega en silencio, abatida.

—Lo nuestro… No fuimos nosotros quienes elegimos separarnos.

Se dirige a la ventana, y más que caminar parece flotar sobre el suelo. Me da la espalda. Su soledad me sobrecoge.

—Lo siento. Sé lo que supone una ruptura indeseada. Es como si nos arrebataran el suelo que pisamos, todo lo que amamos, todo lo que parece permanente. Y al final no nos queda sino un gran vacío.

Se vuelve hacia mí con los ojos arrasados en un siglo de lágrimas. Su silueta se convierte en un daguerrotipo amarillento. Jane Austen, fallecida tanto tiempo atrás, una imagen que apenas subsiste en el recuerdo.

—Un vacío que vuelve a llenarse. Al amor le sigue el desamor, pero podemos amar de nuevo.

Retrocede y se desvanece entre las sombras hasta que solo se distingue su rostro, como una luna suspendida en un cielo oscuro.

—Jasmine, te estaba buscando. —Tony saca la cabeza por la puerta—. Hay un chico que pregunta por ti. Dice que ha leído la primera parte de *Las crónicas de Narnia* que le diste, y que necesita la siguiente.

—Sí, ya sé quién es. Ahora mismo voy.

Me vuelvo hacia Jane, pero ha desaparecido sin dejar tras de sí más que una suave brisa que se cuela por la ventana entreabierta.

39

Es mi último día en la tienda, tengo el equipaje preparado y estoy lista para partir. Mi tía volverá esta tarde. Encontrará su maravillosa librería todavía en pie, mejor incluso que como la dejó. Trato de concentrarme en hacer los encargos, organizar el papeleo del despacho, ordenar los libros en las estanterías.

Justo antes del almuerzo, Virginia Langemack asoma por la puerta. Llevo toda la mañana rehuyendo a los clientes. Temo romper a llorar si me despido de alguien.

—He oído que te vas —dice.

Asiento, apesadumbrada.

—Os echaré de menos a todos, de verdad.

—No puedes irte —se lamenta Tony a su espalda.

—Tony, por favor, no me lo pongas más difícil de lo que ya es. Me entristece marcharme. Mañana tengo que coger el primer ferry. Espero que sigamos en contacto.

—Tu tía habría querido que te quedaras —señala Virginia.

—Ojalá pudiera.

Pronto volveré a mi vida normal, y todo esto —los libros, los espíritus, la isla barrida por el viento, Connor— me parecerá un sueño.

Virginia me abraza.

—¿Qué te espera en California?

—Mi futuro.

—Pero aún nos queda el resto del día —dice una voz familiar a mi espalda.

Al volverme, me encuentro con una estampa maravillosa: envuelta en un sari de seda verde luminoso, la mujer que tengo ante mí evoca imágenes de la selva tropical, los saltos de agua, los lirios en flor. En sus muñecas relucen incontables pulseras doradas, y los collares de piedras preciosas se solapan sobre su escote. Bajo las arrugas de un rostro bronceado, la piel resplandece con una alegría nueva. El pelo, largo y voluptuoso, se derrama sobre su espalda. Una estela de sándalo y tenues aromas florales parece envolverla, y me siento transportada a Bengala, a los trenes que traquetean hacia el norte, dejando atrás campos de color mostaza para adentrarse en las estribaciones de Darjeeling, donde los fragantes arbustos de té trepan por los bancales.

—¿Tía Ruma? —digo con un hilo de voz. Me he quedado sin aliento.

Ella extiende las manos, los dedos cargados de joyas.

—Bippy, qué guapa estás. Mi librería te ha curado.

—Y el viaje a India ha curado tu corazón.

Se me llenan los ojos de lágrimas. ¿Cómo puede tener este aspecto tan lozano después haberse sometido a lo que debió de ser una operación delicada? Tomo sus cálidas manos entre las mías.

—Siento no haber podido volver antes.

Un hombre se le acerca por la espalda. Apenas alcanza a mi tía en estatura, pero es robusto y apuesto, y sonríe con la deslumbrante, cultivada naturalidad de la realeza. Bajo la nariz aguileña se perfila un grueso bigote con las puntas retorcidas. Luce un traje negro hecho a medida, corbata con estampado de cachemira y gemelos dorados. Destila seguridad, así como un aroma fresco a loción para después del afeitado. Arrastra una gran maleta con ruedas.

—Subhas Ganguli, para servirla —se presenta. Habla con un dulce y suave acento bengalí. Alarga la mano libre y estrecha la mía con firmeza—. He oído hablar mucho de la encantadora sobrina de Ruma.

—¿Subhas Ganguli? —repito como una boba, mirándolo fijamente, luego a la maleta y de nuevo a mi interlocutor.

La tía Ruma está exultante.

Tony se acerca, seguido por un par de clientes curiosos.

—¡Ruma, estás sencillamente espectacular! —le dice—. Cualquiera diría que has estado enferma. ¿Y a quién tenemos aquí? —pregunta, sonriendo a Subhas Ganguli.

—Tony, amigo mío —le dice mi tía, palmeándole las mejillas—, nunca he estado enferma. Era mi corazón el que estaba sufriendo.

Subhas le rodea los hombros con un brazo y la atrae hacia él.

—Tu corazón está a salvo conmigo.

Mis ojos van de mi tía a Subhas y viceversa.

—¿A eso te referías cuando hablabas de arreglar tu corazón?

La tía Ruma lo mira a los ojos, y un sinfín de corazones invisibles flota entre ambos.

—Fue toda una odisea conseguir un visado para que pudiera venir a Estados Unidos, pero lo logramos. Organizar la boda fue mucho más fácil.

—¿La boda? —exclamo. Mi tía es una caja de sorpresas.

La tía Ruma sonríe con picardía.

—¿Qué pasa, acaso pensabas que nadie podría enamorarse de tu vieja y arrugada tía?

—No, no he querido decir eso. —Me vuelvo hacia Subhas con mi mejor sonrisa—. Me alegro por vosotros. Debéis de estar cansados del viaje. Os prepararé un té, y luego quiero que me lo contéis todo con pelos y señales.

Justo entonces, mis padres irrumpen en la casa. Mamá lleva pantalones deportivos de color beige y un jersey a juego. Papá viste vaqueros y una chaqueta de tweed, y lleva el pelo repeinado.

—¡Ruma! —exclama mamá, corriendo a abrazarla. De pronto clava la mirada en Subhas, que se aparta con ademán cortés—. Recibí tu mensaje. ¡Te has casado! ¿Cuándo? ¿Por qué no nos lo dijiste?

Mi tía sonríe abiertamente.

—Nos conocíamos desde hacía mucho tiempo, desde que éramos niños. ¿No te acuerdas, Mita?

Mamá mira a Subhas achinando los ojos, luego los abre mucho de golpe y una expresión de asombro se adueña de su rostro.

—¿Subhas Ganguli, el vecino de enfrente? ¿El pequeño y rechoncho Subhas Ganguli?

—¡Mita! —El recién llegado abraza a mamá—. No has cambiado en absoluto.

Luego estrecha la mano de papá.

Mamá se vuelve hacia la tía Ruma.

—¿Por qué no me dijiste nada? ¿Cómo ha podido pasar todo esto? Jasmine, ¿sabías algo al respecto?

—No tenía ni idea.

En realidad no miento, puesto que no comprendí a qué se refería mi tía cuando me dijo que tenía que «arreglarse» el corazón.

La tía Ruma acaricia la mejilla de Subhas.

—Queríamos una boda pequeña y discreta en Darjeeling. Algún día lo celebraremos a lo grande, con toda la familia.

—¿Pero cómo..., cuándo retomasteis el contacto?

La tía Ruma guiña un ojo.

—Eso fue pura magia.

Mamá arquea una ceja.

—¿Magia?

La tía Ruma se echa a reír.

—No fue algo repentino. Yo ya quería a Subhas cuando no éramos más que dos niños que jugaban en el jardín. Pero su familia no era lo bastante buena para nuestros padres. Creían que le esperaba un futuro poco halagüeño, ¿acaso lo has olvidado? Yo me plegué a su voluntad y... En fin, durante muchos años no quise saber nada de él.

Mamá sonríe cariñosamente a Subhas.

—Qué bien que os hayáis reencontrado.

—Yo también me alegro muchísimo. —Abrazo a mi tía con fuerza, y me contagia su felicidad. Las imágenes acuden en tropel a mi mente: un revuelo de seda, derroche de joyas y su elegante Subhas con el pelo ondulado y ese mostacho de galán. Me la imagino sonriendo enfundada en un sari de boda rojo, deslumbrante con sus pulseras doradas, del brazo de su apuesto marido.

Papá conduce a Subhas hasta la puerta de la calle.

—Tienes que venir a casa a tomar una copa y a cenar. Mi hija la menor, Gita, también vendrá. Le encantaría conocerte.

Subhas asiente.

—Será un placer.

—Tú vete con ellos —le dice la tía Ruma a mamá, agitando un brazo enjoyado en el aire—. Bippy y yo iremos más tarde. Tenemos cosas importantes de que hablar.

40

—Ven, Bippy, ayúdame a deshacer el equipaje.

Mi tía arrastra la maleta hasta la buhardilla por la escalera de servicio. El roce de su sari produce un leve murmullo, punteado por los golpes sordos de la maleta al topar con los escalones, uno tras otro.

La sigo jadeando, con el resto del equipaje a cuestas.

—¿Por qué no me habías dicho nada de Subhas?

—No suelo guardar secretos, pero esta vez lo necesitaba.

—Mira que eres ladina... ¿Y por qué no me dijiste nada de los espíritus de la librería?

—No estaba nada segura de que fueran a visitarte. Verás, habías olvidado que los conocías desde la infancia...

—Pues sí que han venido a visitarme. Los espíritus, digo. Pero podías haberme contado...

—Si te lo hubiese dicho, no habrías venido.

Tiene razón, por supuesto.

—Aun así debiste decirme la verdad.

—¿Acaso no has disfrutado de tu estancia aquí?

—Han sido unos días... interesantes.

Y divertidos. Y salvajes. Y locos. Y desgarradores.

—Tienes que contármelo todo. —Ya en el apartamento, mira a su alrededor y frunce el ceño—. Había olvidado lo pequeño que es mi hogar.

—Pues yo he acabado acostumbrándome, y hasta le he cogido cariño. —Cruzo la sala de estar y dejo su equipaje en el dormitorio—. Voy a echar de menos estas vistas.

—¿Y qué ha sido de tu amigo médico, el tal doctor Connor?

Se me encoge el alma. Le hablo de Connor. Sigo desgranando mis recuerdos mientras mi tía deja la maleta sobre la cama y empieza a deshacerla. Cuando acabo de contárselo todo, apenas puedo respirar. Las lágrimas se deslizan por mis mejillas.

—Me enamoré de él. ¿A que es absurdo?

—En absoluto. El corazón tiene razones que la razón desconoce. —La tía Ruma saca de la maleta saris, *kurtas*, chales de lana. Jabón de sándalo. Desdobla un sari de seda rojo con un deslumbrante ribete dorado—. ¿No te parece divino? Es mi viejo sari de boda, tiene muchos años. Lo he traído para Gita.

—Es realmente precioso.

Los recuerdos acuden a mi mente como si llevaran todo este tiempo aletargados dentro de mí: dulce *cha*, polvos, los aromas del cardamomo y la cúrcuma…

—Los espíritus me dieron la idea de regalarle este sari. Una gran idea.

—¿En la familia hay más personas que vean a los espíritus, en India, quizá?

—No, solo nos pasa a ti y a mí. —La tía Ruma desdobla otro sari, esta vez de un azul grisáceo, el color del mar del Noroeste al atardecer—. Fue Ganesh quien me concedió el don de ver y oír a los espíritus.

Sostengo el sari rojo, me acaricio la mejilla con él. Está hecho de una seda tan suave, tan delicada…

—¿Vas a contármelo de una vez?

—Ganesh me salvó la vida. Yo ya me había casado antes de venir a América. Antes incluso de conocer al tío Sanjoy.

—¿Has estado casada dos veces, antes de Subhas? Mamá nunca me lo ha comentado…

—Por supuesto que no. —Mi tía cuelga el sari oscuro en el armario, junto a otro de color blanco: noche y día—. Solo viví dos meses con mi primer marido, pero fue horrible.

—¿Te hacía daño?

Le tiemblan los labios, tantos años después.

—¿Conoces el *Mahabharata*?

—¿La epopeya, esa que tiene mil páginas?

—*Acha*. El dios Ganesh dejó caer el libro sobre la cabeza de mi marido.

—¿Cómo dices?

—Le dio de lleno. Se desplomó en el suelo. Entonces Ganesh se me apareció, envuelto en un halo de luz celestial. Su orondo vientre se estremecía, su tronco se balanceaba de un lado al otro. Cuando habló, su voz sonó como el murmullo del viento en mis oídos. Y me dijo: «Tu marido no volverá a hacerte daño».

—Oh, tía Ruma…

—Ocurrió hace mucho tiempo, pero lo recuerdo como si fuera ayer. Recuerdo haberme apoyado en la librería de nuestro piso. Fuera, había un autobús tocando el claxon. Mi marido yacía de espaldas en el suelo, con los brazos y las piernas estirados, los labios ya azules.

—¿El libro lo mató?

—Ganesh me dijo «Ha muerto de un ataque al corazón». Y eso fue lo que determinaron los médicos tras examinarlo. Yo recogí el libro, que pesaba como una losa, y lo devolví a su estante. Ya lo había leído casi entero, porque vivía encerrada entre aquellas cuatro paredes.

—¿Tu marido no te dejaba salir de casa? —pregunto, horrorizada.

—Los libros eran el único lujo que me estaba permitido. Y entonces Ganesh me dijo: «Yo escribí los noventa mil versos del *Mahabharata* con mi propio colmillo roto. Pero nadie lo recuerda, tal como nadie recuerda a tantos escritores que vinieron después de mí». Le dije que yo jamás lo olvidaría. ¿Cómo podría recompensar a quien me había devuelto la libertad?

La tía Ruma tiene los ojos arrasados en lágrimas.

—Sigue... —le ruego con un hilo de voz.

—Y entonces Ganesh me dijo: «Se cumplirá tu deseo de tener una librería, y te concederé el don de ver a los espíritus de los escritores muertos. A cambio, deberás mantenerlos vivos a través de la palabra escrita, para que sus libros nunca caigan en el olvido». Le prometí que lo haría encantada, a lo que él contestó: «Así pues, te concedo este don especial, que pasará de generación en generación entre las mujeres fuertes y valientes de tu familia. Podrán ser tus hijas, sobrinas o nietas, pero solo lo heredarán las más dignas de hacerlo».

—Tía Ruma, es una historia fantástica.

E increíble. ¿Un dios hindú se le apareció y le encargó que mantuviera vivo el espíritu de los grandes escritores? ¿Y los espíritus vienen atraídos a esta librería gracias a Ganesh?

La tía Ruma se enjuga una lágrima que se desliza por su mejilla.

—Le dije que no pensaba tener hijos. Después de lo que había sufrido a manos de mi marido, no podía ni pensar en volver a casarme. Pero Ganesh se limitó a reírse y me dijo: «Tus heridas se curarán, y quizá encuentres un nuevo amor. La vida es impredecible». Eso fue lo que me dijo.

—Es verdad que volviste a casarte... —Deslizo los dedos a lo largo de la intricada trama dorada del sari, cuyos ribetes resplandecen.

—*Acha*. Ganesh me dijo algo más: «Te concederé un último don para ayudarte en tu viaje. El poder de tu voluntad y un libro es cuanto basta para traer de vuelta a la vida a un espíritu durante un día y una noche. Una sola vez. La mujer que herede tus poderes disfrutará también de este don». Luego desapareció envuelto en un remolino de niebla centelleante.

—¡Es lo más desquiciado que he oído nunca! —concluyo, sin poder evitar romper a reír como una loca. El corazón me late como si fuera a saltárseme del pecho, me sudan las manos. El libro de memorias. Lo llevé fuera, y Connor insistió en que pasaría un día y una noche conmigo—. ¿Se lo has contado a los demás miembros de la familia?

—Nadie habla de mi primer matrimonio. Es como si mi marido nunca hubiese existido. Intento no pronunciar su nombre. Tu tío Sanjoy fue bueno conmigo, pero ahora sé que mi verdadero amor siempre ha sido Subhas. Tendría que haber escuchado a mi corazón y haberme casado con él hace mucho tiempo, pero...

—También querías al tío Sanjoy, ¿no? —pregunto—. ¿O acaso vuestro matrimonio era una farsa?

—No, una farsa no, pero sí un amor tranquilo, la clase de amor dulce y pacífico que necesitaba tras la experiencia traumática de mi primer matrimonio. Cuando Sanjoy murió, llevé luto por él durante una década. Pero la vida sigue, ¿no? Y ahora estoy preparada de nuevo para el fuego ardiente del amor que me une a Subhas. Es posible, creo, vivir un amor hecho de cariño pero también de pasión. Todo tiene su momento.

Alargo los brazos hacia mi tía. Me encanta su olor a crema hidratante Pond's, sus hombros engañosamente frágiles.

—Gracias por contármelo.

—Los espíritus empiezan a abandonarme —dice, sin mirarme—. Esperaba que decidieras quedarte.

—¿Yo? —Me aparto de ella, y de pronto la estancia parece encoger—. Pero este es tu sitio. Siempre lo ha sido.

Se le llenan los ojos de lágrimas. Aparta la mirada.

—Lo entiendo, Bippy. La librería no resulta tan rentable como lo fue en el pasado. Quizá el legado de Ganesh haya llegado a su fin. Tal vez tenga que venderla.

Se me hace un nudo en la garganta.

—Puedes conseguir que la librería sea más rentable. He intentado introducir algunos cambios en ese sentido.

Por unos instantes, mi tía guarda silencio.

—Seguiré mientras pueda, y luego ya veremos.

41

De vuelta en Los Ángeles, entro con paso decidido en la sala de juntas de Inversiones Taylor, dejo la cartera sobre la mesa y saco mi propuesta para la cuenta Hoffman. El aire huele a colonia y a café en grano. Me rodean cuatro hombres encorbatados y una mujer con labios de colágeno. Paredes blancas, una larga mesa gris, líneas rectas y aristas afiladas. En una de las paredes hay un cuadro abstracto que lleva el inconfundible sello de mi jefe: un borrón de azul y plata, como una mancha de aceite derramado en una autopista mojada. La luz del sol entra a raudales por el gran ventanal, pero el cristal ahumado la empaña. Los fluorescentes prestan un tono verdoso a los rostros de los presentes.

—Henry, ¿sigues yendo a jugar al golf en el club? —pregunta un hombre casi completamente calvo a otro que tiene a su lado, de aspecto vigoroso y con un bronceado a todas luces artificial.

—Ayer hice setenta y ocho golpes —dice el Rey de los Rayos Uva—. No veo la hora de volver.

El Calvorota presiona la mesa con la yema del dedo índice.

—La mejor marca en un torneo de cuatro rondas, con un recorrido de setenta y dos hoyos, se la llevó Tommy Armour III en 2003, en el Open de Texas, con doscientos cincuenta y cuatro puntos.

—Si tú lo dices, me lo creo —dice el adicto a la camilla solar. Los demás beben café a sorbitos, hojean papeles, me miran con aire expectante.

Scott Taylor carraspea.

—Damas… —dice, mirando de refilón a Morritos de Colágeno— y caballeros… Creo que estamos listos para empezar. ¿Jasmine?

Me levanto y me aclaro la garganta.

—Gracias a los nuevos fondos de jubilación Green Futures de Taylor, podrán ustedes invertir en la conservación del medio ambiente. Buscamos rendimientos competitivos al tiempo que empleamos su dinero en conseguir un aire más puro…

Y sigo hablando sin cesar.

Al otro lado de la ventana, una mujer ligera de ropa pasa corriendo, y las miradas masculinas siguen sus movimientos. El Calvorota tamborilea con el bolígrafo sobre la mesa. El Rey de los Rayos Uva dirige una mirada fugaz, avergonzada, a Morritos, que a su vez se vuelve hacia mí con gesto ceñudo. Le han levantado la piel del rostro y se la han estirado hacia atrás para mantener el futuro a raya. Me produce una extraña sensación de tristeza.

—Nuestro fondo mixto busca fomentar el comportamiento empresarial responsable… —Y ya nada me detiene. He encontrado mi ritmo. Qué bien se me da esto.

Scott se obliga a sonreír todo el tiempo.

En un momento dado, Morritos de Colágeno levanta la mano.

—¿Sí? —contesto.

—Todo eso suena maravilloso. —Hace una mueca, y caigo en la cuenta de que está sonriendo—, pero ¿cómo podéis estar seguros de que vuestras empresas no importan mercancías chinas?

—Hacemos cuanto está en nuestra mano para fiscalizar a las compañías en las que invertimos —contesto.

—Debo decir que tu presentación me ha impresionado.

—Gracias —le digo con una sonrisa radiante, la misma que ilumina ahora el rostro de Scott.

—Jasmine es brillante —afirma—. Ha dedicado muchas horas de su tiempo libre a este proyecto.

Me siento halagada. Morritos asiente con gesto aprobatorio.

Concluyo la presentación, estrecho la mano de los presentes y me despido.

—Buen trabajo —me felicita Scott, dándome palmaditas en la espalda—. Ahora vuelta al trabajo y a esperar.

En mi despacho hay ahora una balda repleta de novelas y ensayos de muy diverso signo, plantas y un cuenco con un fragante popurrí de flores secas. Sin embargo, el efecto apenas resulta perceptible, no es más que una pincelada. Ojalá pudiera abrir las ventanas. Intento concentrarme en el trabajo.

Una hora después, Scott asoma por la puerta con una sonrisa de oreja a oreja.

—Lo hemos conseguido. No han tenido ni que pensárselo. La cuenta es nuestra.

Casi me caigo de la silla.

—¿Lo hemos conseguido?

Se me acerca a grandes zancadas para estrecharme la mano.

—Bienvenida al mundo de las grandes cifras. Has hecho una

presentación excelente. Las vacaciones te han sentado bien. Es insólito que un cliente se decida tan deprisa.

—Guau. Gracias. —La cabeza me da vueltas.

—Habrá que buscarte un despacho más grande.

—¿De veras? —Le sonrío, sorprendida—. Gracias.

—Tenemos que debatir nuestra estrategia. En media hora habrá una reunión. Me alegro de que hayas vuelto.

—Yo también me alegro de haber vuelto.

Lo he conseguido. Se me da bien mi trabajo. Quizá me hagan socia. Me muero de ganas de llamar a todo el mundo: a mi tía, a Tony… Ojalá pudiera llamar a Connor.

Mientras se encamina a la puerta, Scott mira de reojo los libros de la estantería.

—A mí me gusta leer en el avión. Novelas de misterio. Eso sí, con la nueva cuenta no creo que vayas a tener mucho tiempo para la lectura.

Me guiña un ojo y sale del despacho.

Con la nueva cuenta no habrá tiempo para la lectura. Hay personas para las que leer supone la diferencia entre la felicidad y la desdicha, la esperanza y la desesperación, la vida y la muerte.

Reparo en los sonidos del despacho —el runrún de la fotocopiadora que hay al otro lado de la puerta, el suave zumbido de los aparatos de aire acondicionado y de ventilación, el timbre metálico del teléfono. De vez en cuando algunas voces que pasan, hablando de clientes y cuentas. Todos estos sonidos me resultan reconfortantes, familiares.

He conseguido la cuenta Hoffman.

Me pongo a repasar cifras de rendimiento, porcentajes, gráficos de barras y circulares, pero no logro concentrarme. Me levanto y me asomo a la ventana. Una gaviota blanca de California se posa en el banco de hormigón del impoluto jardín de la empresa, un pequeño edén rodeado de palmeras y buganvillas.

—He conseguido la cuenta —le digo a la gaviota, que me mira y luego levanta el vuelo. El plumaje de sus alas tiene un tono grisáceo, como el de las gaviotas de la isla de Shelter. Quizá esté buscando la ruta hacia el norte.

Imagino el sordo rumor del oleaje en la isla, el cielo cambiante. Aquí, un bloque sólido de azul se alarga hasta donde alcanza la vista.

Se me llenan los ojos de lágrimas. Lágrimas tontas, ridículas, indeseadas, injustificadas. Debería estar dando saltos de alegría. Ahora podré ahorrar dinero para cuando me jubile, quizá comprarme otro piso.

Hurgo en mi maxibolso en busca de un pañuelo con el que sonarme. Al hacerlo, mis dedos rozan algo peludo. Saco la mano rápidamente y compruebo que nada se mueve en el interior del bolso. Vuelvo a meter la mano y saco las orejas de conejo de la sala de literatura infantil. Alguien las habrá metido aquí dentro. Enredado entre las orejas descubro el viejo y desvencijado librito que Connor me regaló, *Tamerlán y otros poemas*, escrito por un bostoniano anónimo.

«Atolondrada la mente, ardiente el corazón…»

Vuelven a asomarme lágrimas a los ojos.

En el pie de la cubierta, leo las palabras «Calvin F. S. Thomas… Impresor. 1827». ¿Y si Connor intentaba decirme algo?

Mientras trabajo, los versos dan vueltas en mi mente. «Los espíritus de aquellos / a los que en vida conociste / te rondarán de nuevo en la muerte.» El tono me resulta familiar. Necesito una valoración profesional del libro.

Busco en las Páginas Amarillas librerías de lance especializadas en libros antiguos, y a la tercera llamada me contesta un hombre de voz ronca que parece saber de lo que habla.

—¿Cómo ha dicho que se titula el libro? —pregunta, y percibo en su voz un temblor de emoción.

Le leo el título en alto.

—¿Y dónde dice que lo ha encontrado?

Se lo cuento.

—¿Podría leer lo que pone dentro, en la primera página?

Abro la cubierta con sumo cuidado.

—«Prólogo» —leo—. «La mayor parte de los poemas que componen esta breve obra se escribieron entre los años 1821 y 1822, cuando el autor no contaba aún catorce años…»

—Voy a llamar a otro experto. ¿Podría traerme el libro enseguida? Por favor, trátelo como oro en paño.

Cuelgo y echo un vistazo al reloj. Voy a perderme la reunión de empresa. Meto el libro en el bolso y salgo del despacho sin detenerme más que para apagar la luz.

42

El jueves por la tarde me apeo del ferry en la isla de Shelter. El viento destemplado de noviembre me empuja por Harborside Road en dirección a la librería. Avanzo a paso ligero, dejando atrás parajes que me son familiares sin apenas reparar en ellos. Me muero de ganas de contarle a la tía Ruma lo que he descubierto.

Cuando llego a la librería, la encuentro en la puerta, con un sari rojo y un jersey de Santa Claus, esperándome con los brazos abiertos.

—Bippy, entra, deprisa.

Tiene mala cara, el gesto crispado.

—¿Qué ocurre?

—En mala hora...

Me arrastra hacia dentro, donde me envuelve el reconfortante olor a polvo, naftalina, popurrí de flores secas.

—¿Por qué lo dices? ¿Qué está pasando?

—Tenemos un problema. Ay, Ganesh...

—¿Qué problema?

Lucia, Virginia, Tony y Mohan esperan sentados en el salón. Una robusta agente de policía rubia con uniforme azul se pasea de un lado al otro sobre el suelo de tablones, que crujen bajo sus pies.

—¿Tenemos policía en Fairport? —inquiero, sin salir de mi asombro—. ¿Qué está pasando aquí?

—Agente Flannigan —se presenta la mujer rubia al tiempo que me estruja la mano, más que estrecharla.

—Jasmine Mistry —me presento. Cuando por fin me suelta la mano, flexiono los dedos—. ¿Podría alguien explicarme qué ha pasado?

—Ha desaparecido sin más —dice Mohan, arrugando un pañuelo de papel entre los dedos.

—¿Quién? —pregunto—. ¿Quién ha desaparecido?

Me pregunto si Sanchita habrá regresado y vuelto a marcharse.

—Vishnu. Lo hemos buscado por todas partes. Estaba aquí mismo.

Mohan se suena la nariz. Virginia le posa una mano en el hombro. Lucia sirve una taza de té y se la ofrece.

—¿Cuándo? —pregunto—. ¿Qué ha pasado?

La agente Flannigan sale al vestíbulo para atender una llamada.

—Esta mañana hemos venido para la hora del cuento —dice Mohan.

La tía Ruma se sienta a su lado.

—Vishnu no se ha tomado demasiado bien tu ausencia, Bippy. Cuando he empezado a leer en voz alta, lo he visto haciendo pucheros, y de repente ya no estaba.

—¿Habéis buscado bien?

Tendría que habérselo explicado a Vishnu, tendría que haberme despedido de él. Bastante tenía con haber perdido a su madre.

Mi tía asiente.

—Hemos mirado en todas las habitaciones. Todo el pueblo se ha echado a la calle para buscarlo.

Mohan une las palmas de las manos y entrelaza los dedos con tanta fuerza que se le marcan los nudillos.

—Últimamente anda cada vez más callado y taciturno.

—¿Cuánto hace que ha desaparecido? —pregunto.

—Dos horas —contesta Lucia—. Nadie lo ha visto salir de la librería. Estaba tan tranquilo, sentado en la sala de literatura infantil, y de repente había desaparecido sin dejar rastro. Estaba leyendo un libro del Dr. Seuss.

—Espera un segundo —interrumpo—. ¿Ha dicho el Dr. Seuss? ¿En la sala de literatura infantil?

Lucia asiente.

—*El gato garabato*.

Yo tenía la edad de Vishnu el día que eché a correr por el pasillo con aquel mismo libro bajo el brazo y, al presionar un punto especial de la pared, una puerta secreta se abrió de golpe, descubriendo un desván bajo la escalera. Me interné en aquel cuartucho, me senté sobre una pila de cajas viejas y tiré de un cordel para encender la bombilla que colgaba del techo. Allí podía leer sin que nadie mi molestara, con una maravillosa sensación de arrobo. «Llovía, llovía y llovía. El sol no salía, y en casa metidos los dos, ¡qué aburridos!»

Aquel día, el Dr. Seuss me habló por primera vez.

—Venid conmigo. —Los guío por el pasillo y me detengo frente al desván de la caja de la escalera. La puerta invisible se encuentra perfectamente disimulada en la carpintería.

—¿Qué hacemos aquí? —pregunta Mohan—. ¿Crees que Vishnu se ha desvanecido al otro lado de la pared?

Presiono el borde de la puerta oculta, que se abre de par en par. Lucia reprime un grito y retrocede, sobresaltada. Mohan contiene la respiración y la tía Ruma suelta una carcajada.

—Ay, Ganesh… —murmura.

—¿Vishnu? —llamo, volviéndome hacia la oscuridad.

Al principio no ocurre nada, pero luego, poco a poco, el rostro de Vishnu se hace visible a medida que se acerca a la luz de una bombilla desnuda que cuelga del techo del desván. Por un momento, me veo a mí misma de pequeña.

—Sabía que te encontraría aquí —le digo.

—Has vuelto —replica.

Sale del desván con el libro debajo del brazo. Tiene restos de una telaraña enredados en el pelo.

Mohan lo coge de la mano.

—No vuelvas a hacerlo nunca más. Nos tenías muy asustados.

—Lo siento, papá. Necesitaba un respiro.

—¡Un respiro! —repite Mohan entre risas.

Mi tía menea la cabeza con gesto de incredulidad.

—Ni se nos ocurrió mirar aquí. Había olvidado por completo la existencia de este lugar.

—Yo no lo he olvidado —digo.

—¡Chica, eres la mejor! —exclama Tony desde la retaguardia.

Nos dirigimos al vestíbulo en fila india, y cuando todos se ha marchado excepto la tía Ruma y Tony, saco del bolso *Tamerlán y otros poemas*. He protegido sus viejas páginas envolviéndolo en plástico.

—Tengo una sorpresa para ti —le digo a mi tía.

—¡El libro del bostoniano! —exclama Tony.

—¿Qué es esto? —pregunta la tía Ruma.

—No lo escribió un bostoniano cualquiera —revelo—, sino Edgar Allan Poe.

—¡Poe! —exclama mi tía.

—¿Cómo dices? —pregunta Tony.

—Es una edición sumamente valiosa y difícil de encontrar —explico—. Connor me la regaló. Poe escribió estos poemas al principio de su carrera, y pasaron sin pena ni gloria. Se creía que no quedaba ningún ejemplar hasta que en 1876 apareció uno en el Museo Británico. Que se sepa, solo han llegado a nuestros días doce ejemplares originales, que con este sumarían trece.

Mi tía reprime un grito de asombro.

—¡Solo doce!

Tony me mira fijamente.

—Cariño, no es casualidad que Connor te regalara ese libro.

—He hecho confirmar su autenticidad —informo—. En una subasta, este puñado de páginas podría llegar a valer doscientos mil dólares.

Mi tía se aferra al respaldo de una silla para no perder el equilibrio, como si temiera desmayarse.

—Ay, Ganesh…

—Increíble… —murmura Tony con un silbido.

—Así que ya ves, tía Ruma, no tendremos que vender la librería en un futuro cercano.

—No, no tendremos que hacerlo —repite mi tía, llevándose una mano a la frente.

Miro de reojo la pantalla del móvil, y allí está el rostro de Poe: la frente ancha, el bigote, el pelo alborotado. Me sonríe.

—Gracias —le susurro.

—Albergo un solo deseo —afirma—. Quisiera saber escribir con el misterio de un gato.

43

La tía Ruma está apostada en el umbral de la librería a la que se ha dedicado en cuerpo y alma desde hace tantos años. Luce una incongruente combinación de sari violeta y jersey con muñeco de nieve. Le da la espalda al viento, ligeramente encorvada, y saluda a la multitud reunida en el jardín. Medio Fairport ha salido de casa pese al día tormentoso para venir a despedirla.

Estoico, paciente y hecho un pincel, Subhas la espera junto a la limusina negra que ha alquilado en Seattle para llevarlos a ambos en el ferry y hasta el aeropuerto. «Ya que te vas, hazlo a lo grande», había dicho. Cuatro enormes bultos lastran el maletero. Mamá, papá y Gita ya se han acomodado en el asiento trasero, donde tal vez se estén sirviendo una copa del minibar.

Yo me quedo aquí, donde debo estar. Si me ausento demasiado, la librería se pone quisquillosa. La tía Ruma me ha dejado muchas de sus antiguallas, aunque las piezas más pequeñas se han embalado y despachado en barco a India.

Anoche, en la fiesta de despedida que se celebró en la casa, los isleños se turnaron para rendir homenaje a la mujer que tantas veces acudió en su ayuda, que tan a menudo les sugirió libros que les cambiaron la vida o les permitieron sobrellevar un revés. La tía Ruma les dio las gracias por la fidelidad que le habían demostrado a lo largo de los años, por darle motivos para sentirse orgullosa. Me presentó como su sucesora al frente de la tienda y aseguró a todos los presentes que yo sabría preservar su legado.

—No os dejéis engañar por el cambio de nombre —les advirtió, mientras brindábamos con vino y devorábamos las galletas y bollitos caseros de Lucia—. La Librería de Jasmine no tendrá nada que envidiarle a la Librería de la tía Ruma. Empieza una nueva era.

La multitud recibió sus palabras con aplausos y hurras. Mis padres me miraban con una sonrisa de oreja a oreja, y en el rostro de mi madre había un gesto triunfal. Por fin he vuelto a casa, donde siempre ha querido verme. Al poco, papá se retiró discretamente para hojear los manuales de ingeniería, mientras que Gita reorganizó los expositores y decoró las estancias con plantas y flores que había traído de Seattle. Dilip vuelve a estar fuera, en un viaje de negocios. Si no fuera por el enorme anillo de compromiso que luce en el dedo, estaría tentada de creer que también él es un fantasma.

Tony se emborrachó, pronunció un discurso embrollado y luego rompió a llorar amargamente. Lo consolamos entre todos y se quedó dormido en el sofá del salón de té. Allí sigue. Por una vez en su vida, se ha quedado a pasar la noche en la librería.

Los espíritus se están comportando, quizá porque todavía les inquieta la posibilidad de que pueda deshacerme de la librería. Al final, la venta del *Tamerlán* permitió a la tía Ruma no solo saldar sus deudas sino incluso apartar un pequeño capital, y decidió dejar el negocio en mis manos. Espero estar a la altura de las expectativas. En el pueblo la adoran. Pocos logran reprimir las lágrimas al despedirse de ella por última vez.

—Ruma —dice Subhas—, tenemos que irnos o perderemos el avión.

Mi tía se vuelve hacia mí, toma mis manos entre las suyas con firmeza.

—Bippy, tienes que estar segura. ¿Estás segura? —Sus ojos escrutan los míos, quizá en busca en algún atisbo de indecisión—. No tienes por qué quedarte.

—Ya me he instalado en la casa, ¿no? —Le sonrío, pero no puedo ocultar mi inquietud—. Vale, estoy aterrada. Pero sigo aquí.

—Nunca estarás completamente segura de nada —me advierte, sin soltarme las manos—. Pero en esta vida hay que arriesgarse, ¿verdad? Subhas no es perfecto. Puede pasarse horas enfurruñado y con los años ha adquirido malos hábitos. No estoy segura, ¿entiendes? Pero debo irme con él de todos modos. Es un buen hombre y me quiere.

—Siempre podrás volver —le aseguro—. Te recibiremos con los brazos abiertos.

—*Acha*. Te escribiré a menudo. Tus padres están planeando un largo viaje a India. ¡Tendré que aguantarlos durante tres meses, nada menos!

—Os lo pasaréis bien. Te echaré tanto de menos... —Se me rompe la voz, y la envuelto en un fuerte abrazo. No sé cómo puedo saberlo, pero estoy segura de que no volverá.

—Y yo a ti, Bippy. Eres la única que podría sucederme al frente de la librería. Debes mantener con vida a los espíritus.

—Haré cuanto esté en mi mano.

—Casi se me olvidaba —dice, al tiempo que me entrega su

manojo de llaves—. La librería ya no me pertenece. Debes hacerla tuya.

En mi visión emborronada por las lágrimas, la tía Ruma se convierte en un espejismo mientras se recoge el dobladillo del sari y baja los escalones con pasitos delicados.

44

El apartamento de la buhardilla me brinda espectaculares vistas del océano, del continente y del majestuoso monte Rainier. En el jardín, un rascador pinto oscuro revolotea entre las ramas del abeto. Acomodados en el alféizar, mis nuevos gatos, Monet y Mary, mueven la cola y la luz centellea en sus ojos verdes.

Les doy el desayuno, y a continuación me preparo el mío. Estos pequeños rituales —dar de comer a los gatos, cepillarlos, atender sus necesidades— mitigan mi soledad. Abro las ventanas para dejar que el aire perfumado circule por las habitaciones.

—Se supone que debo quedarme aquí, esperando a convertirme en una solterona, ¿verdad? —pregunto a los gatos, que ronronean por toda respuesta—. Connor se ha ido al cielo, o adondequiera que se tuviese que ir, y espero que Robert y Lauren sean felices en el piso. Quizá debí pedirles más dinero, ¿no creéis? —Los gatos siguen ronroneando—. No puedo decir que me pagaran mal. Y de todos modos, esta casa es infinitamente mejor, ¿verdad? —Más ronroneos—. Eso es.

Imagino a Lauren repantigada en aquella habitación bañada por el sol con vistas al mar. Quién sabe, es muy posible que Robert y ella sigan viviendo allí felices por siempre jamás. Él no podrá volver a decir que nunca he cedido ni un ápice. Le he cedido mucho más de lo que se merecía. Puede que este escozor, esta punzada de los celos, nunca deje de atormentarme, pero ahora ocurre con menos frecuencia, y el dolor va remitiendo poco a poco. El tiempo todo lo cura. El tiempo y la distancia.

—Déjalo estar, ¿quieres? —le digo a Monet, que ronronea y estira las patas delanteras al tiempo que levanta el trasero. Mary me mira con ojos achinados y salta al escritorio, desde el que puede posar con toda solemnidad sin perder de vista cuanto pasa a su alrededor. Ninguna librería que se precie está completa sin unos cuantos gatos, los más literarios de todos los animales.

Me pongo un suave jersey de algodón, un par de vaqueros nuevos y unas zapatillas también nuevas, y me cepillo ante el espejo del cuarto de baño. Tengo el pelo lacio y brillante, sedoso.

—Este espejo me pertenecía —dice Emily Dickinson.

—Así que la tía Ruma estaba en lo cierto. —Sonrío al adusto reflejo de Emily. Últimamente los espíritus me visitan cuando los necesito, pero no se inmiscuyen en mis asuntos—. Espero que tu vida en el más allá resulte menos solitaria.

—A veces entablo conversaciones de lo más animadas con Edgar o con Charles —repone—. Jane y Beatrix vienen a visitarme a menudo.

—¿Y Connor?

—Se ha ido. Connor ya no necesita estar aquí.

—Claro. —Si siguiera aquí, lo notaría.

Me voy abajo para abrir la tienda. Monet y Mary me siguen sin hacer ruido. Tony se presenta ataviado en pálidos tonos de azul y verde, una paleta de colores que le sienta divinamente. Coge a Mary y la acuna, a lo que la gata reacciona abandonándose por completo entre sus brazos.

—¡Tengo una noticia tan, pero tan buena que apenas puedo contenerme! —anuncia.

—¡Desembucha!

—He vuelto a enamorarme.

Su rostro es la viva imagen de la felicidad.

—Te lo mereces. ¿Quién es él?

—Lo conocí en mi grupo de escritura, en Seattle. Tengo que presentártelo.

—Me encantaría. Tráetelo de visita algún día.

—Ha estado ayudándome con el manuscrito, y he encontrado agente para mi novela romántica.

Deja en el suelo a Mary, que se va correteando alegremente.

—¡Eso hay que celebrarlo!

Le cojo las manos y bailamos en círculos. Oigo las risas de los espíritus.

Me ayudan cuando una madre entra en la librería buscando un libro sobre cómo tratar a una alocada hija adolescente, cuando un aficionado a la numismática pretende adquirir el nuevo catálogo de monedas un año antes de la fecha de publicación. Bram Stoker me susurra al oído cuando una mujer viene buscando la última novela de vampiros para su hija.

A la hora del cuento, me gusta elegir al Dr. Seuss. Su espíritu sonríe mientras leo los versos en alto con gran despliegue gestual. Nada me produce más satisfacción que ver las caritas embelesadas de los niños. Pero me siento dividida por dentro, como si una parte de mí estuviera siempre a la espera de… ¿de qué?

Un miércoles por la tarde, mamá se presenta en el club de lectura. Se incorporó unas semanas atrás y su presencia supone un contrapunto animado y alegre a las de Virginia Langemack y Lucia Peleran.

—Sanchita ha llamado, pero no ha vuelto —anuncia con aire abatido. Se encoge de hombros, al tiempo que se quita el abrigo y lo cuelga en el armario. Luego, saca del bolso el libro que nos ocupa: *Lo que el viento se llevó*.

—Lamento oírlo —digo.

—Mohan ha pedido el divorcio. Ya está saliendo con otra, ¿te lo puedes creer?

En el fondo, no me sorprende.

—Sigue trayendo a Vishnu a la hora del cuento, eso es lo que importa.

Mamá ya se encamina al salón de té.

—¿Y tú, estás saliendo con alguien? ¿Has tenido alguna cita?

—De momento, no.

—El sábado por la noche habrá un chico muy agradable en casa de los Maulik…

—Mamá, déjalo. —Mi tono es amable pero firme.

Mi madre menea ligeramente la cabeza, pero no insiste.

Virginia Langemack llega y se enzarza en un encendido debate con mi madre sobre la clase de flores que quedarían mejor en el pasillo que da a la calle.

Lucia Peleran entra como si caminara sobre una nube. Hay algo distinto en ella, irradia una luz nueva, especial.

—Hoy es mi último día en el club de lectura —anuncia—. Tengo que daros una noticia.

—Menudo día llevamos —comento.

Mamá y Virginia miran a Lucia con los ojos como platos.

Lucia dibuja en el aire el letrero de una tienda.

—La Pastelera Prodigiosa. Tenéis que venir a probar mis magdalenas mágicas y mis pasteles encantados. ¡Voy a abrir mi propia pastelería!

La noticia arranca aplausos.

—Me alegro por usted —la felicito.

—No podía haberlo hecho sin Julia Child. Su libro es increíble. Gracias.

—Ha sido un placer —le aseguro.

La sonora risa de Julia resuena por la casa.

Al día siguiente por la tarde recibo la primera carta de la tía Ruma, escrita en un perfumado papel de color rosa:

> Queridísima Jasmine:
>
> Subhas y yo nos hemos instalado en una encantadora casita en Santiniketan (adjunto algunas fotos). Todas las mañanas vamos caminando hasta la universidad a través de la reserva natural. Hemos ido en tren a Calcuta —perdón, ahora el nombre oficial es Kolkata— a comprar en los bazares. Han venido tantos parientes a visitarnos y felicitarnos que hasta ahora no había tenido un momento para sentarme a escribirte.
>
> Echo de menos la librería, a Tony y a tus padres, y sobre todo a ti. Pero soy feliz, y doy gracias a Ganesh por ello. Si Dickens no hubiese vuelto a la vida en carne mortal por un día, y si no le hubiese puesto la zancadilla a Subhas, este nunca se habría caído delante del quiosco. Aquel día, el *Times* publicaba un artículo sobre mi librería.
>
> Olvidé mencionarte ese detalle. Subhas estaba de visita en Seattle, y cuando vio el artículo en la portada del diario, supo

que yo estaba a unas pocas millas de distancia, en la isla de Shelter.

Gracias, Charles Dickens.

Besos,

Tía Ruma

Así que Connor no fue el primer espíritu que salió a la luz del día, y quizá no sea el último.

A los pocos días de recibir la carta de la tía Ruma me llega otra misiva, esta vez del profesor Avery. Está trabajando como voluntario en un orfanato en las afueras de Madrás. Se enamoró de la directora y se casó con ella. Tienen previsto adoptar a niñas huérfanas y crear una red de orfanatos. Aún conserva *Magia en los mangales*, el libro que lo llevó hasta India y cambió su vida.

Se la jugó al todo o nada. Yo también lo he hecho. Me aferro al dulce recuerdo de Connor y atesoro el regalo que me hizo, la capacidad de bajar la guardia y dejar que se desmoronen las murallas que había levantado en torno a mi corazón.

45

En el ecuador de una cálida tarde primaveral, estoy en la iglesia de la isla, un magnífico edificio histórico repleto de coloridas vidrieras. El altar reluce gracias a una selección de flores autóctonas en su máximo esplendor.

La madre de Dilip ha llegado ataviada con un carísimo sari de seda malva, cargada de joyas. Su padre ha elegido un esmoquin para la ocasión. Ambos conversan animadamente, rodeados por un grupo de familiares.

Ha venido casi todo el mundo, tanto la familia como los amigos: la tía Ruma y el tío Subhas, mamá y papá, los Maulik, Tony, Virginia, Olivia y Lucia, que emana un dulce olor a galletas con pedacitos de chocolate. La ausencia de Sanchita se hace más evidente que nunca. Finalmente envió una postal desde Madrás. Ha aceptado trabajar temporalmente como pediatra en un orfanato que dirigen Harold Avery y su nueva esposa. Por lo menos ha dado señales de vida. Quizá recapacite y vuelva con su familia pronto.

De momento, sus hijos y sus padres deben seguir adelante sin ella. Han venido todos. El tío Benoy está hablando con Dilip. No me extraña que Gita se enamorara de él. Es fuerte, condenadamente apuesto, y tiene una sonrisa contagiosa, seductora. Se mueve con elegancia entre la multitud, saludando a los invitados, haciendo que se sientan como en casa. Luce el atuendo tradicional de las grandes ocasiones, un *churidar kurta* de color crema con bordados dorados. Es el novio perfecto.

—¡Jasmine, qué guapa estás con ese sari! —Toma mis manos entre las suyas y me mira de arriba abajo, sonriente.

—El turquesa es mi color preferido, la verdad. —Me ha costado horrores envolverme la cintura con la tela resbaladiza. Hacía siglos que no me ponía un sari. En lo que respecta a las joyas, llevo las mínimas imprescindibles—. Hace un día precioso para una recepción al aire libre.

Dilip baja la voz.

—¿Dónde está Gita? Ya tendría que estar aquí.

—Está acabando de vestirse. —Señalo con la cabeza hacia dentro—. Mamá está con ella.

Dilip señala a un hombre regordete vestido de blanco, apostado junto al altar.

—El cura ha llegado. Hay que sentar a todo el mundo y dar inicio a la ceremonia. ¿Por qué tarda tanto?

—Dale unos segundos. Vendrá.

Los invitados ocupan sus asientos entre murmullos, señalando los delicados arreglos florales.

Mamá llega corriendo enfundada en un precioso sari plateado, perfecta si no fuera por las lágrimas que empañan su rostro.

Dilip empalidece por momentos.

—¿Qué pasa? ¿Dónde está Gita?

Mamá se lleva las manos a las mejillas.

—Ay, Señor… Creo que se echa atrás…

Suelto una carcajada.

—¿Que se echa atrás, Gita? Debe de ser una broma. Se habría fugado con Dilip cuando eran novios si hubiese podido.

Mamá me fulmina con la mirada.

—No quiere salir. Dice que se vuelve a casa.

Dilip nos mira con labios temblorosos.

—Iré a hablar con ella.

Mamá alza una mano para detenerlo.

—No quiere verte.

—¿Pero por qué no? Esta mañana estaba perfectamente.

La gente nos está mirando. Se han dado cuenta de que pasa algo.

—Ahora mismo no está nada bien.

—¿Qué he hecho yo? No he hecho nada malo —sostiene Dilip—. ¿Qué mosca le ha picado?

Mi tía se acerca a nosotros ataviada con un sari dorado y un jersey verde fluorescente.

—¿Qué problema hay?

Todos rompemos a hablar a la vez.

—Que Gita se echa atrás.

—*Acha*, a veces ocurre —dice la tía Ruma, meneando la cabeza—. ¿Ha vomitado?

Mamá reprime un grito.

—¡Claro que no!

—Yo vomité antes de mi boda. Los nervios, ya se sabe…

Mamá se retuerce las manos.

—Estaba bien mientras se vestía. El sari que has traído de India le sienta como un guante, ¡y qué decir de las joyas! Estaba sonriente, era la viva imagen de la felicidad. Parecía encantada con los dibujos de henna que le adornan las palmas de las manos. Pero en el último instante… No sé qué le ha entrado. ¡Creo que va a cancelar la boda!

Dilip se tambalea, como si fuera a desmayarse.

—¿Cancelar la boda? ¡Pero si llevamos meses planeándola!

—¡Ay, Ganesh! —se lamenta la tía Ruma—. A lo mejor no quiere casarse contigo.

—Ve a por papá —le digo a mi madre, señalando la primera fila de asientos.

—¡No quiere ver a tu padre! —replica mi madre—. Quiere marcharse.

La tía Ruma se vuelve hacia mí.

—Jasmine, ve a hablar con ella.

—Eso —dice mamá—. Tienes que convencerla para que se case con Dilip.

—¿Yo? No soy la persona más adecuada para convencer a nadie de que se case.

Dilip me rodea el brazo con sorprendente fuerza.

—Te lo ruego. La quiero. —Su mirada es intensa, angustiada—. La quiero tanto…

—Jasmine —dice mamá.

Me noto la garganta seca. El cura sube al estrado.

—Gita necesita a su hermana mayor —sentencia la tía Ruma—. Haz lo que puedas.

—Por favor —suplica Dilip.

—De acuerdo —concedo—. Iré a hablar con ella. Pero no prometo nada.

46

En la sacristía me encuentro a Gita acurrucada en el sofá en posición fetal. La luz del sol que se cuela entre las hojas de los árboles entra por las vidrieras y se derrama en la tarima de madera maciza, dibujando una acuarela de tonos desvaídos. La habitación huele a perfume, a polvos de maquillaje y a seda.

—Vas a arrugar ese sari tan bonito —le digo.

—Me da igual. —Gita se sorbe la nariz y a continuación se suena ruidosamente con un pañuelo de papel hecho un una pelota—. Le he dicho a mamá que no puedo casarme con Dilip. ¿Y si me pone los cuernos? ¿Y si me engaña? ¿Y si me abandona estando embarazada? Él quiere tener hijos, y yo no hago más que imaginar que me deja sola con ellos. No pasa un solo día sin que lo piense…

—Quién sabe lo que ocurrirá, pero no puedes pensar así. Tienes que creer que llevarás una existencia plena y feliz. Tienes que aceptar lo que venga.

Se suena de nuevo con el mismo pañuelo arrugado.

—¿Y si dejamos de querernos? Tendremos que pasar juntos cada día, cada noche, del resto de nuestras vidas.

—¿Qué le ha pasado a mi hermanita pequeña, siempre tan segura de sí misma, la que tenía una fe ciega en el amor?

—¿Y si no es el hombre de mi vida? —Gita rasga el pañuelo en jirones—. ¿Y si nos casamos y luego va y se enamora de otra?

Le ofrezco un pañuelo limpio.

—No puedes pasarte el resto de la vida atormentándote por lo que pueda pasar. Tú le quieres y él te quiere a ti. Vuestro amor os mantendrá unidos. Tiene que ser así. De lo contrario, ¿qué sentido tendría la vida?

Gita se incorpora y me mira, parpadeando. Se le ha corrido la raya de los ojos, tiene la nariz enrojecida.

—Yo sí que le quiero. O por lo menos eso creo. No estoy segura.

—Imagínate la vida sin él. Imagínate que llegas a casa y no está. ¿Cómo te sientes?

Gita cierra los ojos.

—Me siento... sola. Quiero abrazarlo y contarle cómo me ha ido el día. Quiero que me abrace como suele hacer. Prepara un pesto buenísimo. Silba en la ducha y desafina.

—¿La vida es mejor con él que sin él?

—Mucho mejor. Me recuerda las cosas de las que soy capaz, como sacar adelante mi propio negocio y hacerlo crecer. Me recuerda que tengo talento, que no necesito ser pediatra ni cirujana para ser feliz.

—Saca lo mejor de ti misma.

—Sí.

—Le quieres.

—Sí, pero...

—Te conoces mejor de lo que crees.

—Pero tú también creías que lo sabías. Creías que querías a Robert, y mira lo que pasó.

—A veces tienes que lanzarte al vacío, jugártelo al todo o nada, coger la vida a manos llenas, aunque solo sea por un día.

Gita desdobla el pañuelo y lo enrolla alrededor de uno de sus dedos.

—¿Desde cuándo eres tan optimista?

—Desde que he conocido a unos cuantos espíritus que me han echado una mano.

—¿Los espíritus de la tía Ruma?

—Quizá, y uno que es solo mío.

Gita se levanta y se alisa el sari con las manos.

—Pobre Dilip. Qué cruel estoy siendo con él.

—Lo entiende. Lo entiende porque te quiere.

Gita se mira fugazmente en el espejo y luego respira hondo.

—Corre, ayúdame a retocar el maquillaje y el peinado. Todo el mundo nos está esperando.

47

Tras la ceremonia, nos reunimos bajo las carpas instaladas en el parque de Fairport, donde se celebra la recepción. Sopla una cálida brisa procedente del mar. La banda toca una melodía suave y los invitados van y vienen, charlando, bebiendo, comiendo, bailando y felicitando a la feliz pareja. Jamás había visto a mamá tan emocionada. Mientras Gita conversa con unos amigos, Dilip se me acerca discretamente para darme las gracias en un susurro.

—No sé cómo lo has hecho…

—Yo no he hecho nada —contesto—. Ha sido Gita la que ha tomado la decisión. Te quiere.

—Gracias de todos modos —dice, y se marcha a toda prisa para sacar a bailar a la novia.

Me mantengo a una distancia prudente de la pista de baile y me coloco junto a la mesa de los aperitivos, donde tomo una copa de vino a sorbitos. Un par de hombres intentan sacarme a bailar, pero rehúso su invitación. Pienso quedarme aquí plantada y dejar que el alcohol me suma en un ligero aturdimiento.

De pronto, el aire vibra de un modo casi imperceptible junto a mí.

—Perdona. —Su voz es áspera y ronca, cautivante. Alguien se interpone bruscamente entre mi interlocutor y yo para dejar una copa vacía sobre la mesa.

Me aparto, y al hacerlo me zambullo sin previo aviso en la intensa mirada azul de un hombre alto, o quizá no tanto, ancho de hombros, pero sin exagerar, que lleva pantalones deportivos caqui, camisa de vestir blanca, cazadora desabrochada, el pelo oscuro peinado hacia atrás. Posee facciones angulosas, la piel tostada de quien pasa mucho tiempo al aire libre. Todo en él desprende una virilidad poderosa, creo yo… No va vestido de boda, pero curiosamente no por ello llama la atención.

—Eres Jasmine, ¿verdad?

—Ajá —contesto, casi sin aliento—. ¿Cómo lo sabes?

—Te he estado observando. Lo confieso, he preguntado por ti a tu encantadora hermana Gita. Tanta belleza debe de ser cosa de familia.

Un estremecimiento me recorre de la cabeza a los pies y casi dejo caer la copa de vino.

—Eres un poco atrevido, ¿no…?

—Steve. Steve Giles. —Alarga la mano para estrechar la mía. Sus dedos son cálidos, firmes y ásperos—. Tal como ha hablado tu hermana de ti, sonabas enigmática.

Aparto la mano bruscamente, notando la impronta de sus dedos en los míos.

—¿De veras? ¿Qué ha dicho de mí?

—Que tienes un don especial para dar con el libro adecuado para cada persona. El caso es que ando buscando una guía de los caminos menos transitados de la isla, para hacer senderismo.

Se frota la ceja con el dedo índice en un gesto tan familiar que se me hace un nudo en la garganta.

—Estoy segura de tener lo que buscas.

—No me cabe duda.

Estudia mi rostro con atención. Emana un olor silvestre propio de la naturaleza y los espacios abiertos, un olor familiar y a la vez nuevo y distinto.

—Así que…, mmm…, ¿de qué conoces a Gita? —le pregunto.

—Me contrató para hacer unas reformas en la tienda. Hemos tirado una pared para ampliar el local.

—Ah, ¿de veras? ¿En Seattle?

—Sí, aunque ahora estoy trabajando aquí, en la isla. Soy constructor.

—¿Vas a tirar más paredes?

—Lo mío es la restauración y rehabilitación de edificios históricos.

—¿Y estás rehabilitando algún edificio local?

—Sí, la pensión Fairport. Es un proyecto ambicioso. Tenemos que reproducir los detalles arquitectónicos, las ventanas de guillotina, esa clase de cosas.

—Parece un trabajo delicado.

—Pásate por allí un día de estos. Te lo enseñaré.

Sonríe, y el mundo desaparece a mi alrededor.

—A lo mejor podrías… darme algunas ideas para renovar la librería. Es un viejo edificio victoriano, declarado patrimonio histórico.

—Nada me gustaría más. —Sus ojos son de un azul claro que parece conducir al infinito—. ¿Cuándo quieres que vaya a verla?

—¿Cuándo quiero que vayas? Mmm…

—¿Qué tal hoy mismo, después de la recepción?

—¿Hoy mismo? —Doy un paso atrás. La voz de Connor resuena en mi mente: «No huyas de la felicidad»—. Vale, de acuerdo. Eso estaría bien.

Me sonrojo.

Steve sigue sin quitarme ojo.

—¿Te apetece bailar?

La banda está tocando una lenta, «Stay with Me».

—Hace siglos que no bailo. No sé si me acordaré de cómo se hace. Lo más probable es que tropiece y me caiga de bruces…

—A veces hay que lanzarse al vacío, coger la vida a manos llenas, aunque…

—¿Aunque solo sea por un día?

—Iba a decir que hay que coger la vida a manos llenas, aunque hagas el ridículo.

Me echo a reír. En mi interior, una mariposa atrapada acaba de salir revoloteando.

—De acuerdo, Steve Giles. Bailaré contigo.

—Así me gusta.

Deposita mi copa sobre la mesa, me coge de las manos y me conduce a la pista de baile. Me rodea la cintura con los brazos y me apoyo en él. Todo lo demás se desvanece y nos movemos en perfecta sincronía, solos los dos, deslizándonos sobre la pista como si lleváramos leyendo juntos toda la vida.

Agradecimientos

Estoy profundamente agradecida a las siguientes personas: Kevan Lyon, mi agente, por su apoyo y sabiduría, y a su compañera Jill Marsal; a mi editora, Wendy McCurdy, por sus brillantes aportaciones; a su ayudante Katherine Pelz, un ejemplo de eficiencia, y a todas las personas de Berkley que pusieron su talento y esfuerzo al servicio de este libro: la directora de arte Annette Fiore, el redactor Jim Poling, la editora Jessica McDonnell y la correctora Sheila Moody; a mi admirada Leslie Gelbman, presidenta y editora de Berkley Books; a mi fantástico grupo de escritura: Susan Wiggs, Elsa Watson, Kate Breslin, Suzanne Selfors, Sheila Rabe, Carol Cassella. Al genial Michael Hauge, por ayudarme a encontrar la historia; a Nathan Burgoine, por haber tenido la generosidad de compartir conmigo su experiencia como librero; a Rebecca Guthrie y todo el equipo de Bethel Avenue Book Company. A Lyn Playle, por la visita guiada a la mansión Walker-Ames, en la que me inspiré para crear la librería de la tía Ruma. A Stephanie Lile, por las maravillosas charlas que compartimos mientras paseábamos; a todas las personas que participaron generosamente en la «lluvia de ideas», entre las que se incluyen Gwynn Rogers, Pat Stricklin, Carol Caldwell, Carol Wissmann, Terrel Hoffman, Jan Symonds, Sandi Hill, Dee Marie, Theo Gustafson, Penny Percenti, Elizabeth Corcoran Murray, Soudabeh Pourarien y todas las integrantes del club de té Friday Teasters. También tengo una deuda de gratitud con Anita LaRae, por sus agudas observaciones, con Susan Neal, por sus fantásticas ideas; con Karen Brown, Kristin von Kreisler, Michael Donnelly, Sherill Leonardi, Casandra Firman y Skip Morris por la lectura atenta y fructífera de los primeros borradores; con Carol Ann Morris, por hacer magia con su cámara; con Lois Faye Dyer, Rose Marie Harris, Julie Hughes, Renee Breaux. Y, cómo no, con Claire Tomalin, de cuyo libro *Jane Austen* extraje numerosos detalles de la vida de la escritora. Por último, aunque no por ello menos importante, deseo dar las gracias a mi familia: a mis padres, Randy y Daniela, a mis hermanos y sobrinos; a mi mamá de Texas y a toda la familia. A mis compañeros gatunos y a mi marido Joseph, como siempre.